괜찮다, 우리는 꽃필 수 있다

괜찮다,
우리는
꽃필 수 있다

김별아,
공감과 치유의
산행 에세이

해냄

들어가는 글

두려움이 설렘으로 바뀌기까지

새봄이 오고, 설렘으로 산길에 섰습니다. 오늘 오를 산은 남원 운봉읍과 산동면에 걸쳐 있는 고남산(古南山)입니다. 한반도의 등줄기인 백두대간의 '백두'는 백두산(白頭山)의 '백' 자와 지리산의 다른 이름인 두류산(頭流山)의 '두' 자가 합쳐진 이름입니다. 따라서 백두대간 남측 구간 종주는 지리산 천왕봉에서 시작해야 마땅하지만, 때마침 지리산 국립공원 산불 방지 입산 통제 기간인지라 부득이하게 지리산에 이웃한 고남산에서부터 종주를 시작합니다.

나는 지난해 백두대간을 완주한 6기 선배로서 새로 구성된 백두대간 종주 8기 팀 후배들을 위해 '지원 산행'에 나섰습니다. 앞으로의 즐겁고 안전한 산행을 기원하며 시산제를 드리고 산행을 시작하노라니, 꼬박 이태 전 그 길을 갔던 기억이 걸음마다 새록새록합니다. 그때는 옆도 뒤도 돌아볼 여력이 없었습니다. 눈에 보이는 것은 오직 끝없이 이어진 길과 앞 사람의 꽁무니뿐이었습니다. 동네 뒷산도 오르기를 꺼려하던 '평지형 인간'으로 마흔 해를 살아낸 몸은 9시간 동안 16킬로미터의 산길을 걸으며 고통스런 비명을 질러댔습니다. 그래서 '고난산'이란 별칭을 붙인 고남산을 올랐던 일은 내 기억 속에 있고도 없습니다.

하지만 다시 찾은 고남산은 놀랍도록 새로운 모습입니다. 울울창창한 소나무 숲길은 다붓하고, 지루해질라 치면 암릉 구간이 나타나 잔재미를 주고, 멀리로 유장하게 펼쳐진 지리산 능선은 산 아래 두고 온 일상의 시름을 잊게 합니다. 산바람은 시원하고, 공기는 청량하고, 어딘가에서 들려오는 새소리가 다정합니다. 그런데 왜 이태 전 나는 그 모두를 하나도 보고 듣지 못했을까요? 지금 나는 어떻게 그 모두를 새롭게 느끼고 있을까요? 몸은 물론 마음까지도 단단히 경직시켰던 두려움과 불안은 대체 어디로 사라졌을까요?

2010년 3월 13일에서 2011년 10월 22일까지 20개월간 총 39차에 걸쳐 '이우학교 백두대간 종주 6기 팀' 24명의 대원들은 도상 거리 690킬로미터 중 (금지구간을 제외한) 632킬로미터, 진입로와 탈출로를 합쳐 약 750킬로미터에 이르는 남측 백두대간을 완주했습니다. 그리고 그 가운데 하나인 나는 아들아이와 함께, 완주한 24명 중 4명뿐인 '개근 완주자'가 되었습니다. 하지만 몸 상태와 주변 상황과 조상님까지 도와주셔야 가능한 '개근 완주' 자체보다 더 뿌듯하고 기쁜 일은, 처음에 나를 짓눌렀던 개근 완주에 대한 '강박'이 어느 순간 소박한 '소망'으로 변한 것입니다. 완벽에 대한 압박과 실패에 대한 공포에서 벗어나 최선을 다하는 가운데 자연스럽게 소망을 이룬 것입니다. 그것이 바로 산행을 통해 내가 겪은 수많은 변화 중 하나입니다. 그리고 나머지 아름답고도 신비로운 변화들을 잊지 않기 위해 이렇게 산행의 기록을 두 번째 책으로 묶습니다.

1차부터 16차까지의 기록인 『이 또한 지나가리라!』와 17차에서 39차까지의 기록인 이 책은 주제와 구성이 조금 다릅니다. 그것은 단순히 시간의 흐름에 따른 순차나 기획 의도 때문이 아닙니다. 산을 타는 내가 달라졌기에 내가 쓰는 글도 달라질 수밖에 없었습니다. 종주 초반에 나는 초보 산꾼이자 얼치기 대간꾼일 뿐만 아니라 턱없는 겁쟁이이자 엄살쟁이였습니다. 산에 가기 전날마다 불안에 사로잡혀 잠조차 이루지 못했고, 산을 오르내리는 내내 만용을 부린 자신을 욕하고 애꿎은 산을 원망하기에 바빴습니다. 어쩌면 산을 즐겼다기보다는 자존심과 오기로 가까스로 견딘 고행에 가까웠습니다. 따라서 『이 또한 지나가리라!』의 내용은 나 자신의 고통과 불안을 들여다보는 일에 초점을 맞출 수밖에 없었습니다. 오랫동안 산만큼이나 삶을 두려워했던 나, 고슴도치처럼 온몸에 가시를 곤두세운 채 스스로를 방어하기에 급급했던 상처받은 어린아이를 만나기 위해 진땀을 빼고 눈비를 맞으며 끝도 없는 돌사다리와 산등성이를 헤쳐 갔습니다.

누군가 삶을 대신 살아줄 수 없듯, 누구도 산을 대신 타줄 수 없습니다. 길 위에서는 어디로든 도망칠 수 없고, 오로지 '온몸으로 온몸을 밀어' 나아가는 수밖에 없습니다. 그래서 더우면 땀을 흘리고 추우면 몸을 떨며 걸었습니다. 비가 오면 맞고 바람이 불면 몸을 움츠리고 걸었습니다. 다만 그뿐이었습니다. 그런데 언젠가부터 조금씩, 아주 조금씩 나를 맞아주는 산, 내가 다가가는 산이 달라지기 시작했습니다. 어느덧 길섶의 꽃과 풀이 눈에 들어오고, 함께 걷는 사람들의 모습이 보이고, 아이들의 노래와 이야기가 들리기 시작했습니다.

물론 꾸준한 산행으로 체력이 좋아져서 여유가 생긴 까닭도 있지만, 그와 더불어 고통을 어림잡고 다스리는 마음의 힘이 생겨난 덕분이었습니다. 얼마나 힘든가를 알았기에 힘듦을 견딜 수 있고, 얼마나 먼가를 짐작했기에 먼 길을 걸을 수 있었습니다. 아무리 멀고 험한 길도 언젠가는 끝나리라는 것을 알았기에 소용없는 불평과 불만으로 스스로를 볶아대지 않았습니다. 산이라는, 자연이라는 무섭고도 아름다운 스승 앞에서 나부죽이 엎드려 내가 얼마나 약하고 어리석은 존재인지 자복했습니다. 다만 그뿐이었습니다. 다만 그토록 미련스레 산을 탔을 뿐인데 어느새 몸이 단단해졌습니다. 마음도 튼튼해졌습니다. 몸과 마음이 건강해지니 쓰는 글도 편안해졌습니다. 지나온 길과 가야 할 길을 헤아리는 마음의 갈피짬에 목발 같은, 별빛 같은 시 한 편씩을 곱씹을 여유도 생겼습니다.

언젠가의 내 모습처럼 새 등산화에 새 배낭을 메고 겁먹은 얼굴로 조심스레 발걸음을 떼는 신입 회원들이 "산 잘 타시네요!"라고 건네는 인사에 물색없이 우쭐합니다. 아는 길이기에, 다시 걷는 길이기에 힘겨울 것도 어려울 것도 없습니다. 하지만 함께 백두대간을 종주한 학부모이자 친구이자 동지인 누군가의 말처럼…… 같은 인생을 다시 살라고 하면, 과연 더 잘 살 수 있을까요?

니체는 『차라투스트라는 이렇게 말했다』를 통해 이야기합니다.

> 이 높디높은 산들은 어디서 온 것일까? 나는 그들이 바다에서 솟아 올랐다는 것을 알게 되었다. 더없이 깊은 심연에서 더없이 높은 것이 그 높이까지 올라왔음에 틀림없다.

산을 타는 일은 높은 만큼 깊고, 깊은 만큼 높은 이치를 깨닫는 일에 다름 아닙니다. 내리막길을 달려가면서도 자만하지 않고 오르막길을 기어오르면서도 절망하지 않기 위해서는 "정상과 심연은 하나"라는 차라투스트라의 말을 기억해야 합니다. 가장 높은 산이 가장 낮은 바다에서 솟아오르듯 절망과 희망, 죽음과 삶, 고통과 희열은 애초부터 둘이 아니었음을.

이제, 넘어온 산만큼 넘어갈 삶 앞에서 신발 끈을 단단히 조입니다. 다시 걷는 길에서는 조금 더 가볍게, 즐겁게, 밝은 눈으로 멀리까지 보고 싶습니다. 산을 사랑하는 만큼 삶을 사랑하고 싶습니다. 높은 만큼 더욱 깊게.

2012년 다시 길 위에서

김별아

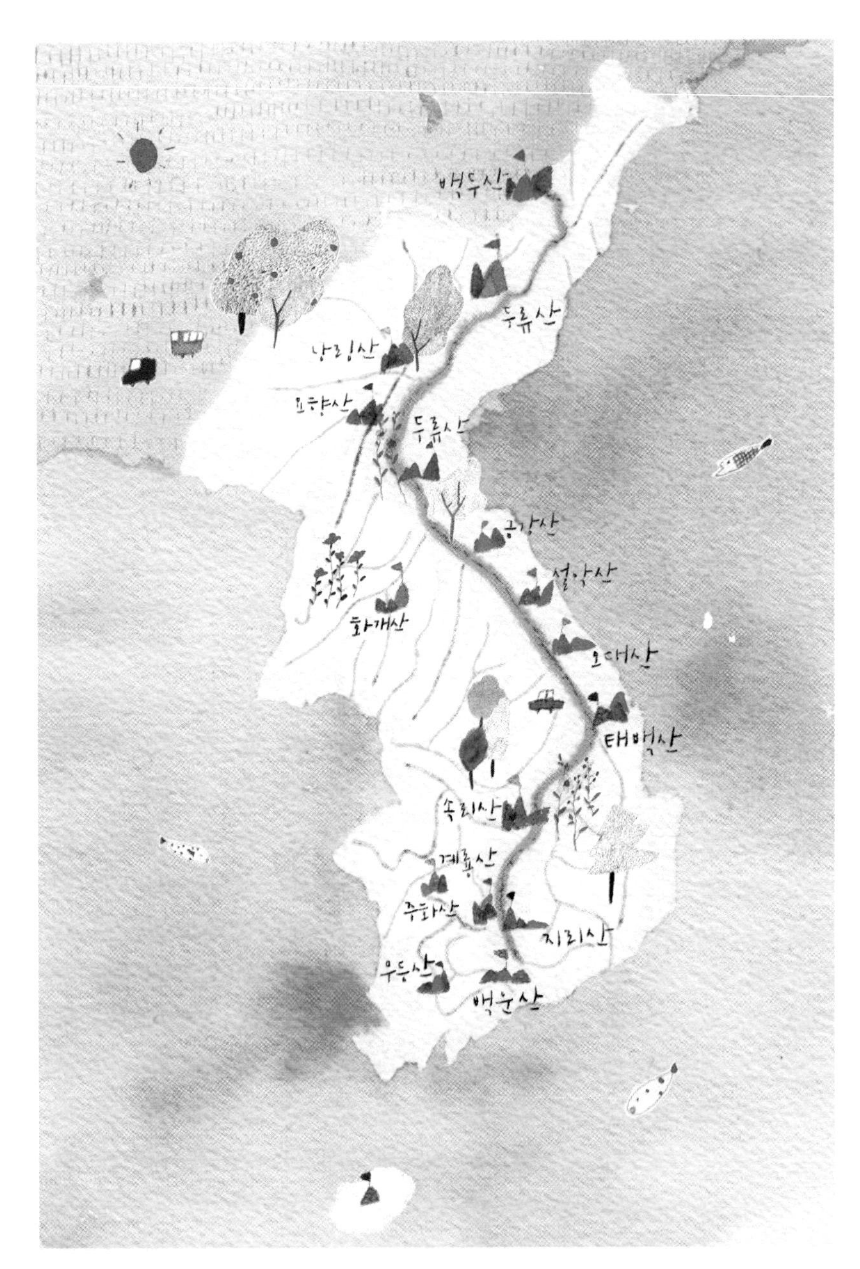

* 한반도의 등줄기인 백두대간은 백두산에서 지리산으로 이어진 산줄기다. 현재 휴전선 이남 구간인 진부령에서 지리산까지 종주가 가능하다.

차례

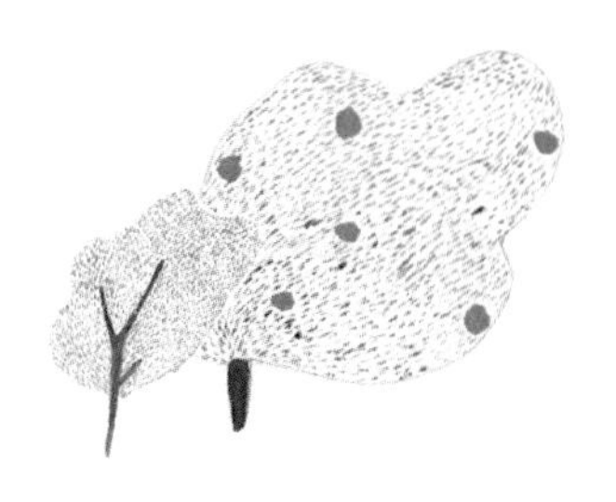

다음번에 지리산에 가게 된다면,

떠오르는 해보다는 별을 보러 갈 것이다.

삶이든 어리석음이든 그 삶의 어리석음이든,

견딜 수, 견딜 수 없어……

행여 다시 지리산에 가게 된다면.

언제나 첫 마음

아, 지리산!

드디어, 마침내 지리산이다.

천문학에서 '핵융합을 통해 스스로 빛을 내는 천체'로 정의하고, 우리가 '별'이라고 부르는 것들이 하늘 가득 도글도글하다. 곧이라도 쏟아져 내릴 듯 밤의 먹지 위에서 아우성친다. 과학 시간에 배웠다. 그것들은 엄청난 양의 가스와 먼지가 수축하면서 동시다발적으로 만들어지고, '별처럼 많다'는 관용 표현이 무색치 않게 보이지 않는 공간까지 빼곡히 들어차 있으며, 마치 생명이라도 가진 듯 끊임없이 태어나고 다시 죽는다는 사실을. 북극성, 큰곰자리, 카시오페이아자리, 페르세우스자리…… 지금 우리가 고개를 쳐들어 바라보는 별자리를 이루는 별들은 실제로 거리와 밝기가 각기 다르며, 그저 너무 먼 곳에 있기 때문에 눈길의 방향에 따라 같은 자리에 있는 것처럼 보이는 것일 뿐이라고.

과학은 믿음을 시시하게 만든다. 하지만 믿음의 신비는 과학보다 훨씬 오랫동안 사람들을 사로잡고 있었다. 그리하여 우리는 여전히 변화무쌍한 그것에서 불멸을 찾고, 푸닥지게 많은 그것으로부터 절대를 구하며, 짧게 나타났다 사라지는 한 점의 빛에 불과한 그것을 통해 영원을 꿈꾼다. 누군가는 별에서 고고한 신들의 영혼을, 누군가는 어지러운 세상의 화해와 융합을, 누군가는 뜨거운 혁명을 통한 평등의 이상을 보았다. 그리고 오늘도 누군가는 밤하늘에 외로이 붙박여 빛나는 그것으로부터 위안을 구하고, 그것을 바라보며 그리움과 회한으로 한숨짓고, 설렘으로 마음을 환하게 밝힌다.

별, 그 오래된 신비가 우리를 향해 한껏 양팔을 벌리고 있다. 높고 외롭고 가난하지만 구김새 하나 없이 말긋말긋한 별들의 고향, 이곳은 지리산이다.

> 지리산은 두류산이니 영남, 호남 어름에 있는 큰 산이라, 서편 반야봉에서 동편 천왕봉까지 상거가 백여 리요, 산속에 있는 평전이 동서로 육십 리, 남북으로 육십 리요, 쌍계사, 의신사, 신흥사와 같은 크고 작은 절과 불일암, 천불암, 칠불암과 같은 높고 낮은 암자가 이곳저곳에 있어서 그 수를 이루 다 헤일 수가 없다.

벽초 홍명희의 대하소설 『임꺽정』에서 병해대사와 꺽정이가 남도를 유람하다가 지리산에 들어가는 대목을 곱씹으며 '큰 산' 속으로 한 발 한 발 내딛는다. 새벽 4시, 기상청의 산악 날씨 정보에서 예고한 한밤의 최저 기온은 영하 8도이지만 온몸이 떨릴 정도로 춥지는 않다. 근육과 뼈마디를 파고드는 모진 추위라기보다 잠기운으로 흐리멍덩한 머리가 쨍하게 맑아지는 기분 좋은 쌀쌀함이다. 머리 위에 별들이, 그리고 저만치 멀리 어둠 속에서 큰 산이 우리를 향해 검은 품을 펼치고 둔중하게 버텨 서 있다.

1차부터 16차까지의 산행기 『이 또한 지나가리라!』에 쓴 것처럼 이우학교 백두대간 종주 동아리 6기는 지난 9월 13차에 지리산 산행을 계획했다. 하지만 때 아닌 가을장마에 한반도가 온통 젖어들면서 호우주의보가 내린 지리산은 입산 통제되었고, 신령스러운 영산(靈山)을 오르기에는 우리의 준비와 마음이 아직 모자란 모양이라는 자탄으로 아쉬운 마음을 달래며 급박히 산행을 조령 구간으로 대체했다. 그리하여 두 달이 꼬박 지난 이제야 백두산에서 비롯된 대간이 끝나는 종점인 동시에 남한의 백두대간이 시작되는 출발점, 시작이자 끝이고 끝이자 시작인 그 산을 오른다.

민족의 영산, 어머니 산, 전설의 산, 신비의 산, 역사의 산, 항쟁의 산…… 그에 붙은 짱짱하고 강강한 이름들이 1박 2일 동안 먹을거리 입을거리가 꽉꽉 들어찬 배낭만큼이나 무겁다. 그런데 60명 인원이 단체로 3대에 덕을 쌓지 못했던지 지리산 10경 중의 하나로 꼽히는 '천왕 일출' 대신 로터리 산장에서 얼음덩이 같은 김밥을 씹으며 해 뜨는 모습을 보았다. 몇 달 전 74세의 모씨와 47세의 모씨가 심장 질

환으로 사망했다는 경고가 눈을 홉뜨고 있는 천왕봉을 혹시나 터져 버리기라도 할까 봐 가슴을 움켜쥐고 기어올라, 헐레벌떡 연하봉의 벼랑과 고사목을 무심히 스쳤고, 세석평전에서는 주린 단배를 라면으로 채우느라 혁명―그 맵고 뜨거운 이름은 생각할 겨를도 없었다. 13시간 가까이 행군하듯 산행을 하고 벽소령 대피소에 도착했을 때는 온몸의 구멍구멍에서 피로의 열기가 솟구쳐 (어차피 씻을 수도 없지만) 땀투성이인 채로 모포 한 장을 덮고 곯아떨어져 새우잠을 잤다. 그 밤에 단축 경로인 'B코스'로 먼저 올라와 저녁밥을 준비한 몇 명의 엄마들과 그 와중에도 밤이슬을 맞으며 참이슬을 드시겠다고 술상을 펴신 몇 명의 아빠들 사이에 잠시 갈등 어린 긴장이 흘렀다고 하는데, 나는 아무래도 몸살이 날 것 같아 일찍 잠자리에 드는 바람에 용케도(혹은 용렬하게도) 그 자리를 피할 수 있었다.

이틀째는 쌀과 반찬을 비웠음에도 이상스럽게 여전히 무거운 짐을 지고 허덕허덕 화개재의 558계단을 기어올라 삼도봉을 넘었다. 인걸이 아빠가 백두대간 마루금에서 살짝 비껴 있는 반야봉에 오를 '특공대'를 모집할 때는 슬그머니 '여인의 둔부'를 뒤로 빼며 조금이라도 덜 걸으려 꼼수를 피웠고, 임걸령을 지나 피아골 갈림길에서는 온몸이 (음주 산행으로) 벌겋게 달아오른 행락객들과 어깨를 부딪치며 짜증을 냈다. 그리하여 노고단에 이르렀을 때에는 산멀미가 아니라 사람멀미에 헛구역이 났다. 스키니 팬츠를 입고 화장을 하고 하이힐까지 신은(아이들은 그 아주머니를 '레전드'라 불렀다) 여성들이 활개를 치는가 하면, 취사가 금지된 국립공원에서 삼겹살을 굽는 아저씨들까지 있었다(우리 눈에 띈 사람들만 두당 벌금 50만 원으로 잡아 계산해도 6백만 원이 넘었다).

중 1 승은이가 불만을 터뜨렸다.

"대체 어떤 사람들이 산에 오면서 화장을 하는 거지?"

지난밤 세수도 못하고 자야 했던 우리의 처지를 대변한 승은이의 탄식에 동행한 이모님의 대답.

"여자 어른들 중에는 화장을 하지 않으면 바깥에 나가지 못하는 사람들이 꽤 많거든!"

두꺼운 화장으로 맨얼굴을 가리지 않으면 집 바깥으로 나설 수 없는 여자들처럼, 삶을 포장하고 가면을 들쓰지 않으면 한 발자국도 밖으로 내디딜 수 없는 사람들이 얼마나 많은가?

나의 지리산 종주 기억을 반추하며 이원규의 시 「행여 지리산에 오시려거든」을 곱씹어 읽노라니 시를 오독하다 못해 모독하는 듯한 기분이 든다. 그토록 아름답고 유장한 지리산을 순정한 이슬의 눈도, 절정의 뜨거운 마음도, 뼈아픈 회한과 반성과 겸손도 없이 마구잡이로 밟아 젖힌 것 같아 민망하고 죄송하기까지 하다.

하지만 나는 어쩔 수 없이 비루한 산문가인지라 그럴듯한 감성의 달필로 당시의 초라한 몰골을 윤색할 수가 없다. 지리산 종주는 내게 힘겹고 버거웠다. 그래서 마음껏 산을 즐기기 어려웠다. 하지만 그 힘겨움은 단순히 등이 휘도록 무거운 배낭의 무게 때문만은 아니었다. 민족의 영산, 어머니 산, 전설의 산, 신비의 산, 역사의 산, 항쟁의 산…… 그 짱짱하고 강강한 수식어들이 너무 무거웠다. 그리고 추

억이, 추억 속의 사람들이 벅찼다.

나는 스무 해 전쯤 이 산을 오른 적이 있다. 한반도 남단 곳곳을 순례하며 통일 운동을 선전하고 홍보하는 '선봉대'의 이름으로 비장하게 지리산 산행에 나섰다. 그런데 고작 20대 초반의 젊은이들에 불과했던 우리는 용감한 만큼이나 어리석고, 야심찬 만큼이나 어수룩하여 등산 장비 하나 없는 맨몸에 운동화 차림으로 겁 없이 '큰 산'에 들어섰다. 아마도 노고단, 피아골, 세석평전 근방을 어름어름 헤매어 밟았을 테지만 지금 지형이나 풍광에 대한 기억은 하나도 남아 있지 않고, 다만 헤드 랜턴도 없이 달빛에 의지하여 밤길을 걸으며 불렀던 처연한 노래들만이 꿈인 듯 생시인 듯 아삼아삼하다.

지리산, 일어서는 저 산…… 다가오는 저 산…… 살아오는 저 산……
지리산, 반란의 고향!

때로 기억이 상처처럼 아플 때가 있다. 스무 해 전의 그때로부터 곱절은 더 나이를 먹어버린 채로 다시 지리산 골짜기를 밟으며 그때만큼 순정하고 뜨겁고 무구하고 수굿하지 못한 내가 부끄럽다. 세월의 때를 덕지덕지 묻히고 통속의 욕망으로 투덜투덜 볼멘소리를 하면서 오로지 낙오되지 않겠노라는 의지로 허덕허덕 따라 걷는 지리산은 시인의 말대로 나 같은 '아무나'가 감히 함부로 오지 말아야 할 곳인지도 모른다. 그래서 지리산 종주 내내 나는 좀 풀이 죽어 있었다. 물론 길고 먼 산행 거리와 시간에 힘들기도 오달지게 힘들었지만 시인과 '진정한' 산꾼들이 느끼는 지리산의 의미를 깨닫기에는 내가 너무 짭짤찮다는 생각 때문이었다.

하지만 시의 마지막 여섯 행이 그나마 나를 위로했다. 그러나 굳이 지리산에 오고 싶다면(이미 왔다면) 언제 어느 곳이든 아무렇게나 오라고(여전히 산중에서 문득문득 지남력을 잃고 "난 누군가 또 여긴 어딘가?"를 읊조리는 하수 산꾼을 격려하는 말이 아닐 수 없다). (나를 포함한 세상의 '아무나'는) 나날이 변덕스러울지라도, 지리산은 변하면서도 언제나 첫 마음이니…… 무겁고 거창한 기억을 내려놓고, 짱짱하고 강강한 이름 따위는 잊기로 한다. 다만 지리산의 그것처럼 내가 새롭게 만난 지리산을 '첫 마음'으로 헤아려본다.

피아노를 치는 채운이와 첼로를 연주하는 호중이가 마치 오케스트라 같다고 표현한 것처럼, 지리산은 지난 16번의 산행을 압축시켜놓은 듯 변화무쌍하고도 익숙했다. 돌길, 흙길, 암릉, 계단 등 지금껏 걸어온 다양한 길들이 곳곳에 펼쳐져 있었고, 어머니를 빼닮은 딸이

나 아버지를 빼쏜 아들을 볼 때처럼 지난 풍경과 겹쳐지는 장면도 많았다. 그러고 보니 지리산이 이제야 우리를 초대한 이유, 우리가 지금에 이르러 지리산에 와야 했던 이유를 알 것 같다. 백두대간 종주의 1차 산행을 지리산에서 시작했다면 우리는 내내 지리산에 붙매여 다른 산들이 갖는 각각의 아름다움과 흥취, 고통과 시련의 의미를 헤아려보지 못했을지도 모른다. 작은 산들을 오르내린 경험이 모이고 쌓여서야 비로소 '큰 산' 앞에 주눅 들거나 경망해지지 않을 수 있는 것이다. 윤기가 반드르르한 검은빛 깃털을 자랑하는 오동통한 지리산 까마귀들이 홰쳐 오를 때 마음속으로 영혼들의 이름을 부를 여유를 갖고, 스키니 팬츠를 입고 하이힐을 신은 채 '관광'하러 오는 것으로도 모자라 케이블카를 타고 '정복'하겠노라는 오만방자한 도발에 분노하는 건 우리가 지리산을 닮은 숱한 산들을 넘어왔기 때문이다.

지리산은 어리석은 자를 지혜롭게 만드는 곳이라고 한다. 지혜롭기 위해서는 우선 어리석었음을 인정해야 한다. 우리는, 나는, '큰 산' 앞에 얼마나 어리석은가?! 그리하여 시인은 단호히, 그리고 간곡하게 말한다. 행여 견딜 만하다면 제발 오지 마시라…… 고. 어리석음과, 그 어리석음을 깨닫지 못하는 어리석음과, 그 어리석음을 알면서도 꾹 눌러 참는 어리석음을 그럭저럭 이러구러 견딜 만하다면.

거리 34킬로미터, 소요 시간 21시간의 기나긴 산행이 마침내 끝났다. 어슬녘 산기슭의 산채비빔밥집에 모여 앉자 아이들은 "힘들고, 힘들고, 힘들었다!"라고 비명을 지르면서도, "이번 이후로 내 생애 절대 다시는 지리산 안 올 것이다!"라고 억지다짐을 하면서도, "내가 살다 살다 중학교 때 지리산을 종주하다니!" 하면서 감격스러워한다. 그런 아이들을 사랑옵게 바라보면서, 내 마음에도 아이들과 똑같이 스스로를 자랑스러워하고 등 뒤에 남겨진 산을 애틋해하는 '첫 마음'이 싹틈을 느낀다.

아이들이 쓴 지리산 산행 후기에는 유난히 '별'에 대한 글이 많다. 반짝반짝 빛나고 있는 형광 이불을 덮고 있는 기분이었다는 찬동이, 자기가 본 가장 아름다운 밤이었고 아름다운 하늘이었다는 용준이, 북두칠성을 그렇게 완전한 모습으로 본 것은 처음이었다는 눈 나쁜 아들 혜준이…… 아이들의 글을 읽다가 가만히 눈을 감고 그 별빛과 세상에서 가장 슬프고 아름다운 별을 이야기한 빅토르 로다토의 소설 『마틸다』의 한 대목을 떠올렸다.

> 세상에는 아름다운 것들과 슬픈 것들이 있고 그 둘이 같이 합쳐져 별이 되지. 그 빛은 멀리에 있어. 가장 이상한 건, 그 빛이 네 안에 있다는 사실이야. 하지만 네가 아무리 애써 그 별을 보려고 하더라도 그 자체로는 볼 수 없고, 호수에 비친 별빛만 볼 수 있는데 그 호수마저도 네 안에 있어.

다음번에 지리산에 가게 된다면, 떠오르는 해보다는 별을 보러 갈 것이다. 무거워 쩔쩔 매면서도 치덕치덕 휘감고 살았던 어리석음의 껍데기 따위는 다시 찾을 수 없도록 지리산의 깊은 골짜기 어디쯤에 획 던져버리고, 별과 함께 도동실 하늘로 떠오를 것이다. 삶이든 어리석음이든 그 삶의 어리석음이든, 견딜 수, 견딜 수 없어…… 행여 다시 지리산에 가게 된다면.

행여 지리산에 오시려거든

—이원규

행여 지리산에 오시려거든
천왕봉 일출을 보러 오시라
삼대째 내리
적선한 사람만 볼 수 있으니
아무나 오지 마시고
노고단 구름바다에 빠지려면
원추리꽃 무리에 흑심을 품지 않는
이슬의 눈으로 오시라
행여 반야봉 저녁노을을 품으려면
여인의 둔부를 스치는
유장한 바람으로 오고
피아골의 단풍을 만나려면
먼저 온몸이 달아오른
절정으로 오시라
굳이 지리산에 오려거든
불일폭포의 물방망이를 맞으러

벌받는 아이처럼

등짝 시퍼렇게 오고

벽소령의 눈 시린 달빛을 받으려면

뼈마저 부스러지는 회한으로 오시라

그래도 지리산에 오려거든

세석평전의 철쭉꽃 길을 따라

온몸 불사르는

혁명의 이름으로 오고

최후의 처녀림 칠선계곡에는

아무 죄도 없는 나무꾼으로만 오시라

진실로 지리산에 오려거든

섬진강 푸른 산 그림자 속으로

백사장의 모래알처럼

겸허하게 오고

연하봉의 벼랑과 고사목을 보려면

툭하면 자살을 꿈꾸는 이만

반성하러 오시라

그러나 굳이

지리산에 오고 싶다면

언제 어느 곳이든 아무렇게나 오시라

그대는 나날이 변덕스럽지만

지리산은 변하면서도 언제나 첫 마음이니

행여 견딜 만하다면 제발 오지 마시라

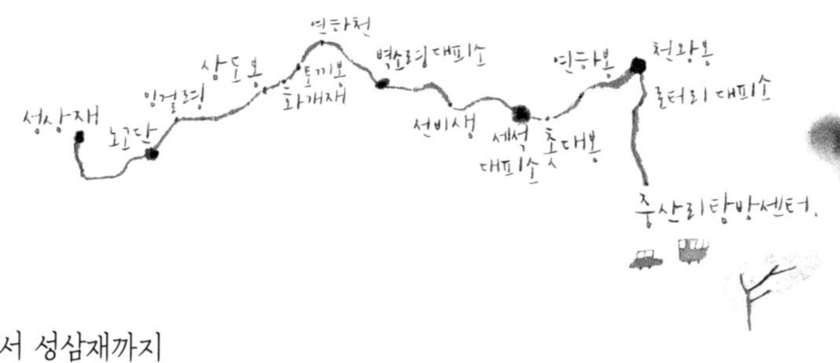

천왕봉에서 성삼재까지

위치 경상남도 산청군 시천면-전라남도 구례군 산동면

코스 1일차: 중산리 탐방센터(500m)-로터리 대피소-천왕봉(1,915m)-장터목 대피소(1,660m)-연하봉-촛대봉(1,704m)-세석 대피소-선비샘-벽소령 대피소(1,350m)
2일차: 벽소령-연하천 대피소(1,495m)-토끼봉-화개재-삼도봉(1,499m)-임걸령-노고단(1,507m)-성삼재(1,090m)

거리 1일차: 16.6km(마루금 11.2km+접근거리 5.4km)/2일차: 17.5km

시간 1일차: 12시간 30분/2일차: 8시간 30분

날짜 2010년 11월 13~14일(17차 산행)

나와 네가 다르지 않고,

내 어리석음이 네 어리석음과 다르지 않으며,

내가 흔들리고 젖으면서도 희망의 불을 지피듯

너 역시 비바람 속에서도 줄기를 곧게 세우고

따뜻한 꽃잎을 피울 수 있으리라고.

흔들리며 가는 삶

담금질을 하면 쇠가 더 단단해지는 것과 같이 시련과 고통은 큰 그릇을 더욱 크게 만든다……지만, 괜히 잘못 두들겼다가는 대부분의 작은 그릇들을 부수거나 찌그러뜨리기 마련이다.

꼭 지난번의 후유증 때문은 아니겠지만 18차 산행의 신청 인원은 지리산 등반대에서 거의 반절이 뚝 끊겨나갔다. 발톱이 빠졌다는 사람, 무릎이 아프다는 사람, 전반적인 몸의 컨디션이 엉망이라는 사람…… 하긴 1박 2일의 일정으로 지리산을 종주하는 건 무리수이자 초강수였다. 그래도 39명의 생존자들을 실은 버스는 어김없이 새벽 3시 30분에 시동을 걸었다. 경조사며 모임이며 사람의 도리를 다하려면 도저히 해낼 수 없는, 비가 오나 눈이 오나 바람이 부나 추우나 더우나 아랑곳없는, 시험이고 명절이고 얄짤없는 이것이 바로 우리의 비정한(그리고 비장한) 백두대간 종주 팀이다! (실제로 앞뒤 상황과 전

후 사정을 다 고려하고 배려해서는 도저히 2년 예정의 40차 산행으로 백두대간을 종주할 방도가 없다.)

'산 넘어 산'이라는 말은 갈수록 어려운 지경에 처하게 되는 경우를 비유적으로 이르는 속담이지만, 백두대간 종주에 나선 우리에게는 비유가 아닌 뚜렷한 현실이다. '큰 산'인 지리산을 넘었다고 산행이 끝나랴! 첩첩이 겹겹이 이어진 산들이 엄연히 그리고 의연히 우리를 기다리고 있다. 아무리 작고 낮아도 쉬운 산이란 없고, 몇 번을 거듭 강조해도 넘치지 않을 만큼 산에서는 겸손하고 또 겸손해야 한다. 그래서 우리 팀이 내건 구호가 "까불지 말자!"가 아니었던가.

그런데 머리로 그렇게 생각하고 말은 이렇게 하지만, 다음 달 두 번의 산행을 마치면 전체 여정에서 절반을 '꺾고' 넘어가는 상황에서 살금살금 꾀가 나기 시작한 것도 사실이다. 사람은 지극히 간사한 적응의 동물이라 이제는 제법 익숙해진 산행에 저절로 긴장이 풀렸나 보다. 산행 전날 오후부터 불안에 휩싸여 안절부절못하던 증상도 적잖이 가셨다. 14시간도 걸어봤는데 8시간쯤을 두려워할쏘냐? 절벽에 대롱대롱 매달려 죽기 아니면 살기로 발버둥을 쳐봤는데 암릉이며 로프며 그깟 게 문제일쏘냐? 상황에 따라 장비를 착용하고 이용하는데 어색함이 없고, 지도를 보면 대충 어떤 식으로 산행이 진행될지를 예상할 수 있으니 봉사 문고리 잡기로 헤맬 까닭도 없다. 내 몸 상태에 따라 속도를 조절하며 고통을 관리하고, 앞 사람의 꽁무니와 길바닥만 뚫어져라 바라보는 대신 가끔씩 멈춰 서 이마에 돋은 땀을 훔치며 경치와 풍광을 감상한다.

이처럼 왕초보에서 벗어나 얼추 산꾼의 모양새를 흉내 내는 경지에 이르게 되니 예전 같은 떨림은 없다. 하지만 그와 동시에 설렘도 줄어들고 말았다. 마치 이글스(Eagles) 노래의 한 대목처럼.

What can you do when your dreams come true
꿈이 이루어지면 그땐 뭘 할래?
And it's not quite like you planned?
그건 네가 계획한 것 같은 게 전혀 아닐걸?
After the thrill is gone
……설렘이 사라진 후에는 말이야

하지만 아직은 떨림이 다한 후의 권태, 설렘이 사라진 후의 싫증 같은 걸 걱정할 때가 아닌가 보다.

오늘 우리가 오를 산은 6차 산행에서 올랐던 덕유산과 8~9차 산행에서 오른 속리산 사이의 이른바 '빠진 이빨' 구간이다. 지도상의 고도를 살펴보니 빼재에서 삼봉산까지 올라갔다가 오백 미터가량을 쭉 내려와서, 소사고개에서 초점산과 대덕산까지 다시 그만큼을 올라갔다 내려오는 지세가 마치 초등학교 때 그렸던 삐죽삐죽한 산 그림처럼 단순하다. 산행 예정 시간은 8~9시간 정도이지만 들머리나 날머리가 따로 없어 마루금에서 마루금까지 일사천리로 걷기만 하면 되고, 11월 말부터 2월 말까지의 겨울 산행을 위해 '저축'해 놓았던 구간인 만큼 눈이 오거나 얼음이 얼었을 때 위험한 로프 구간도 없다. 그래서 아이들이 "오늘 산행이야말로 '껌'이겠다!"라고 외쳤을 때에도 입방정을 조심해야 한다고 주의를 주는 대신 내심 흐뭇하게 동의를 했더랬다.

소사고개에서 미리 대기하고 있던 버스 기사님이 끓여준 라면으로 이른 점심을 먹고 삼도봉을 향해 출발할 때만 해도 모든 것이 순조로웠다. 춥지도 덥지도 않은 날씨에 하늘은 청명했고 가을걷이를 끝낸 들판은 한가하고 고요했다. 하필이면 걸쭉한 냄새를 풍기는 소똥 더미 옆에서 라면을 먹게 되었지만 그마저도 한데 밥을 먹는 흥취를 돋웠다. 이대로라면 지루하고 나른한 산행이었다고 말해도 무리가 없을 듯했다. 특색도 사건도 없이 산행이 끝나면 무엇을 글감으로 잡아 후기를 써야 하나, (쓸데없는) 고민을 하려던 찰나였다. 그런데……

비다! 아니, 우박인가? 진눈깨비로구나!

비인지 우박인지 진눈깨비인지, 그 모두가 섞여 있으되 분명히 아이들이 기다리는 첫눈은 아닌 액상 물질이 하늘에서 내려오기 시작했다. 처음에는 가늘게 솔솔 뿌리는 바람에 우비를 꺼내기가 번거로워 점퍼의 모자만 덮어쓰고 버텼는데, 삼도봉 정상으로 진행할 무렵에는 바람막이만으론 도저히 막아낼 수 없는 거센 비바람이 몰아치기 시작했다.

퍼뜩 죽비 같은 기억이 물기가 스며들어 무거워지기 시작한 배낭과 함께 어깨를 내리친다. 이번 산행의 삼봉산에서 덕산재 구간은 덕유산 국립공원 지역이다. 지난 5월에 첫 1박 2일 여정으로 찾았던 덕유산은 첫날의 지독한 더위와 강풍주의보가 내린 둘째 날의 거센 비

바람으로 우리에게 치도곤을 먹였다. 그때 나는 산을 알고 배우는 최고의 지름길이자 정통이라는 '무식하게 아주 무식하게 온몸으로 오르내리는 것'을 몸소 겪었고, 정말 무식하였기에 많이 배웠다. 그런데 그로부터 고작 6달이 지나 10번 남짓의 산행을 더 했다는 이유만으로 솔솔 게으름을 피우려는 순간, (우리 일행에겐 아무래도 친절하지 않은 스승인) 덕유산이 다시 일방(一棒)을 놓는다. 어리석고 굼뜨고 서툰 너희 주제를 알라고!

여름의 길목에서 맞은 비와 겨울 어귀에서 맞는 비는 사뭇 다르다. 뼛속까지 파고드는 냉기에 벌벌 떨며 감쪽같이 청명했던 하늘에 속아 방심했던 스스로를 꾸짖는다. 눈에 보이는 날씨에 속아 우비를 가져오지 않은 사람들도 꽤 된다. 그래도 못난 제자들이 그나마 예전과 달라진 점은 갑작스런 일격에도 불평불만을 터뜨리지 않고 기신기신 가야 할 길을 묵묵히 간다는 것이다. 바람에 흔들리면 흔들리는 대로, 비에 젖으면 젖는 대로…….

.미국의 언론인이자 작가인 얼 쇼리스(Earl Shorris)가 창립한 '클레멘트 코스'는 노숙인, 수인(囚人), 마약중독자 등 최하층의 빈민에게 정규 대학 수준의 인문학을 가르치는 코스로 유명하다. 먹을거리나 피난처, 지원금만큼이나 중요한 것이 삶의 의욕을 잃은 이들에게 '희망'을 심어주는 것이기에 "빵보다 인문학"을 외치며 시작된 클레멘트 코스는 한국에도 도입되어 점차 많은 곳에서 강좌를 열고 있다. 그런데 그 중 하나로 경희대학교 실천인문학센터의 최준영 교수가 안양 교도소에서 수인들에게 문학을 가르칠 때 수인들이 가장 좋아한 시는 다름 아닌 도종환의 「흔들리며 피는 꽃」이었다고 한다.

세상이 질시하는 '죄'를 짓고 감옥에 갇힌 그들은 누구보다 자신들을 향한 손가락질과 눈총과 비난을 잘 알고 있기에, 어쩌면 자기를 욕하는 사람들보다 더 자기를 미워하고 싫어한다. 하지만 그런 한편으로 자신을 편들어줄 사람은 자기 자신밖에 없다는 것을 알기에, 짐짓 과잉 방어로 높고 단단한 벽을 쌓고 그 안에 숨어 소리친다.

"건방진 소리 하지 마! 네까짓 게 무얼 알아?"

그때 시인은, 희망을 믿는 사람들은 말한다. 나와 네가 다르지 않고, 내 어리석음이 네 어리석음과 다르지 않으며, 내가 흔들리고 젖으면서도 희망의 불을 지피듯 너 역시 비바람 속에서도 줄기를 곧게 세우고 따뜻한 꽃잎을 피울 수 있으리라고. 네가 무엇을 하였든, 네가 누구일지라도, 아직 살아 있다면.

이 시는 상처를 입은 사람, 절망해 본 사람, 사랑을 잃어본 사람, 모질게 거절당해 본 사람, 쓰러져 바닥을 짚어본 사람들이 좋아할 수 있는 시다. 그리고 상처를 스스로 치유하기 위해 애쓰는 사람, 절망을 이기려 안간힘 쓰는 사람, 사랑의 실패 후에도 다시 사랑을 꿈꾸는 사람, 모질게 거절한 상대를 용서하는 사람, 쓰러진 그 바닥을 짚고 다시 일어나는 사람들이 더 깊이 이해할 수 있는 시다. 온실 속의 화초로 아무런 비바람도 겪지 않아서는 피울 수 없는, 슬퍼서 더 아름답고, 아파서 더욱 소중한 꽃이다.

대덕산을 향해 가는 길은 말마따나 고난의 행군이었다. 고개를 들면 빰따귀를 철벅철벅 치며 달려드는 성질 더러운 바람 때문에 낙엽이 깔린 진창길만 보고 걸었다. 나름대로 50킬로그램(정확한 수치는 절대 밝힐 수 없다)대의 몸무게를 자랑하는 내가 갈대처럼 휘청거릴 지경인데, 마른 몸피의 중 1 창선이는 제 표현대로 '행사용 풍선'처럼 흔들릴 수밖에 없었다. 그런데 갑자기 저만치 앞쪽에서 창선이의 단짝으로 늘 붙어가던 인우가 휙 뒤돌아서서 역주행하기 시작했다. 나는 여전히 바람의 완강한 저항으로 고개를 제대로 들지 못한 채, '인우가 볼일을 보러 가나 보다'라고 생각했다. 그런데 나중에 알게 된 사연인즉슨, 비바람을 뚫고 조금씩 대덕산을 오르던 중 창선이의 배낭 커버가 바람에 날아가버렸다. 바람을 등진 것도 아니고 맞받아 걷고 있던 터라 뒤로 날아가버린 배낭 커버를 찾을 길이 막연하여 창선이마저 '깔끔히 포기하고' 발걸음을 옮기기에 열중했다. 그런데 뒤따라가던 인우가 창선이의 배낭 커버가 날아가는 것을 보고 황급히 발길을 돌려 내려가 억새밭을 헤쳐 기어이 그것을 찾아낸 것이었다. 인우와 다시 만났을 때의 심정을 창선이는 이렇게 썼다.

"저 멀리서 인우가 내 주황색 배낭 커버를 국기처럼 흔들면서 오고 있었다. 감동이었다. 정말 이런 게 진정한 친구인 것 같다. 나는 그 일을 평생 동안 내 마음속에 간직해 놓을 것이다."

자그마한 창선이와 그보다 머리통 하나가 더 큰 인우, 만화 캐릭터인 '꺼꾸리와 장다리' 같은 중학교 1학년 사내아이들의 우정을 지켜보노라니 사람이 꽃보다 아름답다는 노래 가사가 절절히 실감난다. 비바람 속에서도 꽃은 핀다. 그리고 모진 비와 바람이 아니었더라면, 그 꽃이 그만큼이나 따뜻하고 고왔겠는가?

흔들리면서 간다. 젖으면서 간다. 14시간에 비해 8시간은 짧은 시간임이 분명하지만, 8시간의 산행이 14시간의 산행보다 언제나 쉽고 간단한 것은 아니다. 다만 지금의 걸음걸음에 충실한 것이 우리가 할 수 있는 최고이자 최선일 뿐. 흔들리지만 꺾이지 않는 사랑이, 흠뻑 젖어도 녹아내리지 않는 삶이 그 순간 우우우 활짝 피어난다.

흔들리며 피는 꽃

—도종환

흔들리지 않고 피는 꽃이 어디 있으랴

이 세상 그 어떤 아름다운 꽃들도

다 흔들리면서 피었나니
흔들리면서 줄기를 곧게 세웠나니
흔들리지 않고 가는 사랑이 어디 있으랴

젖지 않고 피는 꽃이 어디 있으랴
이 세상 그 어떤 빛나는 꽃들도
다 젖으며 젖으며 피었나니
바람과 비에 젖으며 꽃잎 따뜻하게 피웠나니
젖지 않고 가는 삶이 어디 있으랴

신풍령에서 덕산재까지

위치 경상남도 거창군 고제면-경상북도 김천시 대덕면

코스 신풍령(930m)-삼봉산(1,254m)-소사고개-삼도봉(초점산, 1,250m)-대덕산(1,290m)-덕산재(640m)

거리 15.2km

시간 7시간 30분

날짜 2010년 11월 27일(18차 산행)

어금니를 물어라. 겨울 나무가 눈을 흡뜨고 말한다.
추위에 벌벌 떨어서는 모질고 긴 겨울을 견딜 수가 없다.
절망까지도 재산으로 삼을 때까지,
절망을 밑천으로 다시 일어설 때까지,
이 겨울을 견뎌라!

절망까지도 재산이다

2주일 만에 산이 안색을 싹 바꾸고 우리를 맞았다.

"어서 오시게! 내가 바로 겨울 산이라네!"

눈, 바람, 얼음길의 3종 세트를 알뜰히 준비하고 기다리던 겨울 산에서 우리는 어김없이 새로운 시련을 당했다. 사람의 마을에는 내렸다 녹은 눈이 산에는 무릎까지 쌓여 있다. 따스하고 훈훈한 봄바람, 훗훗하고도 시원한 여름 바람, 선선하고 서늘한 가을바람과는 차원이 다른 매섭고 독한 칼바람이 뺨을 철벅철벅 갈기며 몰아친다. 아이젠을 하지 않으면 고스란히 미끄럼을 타며 넘어지고 자빠져야 하는 얼음길이 곳곳에 펼쳐져 있다.

빗길이나 눈길을 밟아 산행할 때는 평소 속도의 15퍼센트 정도가 감속되기 마련이라지만 예정보다 소요 시간이 오히려 단축되었다. 걸음을 멈춰 서면 곧바로 체온이 떨어지는 통에 쉬거나 간식을 먹을

짬을 낼 수 없었던 탓이다. 물을 마시려고 물통을 꺼내 드니 마개가 잘 열리지 않는다. 배낭에 매단 물통의 물이 얼어 주둥이에 살얼음이 낀 것이다.

"와아, 산이 완전히 자연 냉장고야!"

그래도 아이들은 눈 오는 날의 강아지처럼 신이 났다. 아들아이는 연신 눈을 던져서 눈꽃이 바람의 방향을 따라 날아가는 모습을 지켜보며, 여기에 비료 포대 하나만 있었으면 완벽했을 거라고 너스레를 떤다.

"이 녀석아, 너희가 넘어지면 살갗이 까지고 멍이 드는 정도지만 엄마가 여기서 넘어지면 최소한 골절이다!"

울 수 없으니 웃는다. 이가 시리도록 찬물로 마른입을 적시며 헐벗은 겨울 산의 풍광을 망연히 바라본다. 지나온 길과 걸어갈 길이 아득하다.

이번 구간은 아이의 표현대로 '샌드위치'와 같은 곳이다. 16차 산행에서 지났던 우두령-삼도봉과 지난 18차에서 지난 빼재-덕산재 사이에 건너뛰었던 구간을 메우는 것이다. 겨울 산행에 대비해 '저축'했던 구간이라 암릉이나 로프같이 위험한 지형 지물이 없는 대신 특색 없이 이어지는 길이 완만하고도 지루하다. 특히 백수리산 이후의 코스는 이름 있는 봉우리도 없고 이정표도 없어서 대체 얼마만큼 왔고 얼마만큼 더 가야 할지 가늠하기 어려웠다.

그나마 부항령과 백수리산에 '김천 산꾼들'이 세운 표지석이 외로운 산길의 위로가 된다. 누군가가 앞서 이 길을 걸었다고 생각하면 이상스럽게 마음이 든든해진다. 그래서 산속에서는 표지석 하나가 의지가 되고 나뭇가지에 걸린 산악회의 리본 하나하나가 반갑다(오직 '기념'의 표식으로 주렁주렁 매달아 나무를 힘들게 하는 리본은 '오염'이지만). 아이는 표지석의 글씨체가 아기자기하고 예뻐서 마음에 든다며 연신 카메라의 셔터를 누른다. 자연이 주는 또 하나의 선물은 이처럼 작은 것에 기뻐하고 만족하며 행복해지는 마음이다.

설산 하나를 넘어 다시 설산, 깊은 겨울 속으로 서서히 빨려든다. 몰아치는 찬바람을 피하려 손수건을 둘러매어 입을 가리니 쌔근거리는 내 숨소리를 제외하곤 아무것도 들리지 않는다. 차가운 침묵, 순정한 고독. 이 또한 겨울 산이 마련해 둔 비밀한 축복이다.

한때 나는 빨리 나이를 먹어 삶에 익숙해지고 싶었다. 언제까지나 낯설고 서름하게 삶의 모퉁이에서 서성거리고 싶지 않았다. 영원히 경계인, 국외자, 이방인으로 떠돌며 살게 될까 봐 겁이 났다. 익숙해진다는 건 길들여지는 것, 타협하는 것, 설렘과 떨림이 없는 것일 수도 있겠지만, 그만큼 편안해지고, 여유로워지고, 낙낙한 품을 가진다는 뜻이리라 믿었다. 희망도 기대도 없이 빨리 늙고 싶다는 소망을 가질 만큼 오만방자했던 그때, 나는 울울창창한 한여름의 나무 같은 젊음이었다.

그리고 소원대로, 소원과는 상관없이 나이를 먹었다. 인생의 쓴맛, 단맛, 매운맛, 짭조름한 맛과 시금털털한 맛을 골고루 보아가며 꾸역꾸역 먹었다. 때로는 황홀한 꽃이 피었다 지고, 휘몰아친 비바람에 어지러이 흔들리고, 주렁주렁 매단 의무와 책임이 버거워 허덕이기

도 하면서, 벅찬 계절들을 빠르게 지나왔다.

하지만 이상한 일이다. 젊은 날에 철없이 믿었던 것과 달리 나이를 먹어도 삶은 좀처럼 익숙해지지 않고 여전히 낯설고 서름하기만 하다. 가끔 외출할 일이 생겨 지하철을 타고 가다 보면 검은 유리창에 비친 늙수그레한 모습에 깜짝 놀란다. 편안하고 여유롭고 낙낙하기는커녕 고된 인생살이에 지쳐 후줄근한 아줌마가 눈을 휘둥그레 뜨고 나를 바라보고 있다. 그녀는 이제 안다. 가진 것은 별로 없고 앞으로도 없을 테다. 굳이 복채를 내어가며 사주를 볼 필요도 없이, 마지막 순간까지 제 힘으로 벌어먹을 팔자인 걸 뻔히 알고 있으니 뜻밖의 행운이나 횡재도 바라지 않는다. 더 이상 기대고 비빌 곳도 없다. 부모님은 시나브로 늙어가고 아이는 빠르게 큰다. 도망칠 데도, 숨을 곳도 없다. 이제 나는 한때의 초록을 까맣게 잊고 앙상한 뼈대를 드러낸 채 고스란히 알몸뚱이로 서 있는 겨울 나무가 되어간다.

언젠가 한 친구가 용하기로 소문난 지관(地官)을 만나고 와서 해준 이야기가 있다. 풍수지리학이나 역학 따위에 회의적이었던 친구는 지관에게 대체 조상이 좋은 묏자리를 썼다는 것이 실제적으로 후손의 삶에 얼마나 영향을 미칠 것인가에 대해 약간은 따지듯 물었다고 한다. 그러자 그 지관께서 동문서답처럼 하신 말씀인즉, "속되게 얘기하자면, 전 삶이란 고스톱 같은 거라고 생각합니다"라고 하였다. 그리고 이렇게 덧붙였다.

"언제라도 자신이 불리하면 던지고 물러날 수 있는 카드놀이가 아니라, 받은 패를 쥐고 어떻게든 게임이 끝날 때까지 버텨야 하는 고스톱 같은 게 삶이라는 거죠. 집터나 묏자리, 사주 따위는 처음에 받은 패와 같은 겁니다. 좋은 패를 잡으면 아무래도 이기기 쉽겠죠. 하지만 좋은 패를 잡았다고 꼭 이기리라는 보장은 없고요. 삶은, 그래서, 고스톱 같은 겁니다."

나는 고스톱이든 카드놀이든 요행수를 바라며 돈내기를 하는 데는 별로 취미가 없다. 재미를 느끼지 못하기도 하거니와 해봤자 잃을 것이 뻔한 실력이기 때문이다. 그럼에도 시 「겨울 나무들한테 배운다」에서 가진 것 모두를 탈탈 털어 날리고 새벽에 냉수 한 사발을 들이켜는 사람의 심정을 얼마간 이해할 수 있다. 그는 삶의 낭떠러지 같은 마루 끝에 아슬아슬하게 걸터앉아서 잃어버린 것을 생각할 테다.

잃어버린 것이란 처음에 그가 땀과 함께 손에 쥐고 있던 돈일 수도 있고, 그 돈을 밑천으로 판돈을 쓸어 딴 더 큰 돈일 수도 있다. 하지만 그 액수가 크든 작든 얼마든, 도박은 돈 자체를 좇는다기보다 돈을 매개로 한 환상에 빠져드는 것이다. 그리고 그 환상에 빠져드는, 빠져들고자 하는 심리는 현실적으로 자신이 맞닥뜨린 가장 중요한 문제를 똑바로 바라보는 일을 피하고자 하는 것이다. 고통스럽기 때문에, 두렵기 때문에, 차라리 환상 속에서 길을 잃고 모든 것을 털리는 편을 택한다. 그래서 도박은 도망이다. 탈출할 수 없는 삶으로부터의 도피다.

밑천까지 다 날릴지라도, 고스톱은 내 의지로 멈출 수가 없다. 내가 점수를 내거나 상대가 점수를 내서 "스톱!"을 외치지 않는 한, 몸뚱이 하나와 불알 두 쪽만이 남을 때까지 잃고 또 잃어야 한다. 희망을 잃은 만큼 절망이 쌓여, 그 절망으로 한 3년쯤은 거뜬히 헛배 부르게 밥을 지어 먹을 수 있을 때까지…… 그런데 그때까지도 아직 반성은 멀었다고 혹독하게 몰아치는 겨울 나무, 그 앙상한 힐난이라니!

박석산의 삼각점을 지나 삼도봉 삼거리까지 가는 길은 유난히 멀고 지루했다. 끊임없이 이어진 단조로운 길을 걷노라니 시간이나 거리를 감지할 수 없는 먹먹한 상태가 되었다. 연속되는 내리막길에 스틱이 오히려 불편하게 느껴져서 접어 배낭에 꽂았다. 하지만 날카로운 바닥쇠를 박은 아이젠으로도 얼음길에서 미끄러지는 것을 막을 수가 없어, 하는 수 없이 원숭이처럼 나뭇가지를 잡고 이 나무에서 저 나무로 건너뛰기 시작했다.

그러고 보니 나무들은 참 신기하기도 하다. 알루미늄 합금이나 티타늄이나 듀랄루민으로 만들어진 스틱보다 더 굵고 튼튼해 보이지 않는데도 땅을 움켜잡고 버티는 데는 그보다 힘센 녀석이 없다. 몸이 균형을 잃고 비틀거릴 때에는 본능적으로 팔을 뻗어 길섶의 나뭇가지를 움켜잡게 되는데, 그때마다 순순히 마른 몸을 잡혀주며 튼튼한 뿌리로 앙버티는 나무가 미쁘기 이를 데 없다. 실수로 나뭇가지라도 꺾게 되면 들리지 않는 그의 비명을 맞받아 "아, 미안해!" 하고 소리친다. 동물인 나와 식물인 그, 사람인 나와 나무인 그, 말할 수 있는 나와 말할 수 없는 그, 걸어 다니는 나와 한자리에 영영 붙박인 그…… 아픔의 공유, 고통의 공감 속에서 경계마저도 아슴푸레하게 사라진다.

나는 그의 봄과 여름과 가을을 기억한다. 그때의 연둣빛과 초록과 황갈색을, 탱탱한 물기와 활력과 화려한 조락을 잊지 않고 있다. 하지만 그 모두가 거짓말처럼 사라진 지금도 그는 여전히 강강하다. 군살 하나 없는 꼿꼿하고 앙상한 몸피로 헐벗은 계절을 견디면서도, 꽃으로 가리고 잎으로 숨겼던 빈손과 알몸뚱이를 모다 드러내고도, 두려움이나 부끄러움에 떨지 않는다. 어금니를 물어라, 겨울 나무가 눈을 홉뜨고 말한다. 추위에 벌벌 떨어서는 모질고 긴 겨울을 견딜 수가 없다. 절망까지도 재산으로 삼을 때까지, 절망을 밑천으로 다시 일어설 때까지, 이 겨울을 견뎌라!

지난 18차 산행을 끝내고 참으로 모범적인 학부모인 기영 엄마, 나의 학교 선배이기도 한 경란 언니가 동아리의 인터넷 카페에 '인생살이도 그렇다'는 제목의 후기를 떠올렸다. 그 중에서 특히 몇 구절이 눈에 들어와 마음에 닿았다.

혼자라면 포기할 길을 함께라면 갈 수 있다…… 인생살이도 그렇다.

쉬운 길은 돌아가고, 빠른 길은 험하다…… 인생살이도 그렇다.

내 몸을 움직이게 하는 건 내 다리뿐이다…… 인생살이도 그렇다.

가야 할 길도, 중력의 무게감도 모두에게 공평하게 주어진다…… 인생살이도 그렇다.

먼저 갔다고 우쭐할 것도 늦게 간다고 기죽을 일도 아니다…… 인생살이도 그렇다.

지극히 평범한 삶의 진리인 듯하지만 산을 오르내리면서 깨닫는 그것은 더욱 뚜렷하고 생생하게 다가온다. 다른 계절에 그러했듯 춥고 혹독한 겨울 산에서도 배울 것이 많다. 눈과 바람과 얼음길이, 나무와 바위와 가끔씩 얼굴을 비추는 창백한 해가 흔들리고 비틀거리면서도 가야만 하는 길을 일러준다. 그리고 뒷사람을 위해 눈 위에 발자국을 만들고, 탈진할까 봐 우겨서라도 간식을 나누고, 최후미로 도착한 일행을 위해 박수를 쳐주는…… 함께 산을 오르며 삶을 나누는 사람들이 있다. 그렇다면 산행 후기 「인생살이도 그렇다」의 마지막 부분에 슬며시 내가 겨울 나무들에게서 배운 한 구절을 끼워 넣어 볼까?

봄에, 여름에, 가을에 그러했듯, 겨울 나무도 아름답다…… 인생살이도 그렇다.

겨울 나무들한테 배운다

—안도현

그리하여 삶이란 화투판에서 밑천 다 날리고
새벽, 마루 끝에 앉아 냉수 한 사발 들이켜는 것
몸뚱이 하나, 혹은 불알 두 쪽만 남았다는 생각이 들 때
저 겨울 나무들을 바라볼 일이다
스스로 벌거벗기 위해 서 있는 것들
오로지 뼈만 남은 몸 하나가 밑천인 것들
얼마만큼 벗었느냐, 우리도 절망을 재산으로 삼을 도리밖에 없다
희망 같은 것 몽땅 잃어버린 대신에 우리 가진 절망은 또 얼마나 많은 것이냐
절망으로 밥을 해 먹으면 한 삼 년은 버티겠다
바람 찬 노숙의 새벽이여 부디 무사하라 그리하여 쓰러져 길가에 잠들지라도 잊지는 말라
아직도 반성문을 써야 할 일기장의 페이지는 하얗게 비어 있다는 것을
겨울 나무들, 이 악 물고 떨지도 않고 말한다
두 손 치켜들고 아침을 맞으려면 아직도, 아직도 멀었다고

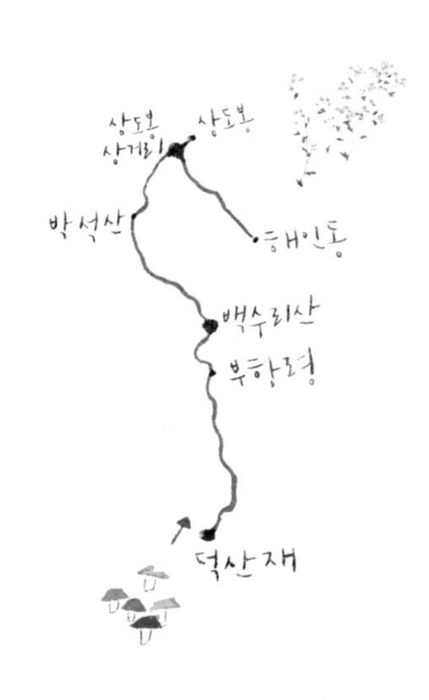

덕산재에서 삼도봉까지

위치 경상북도 김천시 대덕면-경상북도 김천시 부항면

코스 덕산재(640m)-부항령(680m)-백수리산(1,030m)-박석산(1,170m)-삼도봉 삼거리-해인동

거리 19.2km(마루금 15.7km+접근거리 3.5km)

시간 7시간 30분

날짜 2010년 12월 11일(19차 산행)

정직한 땀과 눈물을 요구하는 혹독한 산이
살아온 내력도 하는 일도 나이도 다 다른 사람들을
이렇게 사랑을 중심으로 뭉치게 만든 것이다.
우리는 바닥을 박차고 올라 각자의 산을 넘은 상대를,
스스로를 향해 외친다.
"너 너무 아름다워! 너 너무 사랑스러워!"

바닥이기에 더욱 아름답게

제1차 세계대전이 발발한 지 5달째로 접어들던 1914년 12월 24일의 일이었다. 프랑스 내륙에서 북해에 이르는 8백 킬로미터의 참호를 사이에 두고 독일군과 연합군이 대치해 있었다. 전쟁 그 자체만큼이나 무모하고 지루한 참호전이었다. 한쪽에서 돌격해 뛰쳐나가면 다른 한쪽에서 집중 사격을 하고, 다른 한쪽에서 돌격하면 한쪽에서 집중 사격을 하여 양쪽이 대량 학살되는 식이었다. 참호 사이에는 총상을 입어 죽은 시신들이 어느 쪽인지를 가릴 수 없이 뒤엉켜 있었지만 감히 범접하는 자는 없었다. 동료의 시신이 썩어가는 것을 지켜보면서, 언젠가는 자신이 그렇게 되리라 예감하면서, 병사들은 신념도 확신도 없이 명령에 내몰렸다.

그리고 전쟁 중의 첫 번째 크리스마스가 다가오고 있었다. 기독 문화권인 서구의 성탄절은 종교적 기념일을 넘어선 성대한 축제다. 가족과 친구들이 모이고, 음식과 선물을 나누고, 사랑과 평화의 노래를 부른다. 하지만 독일 서부 전선 플뢰르 벌판의 연합군과 독일군은 전우의 시신과 차가운 별들만을 사이에 둔 채 고통스러운 크리스마스 이브를 맞고 있었다. 춥고 어두운 밤이었다. 외롭고 무서운 밤이었다. 그런데 한순간, 독일어로 낯익은 노랫가락이 들리기 시작했다.

슈틸레 나흐트, 하일리게 나흐트
Stille Nacht, Heilige Nacht……

그러자 반대편 참호에서 화답하듯 다른 언어의 같은 노래가 울려 퍼졌다.

싸일렌 나잇 호올리 나잇
Silent night, holy night……

그 노래는 바로 1818년 오베른도르프 교회의 오르가니스트인 프란츠 그루버가 J. 모르의 독일어 시에 곡을 붙여 만든 것으로, 오늘날까지 널리 알려진 캐럴의 대표곡 〈고요한 밤 거룩한 밤〉이었다.

크리스마스를 맞아 교황이 연합군과 독일군 지도부에 임시 휴전을 제안했을 때 '지도자'라 불리는 이들은 그것을 단호히 거절했다. 하지만 최전방 서부 전선에서는 오로지 병사들에 의해 자발적으로 임시 휴전이 맺어졌다. 참호 주변에 꽂은 양초에서 따뜻한 불빛이 얼어붙은 하늘을 데웠다. 독일군 장교와 연합군 장교가 대표로 만나 양측

전사자들의 합동 장례식을 치르기로 합의했고, 장례식이 치러진 이후 병사들은 요리와 담배를 서로 나누고 가족사진을 돌려보았다. 축구에 열광하는 유럽인들답게 그들은 즉석에서 축구 시합을 벌였는데, 당시 경기에 참가했던 한 영국군 병사는 일기에 이렇게 기록했다.

"독일군이 3 대 2로 이겼지만, 독일군의 마지막 골은 오프사이드였다!"

이 짧은 평화는 3일 만에 끝났다. 그동안 양측 사령관들은 병사들에게 당장 참호로 복귀할 것을 명령하며 불복할 시 군사재판에 회부할 것이라고 경고했고, 본국에서도 비난 여론이 들끓었다. 예나 제나 동서고금을 막론하고 죄인들은 싸움터에 없다. 이후 44개월 동안 진행된 이 전쟁에서 9백만 명 이상이 죽었고 2천만 명 이상이 부상을 입었다. 그리고 1914년에 딱 한 번 멈추었던 전장의 총성은 백 년이 가까워오는 지금껏 재현되지 않았다. 잔혹한 현실보다는 아름다운 환상을 믿고 싶은 사람들의 열망이 2005년 프랑스 영화 〈메리 크리스마스〉로 만들어져 개봉되었을 뿐이다. 그래도 미국의 가수 콜린 레이(Collin Raye)는 한 번 더 그 기적이 일어나길 희망하며 속삭이듯 노래한다.

> If it could happen then, it could happen again
> 그때 일어났던 일이라면 언젠가 다시 이루어질 수 있지

어쨌거나 사랑과 평화와 화해와 축복의 날인 크리스마스, 그 가운데서도 무신론자이자 현실주의자이며 조상을 섬기는 제사 의식을 소중히 여기는 평범한 아시아인 부모 밑에서 나고 자란 나까지 어김없이 설

레게 했던 산타클로스 할아버지 방문의 날인 크리스마스이브에, 우리는 백두대간을 타러 간다. 중학생 아이들이 어떻게 크리스마스날까지 산행을 할 수 있느냐고 투덜대자 기획 대장 호중 아빠의 단호한 답변.

"부처님 오신 날에도 산에 왔잖니? 모든 종교에 공평해야 하는 거야!"(맞다! 우리는 지난 5월 21일 부처님 오신 날에 6차 산행을, 그것도 1박 2일로 했다. 그리고 호중이의 큰아버지, 그러니까 호중 아빠의 친형님께서는 목사이시다.)

결국 아이들도 단념했다. 사실 특정 종교를 가진 것이 아니라면 크리스마스라고 크게 할 일도 없다. 시내에 외출이라도 했다가는 언젠가부터 연인들의 날로 둔갑해 버린 크리스마스의 무시무시한 상혼에 상처받고 팔짱 낀 연인들의 무리에 치이게 될 테니, 그저 방구석에 콕 처박혀 죽을 둥 살 둥 고생하는 브루스 윌리스나 홀로 집을 지키는 케빈과 다시 만나는 수밖에 없다. 그럴 바에야 산이라도 타자! 이것이 우리의 어린 솔로 부대 용자들께서 내리신 결론이다.

그런데 사실 문제는 크리스마스가 아니었다. 어젯밤 뉴스에서는 오늘이 12월 기온으로 30년 만에 가장 추운 날씨라고 떠들어댔다. 중부와 경북 지방에는 한파 특보가 내렸단다. 기상청 산악 날씨 예보에서 찾은 인근 민주지산의 예상 기온은 영하 18도였다. 바람 부는 산에서의 체감온도는 대략 영하 30도…… 캐나다의 준북극 마을 처칠, 러시아의 크라스노야르스크, 몽골의 울란바토르, 북한의 개마고원, 그리고 통증 치료에 쓰인다는 극저온 냉동 사우나의 예비 냉동실 기온이 영하 30도다.

"우왕 굿! 멋진, 대단한, 기막힌 날씨예요!"

버스에서 내려 우두령 고개에 우뚝 섰을 때, 나도 모르게 소리치고 싶었다. 하지만 소리마저 얼어붙어서 입 밖으로 새어나오지 않았다. 외마디 비명이라도 내지를라 치면 자음과 모음이 고드름처럼 뚝뚝 분절될 듯했다.

준비운동조차 할 수 없었다. 잠시라도 멈춰 서 있으면 온몸이 꽁꽁 얼어버리는 통에 무조건 움직이는 것만이 살 길이었다. 위로 4겹, 아래로 2겹을 껴입고 모자 2개, 장갑 2개, 목도리 겸 마스크, 중등산화에 스패츠, 머리끝부터 발끝까지 싸매고 덮었지만 숨구멍 하나하나를 파고드는 냉기를 완전히 봉쇄할 수는 없다. 12시간 지속된다는 선전문구가 요란했던 핫팩은 어느 구석에 붙어서 열을 내고 있는지 기별도 오지 않는다. 손끝과 발끝이 가장 시리다. 그래서 멈춰 서서 물 한 잔 따라 먹는 것도 큰마음을 먹어야 한다. 장갑을 벗는 순간 손이 얼어붙어 그것을 풀려면 또 한참이 걸리기 때문이다. 눈가에 거치적거리는 건 눈곱이 아니고, 콧구멍 속에서 버석대는 건 코딱지가 아니고, 뺨에 엉겨 붙는 머리카락은 머리때 때문이 아니다. 눈물, 콧물, 입김…… 조금이라도 물기가 있을라치면 삽시간에 얼어붙는다. 울면 안 돼, 울면 안 돼, 울면 산타 할아버지가 선물을 안 주시……는 게 문제가 아니라 눈물이 얼어 시야가 가려질 것이다. 이 지경에 아이들이 나를 보며 깔깔 웃는다.

"하하! 꼭 백발마녀 같아요!"

하필이면 크리스마스에 냉동고 같은 산에 올라 미친 짓인지 용감한 짓인지 알 수 없는 기행을 벌이고 있는 어린 동지들을 위로하기 위해, 나는 스틱을 빗자루 삼아 다리 사이에 끼우고 하늘을 나는 마녀 흉내를 내본다. 눈썹과 머리칼에 성성한 서리를 흩날리며 얼어붙은 산등성으로 '가배얍게' 점프를!

산행은 휴식도 대화도 거의 없이 이어졌다. 묵언 수행이라도 하듯 묵묵히 걷는 와중에 왼편 족저근막에 통증이 느껴진다. 발뒤꿈치가 아프다는 뜻이다. 지난번 산행부터 이상 현상을 보이기 시작했는데 2주일이 지난 지금까지 이따금 찌릿찌릿 통증이 온다. 온 국민을 사이비 의사로 만드는 포털사이트 Q&A에 의하면 운동이나 노동 등으로 무리하게 몸을 움직였거나 반대로 지나치게 몸을 움직이지 않았을 때 나타나는 증상이라고 한다. 나는 아마도 전자일 터, 하지만 지금은 그 정도의 작은 고통에 꺼둘려 엄살을 부릴 여유가 없다.

추위와 통증과 침묵을 단단한 막처럼 두른 채 부지런히 걷는다. 완전한 적막, 완전한 고독…… 얼마 전 읽은 잡지에서 전직 산악 잡지 기자인 산꾼은 이 모험의 길 끝에서 '완벽한 기쁨'을 얻으리라 하며 겨울 산을 찬양했던데, 정말일까? 고행의 수도자, 몰입의 즐거움, 무아의 경지, 그리고 높고 추운 곳에서만 만날 수 있는 영혼을 위로하는 풍경들…… 한겨울에 지리산 종주를 하며 건져낸 그녀의 표현은 참으로 아름다웠다.

하지만 겨울 산행은 아름다운 만큼 위험하기도 하다. 어느 계절이나 마찬가지지만 겨울 산의 날씨는 더욱 변덕스럽고, 그 변덕이 곧바로 대형 사고로 연결될 가능성이 크기 때문이다. 평균적으로는 고도가 100미터 높아질 때마다 기온이 1도씩 떨어지는 것으로 알려져 있다.

그런데 그보다 더 심각한 것은 땀이나 물에 젖은 옷을 입은 채로 강한 바람을 맞으면 평소보다 240배나 빠른 속도로 체온을 빼앗기게 된다는 사실이다. 그러니 발길을 멈출 수도 없지만 서둘러 달려갈 수도 없다.

문제는 그뿐이 아니다. 앞서 간 발자국과 리본을 열심히 따라 좇지만 한순간 눈밭에서 길을 잃어버리기 십상이다. 우리 일행 역시 여정봉을 지나 허벅지까지 눈이 쌓인 구간에서 길을 놓쳐 한참 동안 헛돌이를 했다. 그리고 체온 조절과 더불어 특히 주의해야 할 것이 안면 보호인데, 기온 변화를 잘 감지하지 못하는 멍텅구리 부위인 귀와 볼 등이 얼지 않도록 조심해야 한다. 어른들과 달리 아이들은 여전히 자기 관리를 못하기에 눈에 띌 때마다 잔소리를 했지만, 끝까지 답답하다며 모자를 쓰지 않던 중 3 종석이는 결국 동상에 걸리고 말았다. 산에서 내려와보니 언 귀에 물집이 잡혀 터지고 아들아이의 표현대로 귀가 '삼겹살처럼' 부풀어 올랐다. 크리스마스에 문을 연 곳은 대형병원 응급실뿐이라 급히 학부모 가운데 의사인 아빠를 호출해 보이니 2도 동상이란다. 동상도 화상과 마찬가지로 등급이 나눠진다는 걸 처음 알았다. 불과 얼음, 뜨거움과 차가움은 둘이자 하나인 위험한 쌍둥이다.

마침내 괘방령에 닿았다. 산행 시간 6시간 반이면 평상시의 절반밖에 되지 않건만 시공간의 구분마저 얼어붙은 듯한 산중을 헤매고 돌아와보니 마치 한 생애가 훌쩍 지나간 것만 같다. 내 생애에서 가장 춥고 힘들었던 크리스마스였다. 하지만 가장 오랫동안 기억에 남을 크리스마스인 것도 분명하다. 동네에 돌아와 아이들과 함께 뒤풀이 겸 작은 파티를 열었다. 닭튀김과 어묵찌개를 앞에 놓고 어른들은

맥주로, 아이들은 음료수로 건배를 했다.

오늘이 올해 마지막 산행이고, 오늘로 전체 40차로 예정된 백두대간 종주의 절반이 지났다. 마지막은 마지막답게 화끈하게 추웠다. 전체 일정의 반을 '꺾었다'지만 아직 갈 길이 멀고, 만만한 구간이나 만만한 산행은 없다는 것을 입증하는 듯 어김없이 힘들었다. 산은 우리를 어디까지 데려가 바닥을 보여주려는지 여전히 알 수 없다. 하지만 바닥에서도 아름답게, 바닥이기에 더욱 아름답게 빛날 수 있는 것들이 있다. 쿼지근한 땀내가 나는 등산복 차림 그대로 푸석푸석한 머리에 시커먼 민낯을 하고 모여 앉아서도 우리는 아름답다. 따로 또 같이 산을 넘으며 걸음걸음에 다져온 동지애 같기도 하고 전우애 같기도 한 사랑으로 서로를 격려하고 응원하기 때문이다. 정직한 땀과 눈물을 요구하는 혹독한 산이 살아온 내력도 하는 일도 나이도 다 다른 사람들을 이렇게 사랑을 중심으로 뭉치게 만든 것이다. 우리는 바닥을 박차고 올라 각자의 산을 넘은 상대를, 스스로를 향해 외친다.

"너 너무 아름다워! 너 너무 사랑스러워!"

그때 마음이 고운 벗에게서 크리스마스 축하 문자메시지 한 통이 도착했다.

"2천 년 전 척박한 땅 팔레스타인에서 가난한 민중의 삶으로 태어난 아기 예수의 탄생을 아프게 축하하고 감사합니다. 당신에게도 그 축복을 드립니다."

그의 인사에 문득 얼음이 박힌 마음이 따뜻해져 나는 잔을 높이하며 중얼거린다.

"예수님, 생일 축하해요! 우리 같은 못난이들에게 와주셔서 미안하고, 감사해요!"

바닥에서도 아름답게

—곽재구

사람이 사람을
사랑할 날은 올 수 있을까
미워하지도 슬퍼하지도 않은 채
그리워진 서로의 마음 위에
물먹은 풀꽃 한 송이
방싯 꽂아줄 수 있을까
칡꽃이 지는 섬진강 어디거나
풀 한 포기 자라지 않는 한강변 어디거나
흩어져 사는 사람들의 모래알이 아름다워
뜨거워진 마음으로 이 땅 위에
사랑의 입술을 찍을 날들은
햇살을 햇살이라고 말하며
희망을 희망이라고 속삭이며
마음의 정겨움도 무시로 나누어
다시 사랑의 언어로 서로의 가슴에 뜬
무지개 꽃무지를 볼 수 있을까

미잿이 토수 배관공 약장수

간호원 선생님 회사원 박사 안내양

술꾼 의사 토끼 나팔꽃 지명수배자의 아내

창녀 포졸 대통령이 함께 뽀뽀를 하며

서로 삿대질을 하며

야 임마 너 너무 아름다워

너 너무 사랑스러워 박치기를 하며

한 송이의 꽃으로 무지개로 종소리로

우리 눈 뜨고 보는 하늘에 피어날 수 있을까

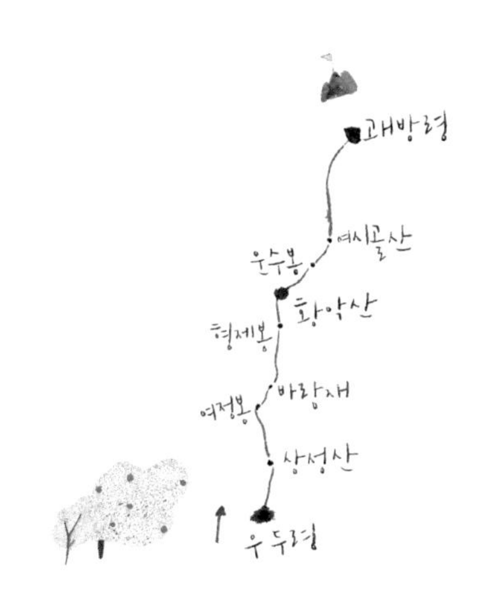

우두령에서 괘방령까지

위치 경상북도 김천시 구성면-충청북도 영동군 매곡면

코스 우두령(620m)-삼성산(986m)-여정봉(1,030m)-바람재-형제봉-황악산(1,111m)-운수봉(680m)-여시골산(620m)-괘방령(310m)

거리 12.85km

시간 6시간 30분

날짜 2010년 12월 25일(20차 산행)

삶이 마냥 평탄한 꽃길이 아니라
고통과 시련까지도 낱낱이 포함한 감탕길이자
얼음길이라는 사실을 깨달았기에.
있는 그대로의, 뿌리칠 수 없는,
기꺼이 감당하며 견디고 이겨내야 할 삶의 길을
어쨌거나 뚜벅뚜벅 가야만 한다.

쪽동백나무에게 배우다

"새해가 밝았다!"

이 말을 듣는 것이 마흔하고도 몇 번은 더 되건만, 이 문장을 쓰면서 또다시 고개를 갸웃거린다. 어제 떴던 해와 오늘 뜬 해, 지리산 천왕봉에서 바라보는 해와 우리 집 아파트 베란다에서 바라보는 해, 그리고 12월 31일의 해와 1월 1일의 해는 무엇이 어떻게 다른가? 어떤 것이 새 해면 어떤 놈은 헌 해이고, 어떤 것이 조상의 음덕으로 보는 것이면 어떤 놈은 내가 잘난 탓으로 보는 것인가?

정초부터 이런 시뚝한 질문을 던져보는 건 공연한 심술에서가 아니라 영원히 끊이지 않고 계속되는 시간과 공간을 생각하기 때문이다. 아무리 곱씹어봐도 변치 않는 시공간을 잠시 잠깐 스쳐 지나는 건 우리, 인간들뿐이다. 지리산에서 추풍령까지 마루금마다 발자국을 눌러 찍으며 거쳐왔지만 여전히 지리산은 거기에 있고 추풍령은 여기에 있듯, 봄에서 겨울까지 계절과 함께 꼬박 1년을 지내왔건만 이 겨울도 언젠가 가고 다시 봄이 오는 것처럼.

그럼에도 영속적인 시간을 굳이 마디 내어 매듭짓는 건 간절히 새롭고 싶은 사람들의 마음 때문일 터이다. 새로운 계획, 새로운 목표, 새 출발, 새 희망…… 그 속에서 새해가 밝는다. 삶이라는 권리이자 의무를 다하고자 어떻게든 의지를 북돋우고 기운을 자아내려 노력하는 사람들의 애틋한 소망이 새해를 밝힌다.

어쨌거나 우리의 산행도 오늘부터 다시 시작한다. 전체 40차 일정에서 반절이 꺾인 나머지 반절의 첫 출발이다. 박수근의 그림에서 보는 풍경 같은 산과 들과 사람들의 마음을 배경으로 가성산 정상에서 산신령께 제사를 올리며 우리는 다시금 새롭게 손 모아 빈다.

천지신령이여! 백두대간이여!

저희 이우백두 6기 회원들이 지난봄 지리산 자락에서 대간에 첫발 디딤을 아뢴 후, 네 계절을 모두 굽어 살피시어 무탈한 산행 되게 하심에 엎드려 감사 올리며, 여기 가성산에서 다시 네 계절에 걸친 백두대간 종주를 이어나감을 고하나이다.

멀고 힘겹고 험난했던 대간 길에서 만나게 된 바람과 향기, 비와 햇살, 바위와 절벽, 눈과 얼음, 뭇 생명과 사람은 어떤 이의 마음에 꽃씨를 뿌리고, 어떤 이에게는 나무를 심고, 또 어떤 이에게는 지맥을 만들어놓았습니다. 모두가 조금씩 쉼 없이 자라면 처처(處處) 백두대간입니다.

천지신령이여! 백두대간이여!

다시 엎드려 비오니 대간을 딛는 마지막 걸음까지 무탈하게 하소서.

산신령께서 막걸리와 과일, 돼지머리 대신 편육, 대구포와 대추로 차린 소박한 제상일망정 맛나게 흠향하셨는지 오늘 날씨는 놀랍게도 푹하다. 떠나오기 전 확인한 기상청의 산악 날씨는 영하 19도였지만 바람 불지 않는 산속은 고요하고 평화로운 은세계다. 지난번에 하도 고생을 하여 모두들 껴입고 싸매고 중무장을 한 것이 낯없다. 얼어붙을 것이 뻔하다고 아예 찬물을 가져오지 않고, 멈춰 서서 간식을 먹을 일도 없을 거라고 점퍼 주머니에 사탕과 초콜릿 몇 개만 달랑 넣어오고, 바닥에 주저앉을 일은 더더욱 없을 거라고 방석까지도 생략했는데 갑자기 그 모두가 아쉽다. 물을 많이 먹는 아들 녀석은 졸지에 친구들에게 물 동냥을 하고 있고, 점심때가 지나 출출해진 나는 아이들에게 비스킷과 초코파이를 빼듯이 얻어먹고, 얼어붙은 맨바닥에 엉거주춤 쪼그려 앉아서 별로 무게도 나가지 않는 방석을 빼놓고 가져오지 않은 걸 아쉬워한다.

이래서 '머피의 법칙(Murphy's law)'이라는 경험 법칙이 나왔나 보다. 선택할 수 있는 여러 가지 중 꼭 문제를 일으키는 방법을 택하는 바람에 일이 좀처럼 풀리지 않고 오히려 갈수록 꼬이기만 하거나, 자신이 바라는 것은 이루어지지 않고 우연히도 나쁜 방향으로만 일이 전개될 때 우리는 '머피의 법칙'을 떠올린다. 물론 그와 정반대로 우연히 자신에게 유리한 일만 계속해서 일어나는 '샐리의 법칙(Sally's law)'도 있지만, 머피의 법칙을 피하고 샐리의 법칙을 바라기

에 앞서 스스로 할 일이 있다.

오늘 꼼짝없이 '머피의 법칙'에 걸려든 나는 1년 내내 그토록 산을 오르내렸는데도 여전히 새롭게 배울 것이 남아 있음을 깨닫는다. 미리 상황을 넘겨짚지 말고, 정작 산에서 쓰이든 그렇지 않든 필수 준비물은 꼭 챙겨야 한다는 것!

산중에 겨울이 깊다. 허벅지까지 빠져드는 눈으로 뒤덮인 산길을 헤쳐가다 보니 새하얀 융단 같은 눈밭 위에 점점이 발자국들이 찍혀 있다. 지금으로부터 10여 년 전(이렇게 쓰고 보니 정말 세월이 무색하다!), 아이에게 그림책을 읽어주며 "이게 무슨 동물의 발자국일까?"를 묻고 답했던 기억이 떠오른다. 그때 귀여운 혀짜래기 소리로 "토끼!", "까마귀!", "곰!"을 외쳐 맞추던 아들아이는 저만치에서 엄마의 두 배는 될 듯한 보폭으로 성큼성큼 달려가고 있다. 심기가 편치 않을 때 공연히 불러 세웠다가는 불곰같이 버럭버럭 큰소리를 치며 덤벼들 것이다(심지어는 심기가 편치 않을 일이 없을 때도 그런다. 이른바 '이유 없는 반항' 되시겠다). 긁어 부스럼을 만들 필요가 없으니 함께 가던 (비슷한 처지의) 상혁이 엄마와 발자국 주인이 과연 누구일까 의견을 주고받는다.

"이건 누구 발자국일까요? 먹이를 찾으러 나온 산토끼일까요?"

"아! 저건 이것과 또 다르네요. 크기는 작지만 꼭 호랑이 발자국 같은데, 설마 호랑이가 살고 있는 건 아니겠죠?"

엄마들이 자연 관찰을 하고 있는 사이 중 1은 중 1끼리 중 2는 중 2끼리, 아이들은 무리로 뭉쳐 다니며 왁자지껄 산행을 한다. 겨울잠을 자고 있는 산중의 동물들을 다 깨울까 봐 걱정될 정도의 큰소리로 아이들이 열을 올리는 것은 축구 혹은 축구 게임, 아니면 한창 주가를 올리는 아이돌들에 관한 이야기다. 또래들의 대화에서 벗어날까 봐 두려워하며 앞 다투어 떠드는 그들은 더 이상 우리와 함께 읽었던 그림책 속의 산짐승 발자국을 궁금해하지 않는다. 하지만 언젠가 한 번쯤은 아기 새를 바라보는 어미 새의 눈길로, 엄마 곰을 쳐다보는 아기 곰의 미소로, 우리가 함께 궁금해했던 눈밭 위 발자국의 주인을 떠올릴지도 모른다.

고라니, 고슴도치, 너구리, 노루, 늑대, 두더지, 들쥐, 땃쥐, 멧돼지, 멧토끼, 반달가슴곰, 산양, 삵, 여우, 오소리, 족제비, 청솔모, 호랑이…… 지금 우리 눈에는 띄지 않지만 산중 어딘가에, 그리고 사랑으로 함께했던 우리의 가슴속에는 수많은 야생동물들이 새록새록 숨쉬며 살고 있다.

거친 자연 속에서 모진 추위를 견디며 겨울을 나는 산짐승들도 생존을 위해 고군분투하고 있겠지만, 사람의 마을에 사는 머리 검은 짐승들도 살아내기가 고단한 건 매한가지다. 아마도 우리 아이들이 그런 것처럼 아기 새나 아기 곰은 얼마간 생존의 투쟁에서 비껴나 있겠지만, 무릇 어린것들은 반드시 그로부터 벗어나 맘껏 자유롭고 무책임해야 하겠지만, 어른들의 한 해 한 해는 고스란히 삶의 무게로 무거워진다.

홀로 조용히 산을 오르다 보면 이런저런 고민들이 물밀어 든다. 전세 대란 속에 집을 구해 이사할 일도 걱정이고 천정부지로 치솟는 물가도 걱정이다. 늙어가는 부모님도 커가는 아이도, 무엇보다 불혹의 나이를 넘어서도 여전히 미혹당해 갈팡질팡하는 나 자신이 염려된다. 그러다가는 뜬금없이 칠실지우로 나라를 걱정하기도 하고, 케이블카 건설 시도로 위태로운 산들을 근심하고, 이 엄동설한에 더욱 춥고 힘겨울 나보다 어려운 사람들을 생각하기도 한다. 그렇게 가진 것과 가지지 못한 것, 사랑하는 것과 미워하는 것, 닥친 일과 닥치지 않은 일까지도 모두 걱정하다 보면 걸음걸음에 한숨이 괸다. 하지만 어른이어서 다행이다. 삶이 마냥 평탄한 꽃길이 아니라 고통과 시련까지도 낱낱이 포함한 감탕길이자 얼음길이라는 사실을 깨달았기에. 있는 그대로의, 뿌리칠 수 없는, 기꺼이 감당하며 견디고 이겨내야 할 삶의 길을 어쨌거나 뚜벅뚜벅 가야만 한다.

오늘 산행 구간은 백두대간의 여러 구간 중에서도 가장 짧고 순조로운 곳이라지만, 바람이 많이 불지 않고 걱정했던 눈도 오지 않아 겨울 날씨 중에는 최상이라지만, 그렇다고 산행까지 쉬웠다고는 말할 수 없다. 고도가 낮아도 산은 산이다. 눈보라가 치지 않아도 겨울은 겨울이다. 아이젠을 끼어 더욱 무거워진 발걸음으로 팍팍한 허벅지를 두들겨가며 한 걸음 한 걸음 내딛는다. 어쩌랴? 거리가 짧든 길든, 경사가 급하든 평평하든, 날씨가 덥든 춥든, 산행은 힘들다. 좋은 조건과 나쁜 환경의 차이는 그저 조금 덜 힘들고 더 힘든 것뿐이다.

누군가는 모든 인간에게 평등한 것은 죽음뿐이라고 했다. 부자도 가난뱅이도, 권력자도 민초도, 욕심쟁이도 건달에 백수도, 이룬 자도 이루지 못한 자도 결국엔 영원을 스쳐 영원 속으로 사라진다. 황새처럼 날고 말처럼 뛰고 거북이처럼 걷고 달팽이처럼 굴러도 결국 한날 한시에 마지막이자 새로운 시작에 닿는다. 그러나 그 덧없음의 끝에서 집착과 탐욕을 끊고 홀연히 기다리는 바위가 있으니, 때로는 어리석고 미련하고 둔해 보일지라도 바위처럼 묵묵히 견디는 삶은 얼마나 아름다운가?

눌의산 표지석 앞에서 '인증샷' 한 방을 찍고 막 돌아서 내려오려는데 마침 나뭇가지 하나가 눈앞을 가린다.

"아, 이게 바로 쪽동백나무예요!"

뒤에서 따라오던 (노동사학자이며 소목장이며 베테랑 산꾼이며 숲해설가이기까지 한) 인걸이 아빠가 내 눈에는 이 삭정이나 저 꼬챙이나 마찬가지로 보이는 나뭇가지 끝을 가리키며 외친다.

"보세요! 쪽동백은 이렇게 겨울눈이 두 개씩 붙어 돋는답니다."

자세히 보니 정말로 나뭇가지 끝에 하나는 크고 하나는 작은 두 개의 연둣빛 겨울눈이 겹으로 돋아 있다.

"겨울눈 하나가 다른 하나를 업고 있는 모양이지요. 그러다가 행여 하나가 상처를 입어 새순을 틔우지 못하게 되면 다른 하나가 살아남아 역할을 다하게 되는 거예요."

아직 자기도 어린애인 주제에 형 노릇을 한답시고 젖먹이 동생을 업고 있는 아이처럼 서로 업고 업힌 겨울눈을 바라보노라니, 갑자기 눈에 눈이 들어갔는지 눈물이 날 것 같다. 고 깜찍스런 작고 여린 것들이 바위 같다. 바위가 일으킨 새해 첫 기적 같다. 겨울 산행이 춥고 지루하고 고통스럽지만은 않은 건 그 같은 봄의 희망을 곳곳에서 발견할 수 있기 때문이다.

눌의산에서 내려오는 비탈에서는 아이들이 미끄럼장난을 하다가 상혁이가 삐끗 손을 접질렸다. 그 바람에 중 2 아이들은 선두를 놓치고 한참 동안 후미에 머물렀다. 부상당한 상혁이와 함께 조심조심 길을 터서 내려오는 동안, 오늘 후미 대장을 맡은 인걸이는 "선두 버스 도착!"이라는 무전을 받았다. 그때 인걸이는 잠깐 뭐라고 대답해야 하나 고심하는 자세를 취하더니, 곧 무전기에 대고 흔흔하고 담담하게 말했다.

"좋으시겠어요!"

역시 그 아버지에 그 아들이다.

새해 첫 기적

—반칠환

황새는 날아서

말은 뛰어서

거북이는 걸어서

달팽이는 기어서

굼벵이는 굴렀는데

한날 한시 새해 첫날에 도착했다

바위는 앉은 채로 도착해 있었다

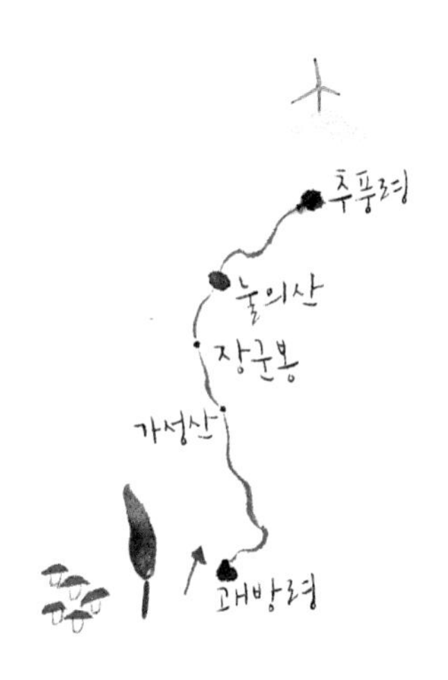

괘방령에서 추풍령까지

위치 충청북도 영동군 매곡면-충청북도 영동군 추풍령면

코스 괘방령(310m)-가성산(710m)-장군봉-눌의산(743m)-추풍령(220m)

거리 10.89km

시간 6시간

날짜 2011년 1월 8일(21차 산행)

그것이 아무리 멀고 가파를지라도,

길은 언젠가 끝날 것이다.

하지만 하루를 지나야만 닿을 수 있는 하루로 가는 길,

그 길을 헤쳐가는 힘은 오직 희망뿐이다.

오늘은 오늘에 단 한 번뿐인 하루

사람의 마을이 계속되는 한파로 꽁꽁 얼어붙었다. 올겨울의 유다른 추위를 전문가들은 지구온난화와 북극 진동, 대륙 고기압 세력의 발달로 설명한다. 말은 어렵고 복잡하지만 한마디로 우리가 잘못했다는 것이다. 인간이 자연을 파괴한 대가로 더 뜨겁고 더 차가운 혹독한 계절을 맞게 되었다는 뜻이다. 기상청 산악 일기예보 영하 19도, 예정 산행 거리 약 20킬로미터, 갑자기 잊었(다고 믿었)던 두려움이 명치를 쑤셔왔다.

마음을 다친 사람의 삶의 원동력은 두려움과 불안이라는 말을 떠올린다. 나는 오랫동안 삶을 믿지 못하고 스스로를 불신하며 두려움과 불안을 앓아왔다. 하나하나 산을 넘고 마루금마다 기꺼이 감당해 견디겠노라는 의지의 발자국을 꾹꾹 눌러 찍으며 걸어도 해묵은 병은 쉽게 낫지 않는다. 더구나 이번엔 마음을 믿지 못해 애써 단련시킨 몸 상태도 썩 좋지 않다. 연일 쏟아진 큰 눈에 빙판길이 되어버린 산책로를 도저히 밟아갈 엄두를 내지 못했으려니와 지난 주말부터 갑작스런 배탈로 며칠을 흰죽으로 연명한 터이다. 이러다 긴 산행에서 중도에 낙오라도 하게 되는 게 아닐까…… 걱정에 걱정을 더하는 나를 보다 못한 동생이 한마디 한다.

"그런다고 산이 사라지겠어, 산행을 포기할 거야? 어차피 하게 될 일을 미리 걱정할 필요가 뭐 있어?"

아무리 걱정을 태산처럼 쌓아도 그것이 나를 대신해 산을 넘어줄 수는 없다. 산을 오를 때 믿을 것은 나의 힘, 그리고 끝까지 가겠노라는 의지다. 즉, 나 자신뿐이다.

우리를 위해 꼭두새벽에 특별히 문을 연 추풍령의 '백두산 식당'에서 버섯찌개로 배를 채우고 밖으로 나서니, 아, 예상보다 날씨가 좋다(물론 여기서 방점을 찍어야 할 곳은 '예상보다'라는 대목이다). 일주일 내내 맹위를 떨치던 날씨가 주말에 잠깐 누그러든다더니 마침 지금이 그 순간인 듯하다.

사나운 칼바람이 불지 않는 겨울 산은 말 그대로 선경(仙境)이다. 한없이 깨끗하고 한없이 고요하다. 이처럼 신비롭고 그윽한 곳을 다스리는 산신령은 어린 날 동화책에서 보았던 것처럼 성성한 백발에 긴 수염과 희디흰 옷자락을 휘날릴 것만 같다. 그 옷자락에 쓸린 듯 분분히 날리는 눈가루가 아스라하다. 한 마리 작고 약한 머리 검은 짐승은 설원에 반사된 햇빛에 눈을 쏘여 설맹이 된 채 꿈길을 걷는 듯 지척거린다. 가도 가도 끝없는 눈밭…… 공간과 함께 시간도 멈췄다. 가끔씩 나타나는 이정표가 아니라면 여기가 어딘지 얼마쯤 왔는지를 까마득히 모를 것이다.

쓰다가 덮어두고 온 원고의 뒷부분을 어떻게 이을 것인가, 다음 주에 이사를 해야 하는데 무엇을 어떻게 준비해야 할까…… 잡다한 생각들이 머리에 어지러이 스쳐 지나지만 오래 머물러 고이지는 않는다. 몇 가지 올찬 생각을 건진 듯하다가도 잠시 멈춰 서 땀을 닦는 사이 스르르 씻겨나간다. 시공간과 함께 생각이 휘발되어 사라진다. 생각을 정리하기 위해 산에 온다는 사람도 있지만 실로 산은 고민의 공간이 아니다. 머리를 무지근하게 눌러 조이던 모든 걱정과 근심과 고민과 번뇌가 다 떠나버린 무념무상의 세계, 텅 빈 마음의 별천지를 만날 수 있는 곳이 바로 산이다. 얻기보다는 버리고, 채우기보다는 비우고 간다. 그러니 얼치기 상념의 부스러기를 마다 않고 받아주는 산이 얼마나 고마운가? 그 모두를 떠안고도 변함없이 정결하고 단호하니 얼마나 높고 아름다운가?

포장된 임도와 이어진 작점고개에 미리 대기해 있던 버스에서 점심 삼아 먹을 컵라면에 뜨거운 물을 받고 막 자리를 잡을 무렵, 문자 메시지 한 통이 도착했다.

'소설가 박완서 회원께서 영면하셨습니다.'

한국작가회의에서 보낸 단체 문자였다.

"박완서 선생이 돌아가셨대요!"

나도 모르게 누구라 할 것 없는 사람들을 향해 소리쳤다. 분명히 문자를 확인하고도 여전히 그 내용이 믿기지 않아서, 나 자신에게 확인하듯 외친 비명이었다. 선생이 가셨다. 세상을 떠나셨다…….

선생은 예민하고 깔끔하고 조쌀한 어른이었다. 워낙에 연배가 많이 차이나고 내 깜냥이 곰살궂게 구는 법을 잘 모르는지라 살가운 사이였다고는 말하기 어렵지만, 나와 가까운 소설가 이경자 선생이나 시인 민병일 선배가 선생의 최측근(?)이라 오며 가며 듣는 이야기가 있어서 심정적으로는 꽤나 친근하게 느끼며 지냈던가 보다.

마흔 살에 등단을 한 늦깎이였지만 작가로서 선생은 행복했다. 끊임없이 현실 감각이 살아 있는 작품들을 써냈고, 그것으로 많은 독자들의 갈채와 사랑을 받았으며, 평단에서도 대중성과 문학성을 동시에 획득한 작가로 평가받았다. 개인적으로 들어 알기에 선생은 살림살이가 어려운 문인 단체와 후배들에게 보이지 않는 후원과 지원을 아끼지 않았다. 그런가 하면 몇 해 전 펴내신 소설의 표지 사진이 파안대소하는 얼굴이 클로즈업된 것이라, 후배 여성 문인들끼리 실물보다 너무 주름살이 많아 보인다며 뒷말 아닌 뒷말을 한 적이 있다. 그런데 그 말이 어떻게 선생의 귀에까지 흘러 들어갔는지 그다음 판에서는 다른 사진으로 바뀌어 인쇄되었다. 이미 칠순이 훨씬 넘은 연세였지만 선생도 여자였고, 그것도 천생 소녀 같은 '귀여운 여인'이었다.

이런저런 추억이 물밀어 들어 아프다. 내가 이런데 이경자 선생이나 민병일 선배는 어떨까 싶어 걱정이 된다. 유족들과 마찬가지로 장례식을 치르는 중에는 정신없이 손님 맞이와 뒤치다꺼리에 바쁘겠지만 그 모두가 끝나면 누구보다 깊이 오래 상실감을 앓을 것이다. 사람에 대해서는 추억만큼이, 기억만큼이 상처가 된다. 영국의 화가이자 시인인 로제티(Rossetti)는 "기억하고 슬퍼하기보다는 잊어버리고 웃는 것이 훨씬 낫다"고 했지만, 기억하고 추억하며 웃을 수 있다면 얼마나 좋을까? 작점고개부터 큰재까지 이르는 산길 내내 선생의 수줍은 미소가 보스락보스락 발길에 밟혔다.

해발 340미터의 작점고개에서 해발 708미터의 용문산까지 가는 길은 줄기찬 오르막이었다. 오르막길을 걸을 때면 생각한다. 무거운 발걸음을 떼어놓을 때마다 고개를 들어 꼭대기의 목표점까지 얼마나 가까워졌는가를 확인하는 것이 고통을 잊는 데 도움이 될 것인가, 아니면 눈길을 발끝에 고정시킨 채 얼마나 남았는지를 헤아리지 않고 한 발 한 발을 묵묵히 떼어 어느 순간 목표점에 닿는 편이 나을 것인가?

중 2 우린이가 가르쳐준 산을 오를 때 끝까지 얼마나 남았는지 측정하는 방법은 정면의 나무 사이로 비죽 드러난 하늘을 보는 것이다. 하늘이 가까우면 조금 남은 것이고 멀면 많이 남은 것이란다. 그 모든 정보를 헤아리고 고민한 끝에 내가 오르막길의 고통을 덜기 위해 택한 방법은 아주 가끔, 될 수 있는 한 드물게 고개를 들어 꼭대기가 어디쯤인가를 확인하고 곧바로 고개를 처박아 걸음걸음에 집중하는 것이다. 자주 목표점을 확인하다 보면 조바심이 난다. 아예 목표점이 어디인지를 모르고 가게 되면 맥 빠지고 지루하다. 어디까지 얼마나 더 가야 하는지를 분명히 알고 가되, 많이 남았다고 낙담하지 않고 곧 닿게 된다고 호들갑을 떨지 않으며 한 발자국 한 발자국에 온몸과 온 맘을 싣기. 봉우리 하나하나를 그 이치로 넘듯 삶의 하루하루도 그처럼 보내야 하지 않을까?

1분만 안 살아도 끝장나는 인생…… 1분이 아니라 단 1초라도 삶

은 정지할 수 없다. 무심코 흘려보내는 하루이지만 그것은 24시간, 1,440분, 86,400초의 순간순간과 소음과 갈증과 견딤으로 가득 차 있다. 달라질 것은 별로 없다. 오늘은 어제의 내일이고 내일의 어제다. 오늘 내 등에 얹힌 어제의 짐은 곧 내일의 짐이 될 것이다. 하지만 그 끝없이 고단한 순환에도 오늘은 오늘에 단 한 번뿐인 하루라는 사실은 변함없다.

'수능 모의고사에 단골로 등장하는 시인'이자 자신의 시가 출제된 문제를 풀어 '빵점'을 맞았다는 최승호 시인이 순간이자 영원인 하루의 수수께끼에 내놓은 답은 '무덤 위로 뜨는 해'다. 이 하루하루가 쌓여 몇 년이 될지 몇 십 년으로 이어질지는 알 수 없지만, 하루에도 수명이 있어 꼬박 그 하루 안에서 나고 살고 죽는다. 그것이 아무리 멀고 가파를지라도, 길은 언젠가 끝날 것이다. 하지만 하루를 지나야만 닿을 수 있는 하루로 가는 길, 그 길을 헤쳐가는 힘은 오직 희망뿐이다. 어제의 내가 죽은 무덤 위로 밝게 떠오르는 오늘의 나를 위한 해, 그 눈부신 삶의 햇살.

오늘 산행은 줄곧 후미에서 아들아이와 함께 했다. 지난 가을부터 아이들에게도 선두와 후미에서 산행을 지도하는 '대장' 역할을 주기 시작했는데 오늘 아들아이가 '후미 대장'을 맡게 된 것이다. 선두도 힘들지만 후미도 쉬운 것은 아니다. 뒷전에 처지는 사람이 없도록 두루두루 살피며 남들을 배려해 발걸음을 맞춰야 하니 피곤하고도 고독할 수밖에 없다.

지난번부터 산행에 동참한 영민 아빠는 아직 백두대간의 긴 마루금을 걷는 데 익숙지 않아서인지 다리에 쥐가 나고 힘이 부쳐 어렵게 산행을 했다. 그러다 보니 영민 아빠 앞에서 중간과 후미의 간격이 많이 벌어졌고, 선두가 목적지에 도착했다는 무전을 받은 아이는 해가 떨어지기 전에 큰재에 도착하지 못할까 봐 걱정이 되었던가 보다.

"속도를 좀……."

조마조마한 마음에 '푸시(push)'를 하고자 말머리를 떼려는 아이를 조용히 달래었다.

"후미 대장은 무엇보다 기다릴 줄 알아야 해. 자기 속도로 가지 못하면 페이스를 잃기 쉬우니까, 절대 다그치거나 몰아붙이면 안 돼."

다행히 아이는 말뜻을 알아듣고 묵묵히 느릿느릿한 행렬의 꽁무니를 따랐다. 영민 아빠는 오르막길에서 몹시 힘이 드는지 여러 번 멈춰 서서 긴 한숨을 토해냈다. 나는 그 뒤를 좇아가다가 그가 쉬면 같이 쉬고 출발하면 따라 출발했다. 오랜만에 긴 산행을 한 데다 장시간 아이젠을 착용하고 걸었기에 다리가 천근만근 무겁고 무릎이 바늘로 쑤시는 듯 저려올 무렵, 마침내 큰재에 정차한 버스를 발견했다. 아이들이 '새벽에 만나면 그토록 미울 수가 없고, 오후에 만나면 그토록 사랑스러울 수 없다'는 바로 그 '길벗여행사' 버스였다. 후미는 더 이상 기다려주는 사람이 없기에 후미였다. 곧장 떠날 채비에 분주히 짐을 챙길 때, 하루 만에 핼쑥해진 영민 아빠가 웃으며 말을 건넨다.

"오늘 혜준 엄마가 아니었으면 낙오할 뻔했어요. 뒤에서 받쳐주었기 망정이지 혼자였다면 당장 주저앉았고 말았을 거예요."

나는 영민 아빠를 '받쳐준' 적이 없다. 그저 기다려드렸을 뿐. 산에서는 일방적인 것이 없다. 내가 선배 산꾼들에게서 얻은 그 가르침을 지금 돌려드리는 것뿐이다. 영민 아빠도 언젠가는 누군가를 조용한 응원으로 기다려줄 때가 올 것이다. 주고받고 다시 주고, 그리하여 산에서는 오로지 내 것이고 남의 것인 것이 아무것도 없다.

하루로 가는 길

—최승호

하루로 가는 길은
하루를 지나야 하는 법,
어제에서 오늘로 오기까지
나는 스물네 시간을 살아야 했다
1분만 안 살아도 끝장나는 인생,
하루로 가는 길은
낮과 밤을 지나야 하는 법,
어제에서 오늘로 오기까지
나는 소음을 거쳐야 했다
메마른 밤, 오늘의 갈증이
내일 해소된다고 믿으면서
참아낸 하루, 하지만 물 냄새에 코를 벌름거리는 낙타처럼
오늘의 짐을 또 내일 짊어져야 한다
발걸음은 계속된다 하루로 가는 길에서는
희망을 잃지 말아야 하는 법,
하루에 완성되는 인생도 없지만
아무튼 죽음이 모든 하루를 마무리하고
무덤 위로 뜨는 해를 보며
오늘은 숨 크게 밝은 하루를 누려야 한다

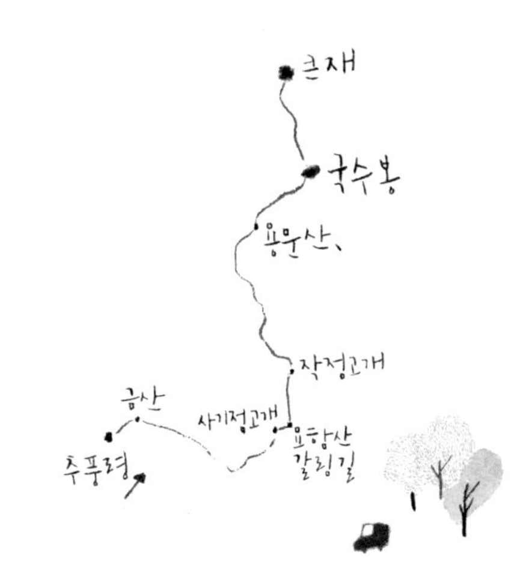

추풍령에서 큰재까지

위치 충청북도 영동군 추풍령면-경상북도 상주시 공성면

코스 추풍령(220m)-금산-사기점고개-묘함산 갈림길-작점고개(340m)-용문산(708m)
-국수봉(795m)-큰재(320m)

거리 19.67km

시간 10시간

날짜 2011년 1월 22일(22차 산행)

삶의 노다지란 노다지는 다 놓쳐버리고
쭉정이 같은 욕심과 허상만을 붙든 채
그마저 잃을까 봐 애면글면 안달복달한다.
과거에 꺼둘리고 미래에 저당 잡힌 채
순간순간이 꽃봉오리이고 걸음걸음이 꽃길임을 모르는 채로…….

산 너머 산, 삶 너머 삶

3주 만의 산행이다. 길다면 길고 짧다면 짧은 시간 동안 많은 일들이 있었다. 이사를 했고, 설을 쇠었으며, 두 번의 장례식과 한 번의 결혼식에 다녀왔고, 여행길에 미소가 고운 마애삼존불상을 보고 돌아왔으며, 기억하거나 기억하지 못하는 숱한 마음의 요동이 있었다.

문득 "아침나절에만 사는 버섯이 그믐과 초승을 알 수 없고 쓰르라미는 봄가을을 알지 못하는 법"이라는 장자의 「소요유」 일절이 떠오른다. 비록 그믐과 초승을, 봄가을을 알지 못할지라도 버섯과 쓰르라미에게는 그 짧은 순간이 생의 온전한 전부였을 터! 백수와 천수도 결국 무수한 찰나의 총합이다. 대곤(鯤)과 대붕(鵬)보다는 버섯과 쓰르라미를 더 닮은 우리가 다할 수 있는 최선은 순간순간을 놓치지 않고 영원처럼 사는 것뿐이다.

산행을 가기 전날 저녁에는 손톱과 발톱을 깎는다. 두꺼운 장갑과 등산용 양말로 보호하긴 하지만 손발톱이 말끔하지 않으면 자칫 꺾이거나 부러지는 부상을 당할 수 있기 때문이다. 이른 잠자리에 들기 전에는 뜨거운 물로 샤워한다. 몸과 마음을 정화하는 목욕재계의 거창한 의식까지는 아니지만 몸을 정갈히 하며 마음을 다잡는다. 어쩌면 둘이 아닌 것 같은 설렘과 불안이 비누 거품과 함께 씻겨나간다. 어쨌거나 산 앞에 섰을 때는 깨끗하고 싶다. 조금은 착하고 순진하고 싶다. 삶의 처음과 마지막을 모르는 채 뜨겁거나 추운 날을 혼몽하게 살아가면서도, 언제까지고 영원처럼 무구히.

오늘 산행은 백두대간 17구간인 큰재-지기재 구간에다가 지난 11차 산행에서 큰비를 만나는 바람에 급하게 경로를 수정해 올랐던 18구간인 화령재-지기재의 일부분, 지기재-신의터재까지를 보충해야 한다. 그리하여 모두를 합친 거리가 약 25킬로미터…… 아, 하루만에 25킬로미터라니! 보통 산행에서 1시간에 2킬로미터를 가는 것을 기준 삼아 계산한다면 12시간이 넘는 거리다. 아무리 최고봉이 해발 6백미터급이고 나머지 구간이 평탄하다고 해도 평지에서 걷기에도 만만치 않은 거리를 산에서 걸어야 한다니 부담을 느끼지 않을 수 없다. 언제나 벗어날지, 언젠가 벗어날 수나 있을지 알 수 없는 두려움으로 등산화 끈을 단단히 조이고 각종 장비로 완전 무장을 한 채 버스에서 내렸다.

10시간이 넘어가는 장기 산행에서는 무엇보다 체력 분배와 그 체력을 유지하기 위한 수분과 영양의 보충이 중요하다. 그리하여 이번 산행을 극단적으로 말하자면, 걷는다-마신다-걷는다-먹는다-걷는다……로 요약할 수 있겠다. 그것도 산행 상식의 기본대로 배가 고프기 전에 먹고, 목이 마르기 전에 마셔야 한다. 배가 고프고 목이 마른 순간부터는 이미 체력이 급격히 고갈되기 때문이다. 그래서 산행은 (많은 등산객, 특히 다수의 여성 등산객들이 바라는 대로) 다이어트에 별로 도움이 되지 않는다. 이 빵과 초콜릿이 뱃살이 될 것인가 엉덩살이 될 것인가를 고민할 겨를도 없이, 산에서는 오로지 걷기 위해, 살기 위해 먹어야 한다.

때로는 빗속에 우두커니 선 채로, 때로는 곱은 손을 불어가며 벌벌 떨면서 맛도 미처 느끼지 못하고 우걱우걱 빵과 초콜릿을 씹어 삼킨다. 내가 대체 무슨 영화를 보자고 이 짓거리를 하고 있는가 하는 자문이 터져 나오기에 딱 알맞은 상황이다. 하지만 그럴 때면 조르바를 생각한다. 그 사내, 그리스인 조르바! 그를 생각하면 내가 한 마리 비루한 짐승처럼 느껴지는 모멸과 자괴감으로부터 벗어나 피가 되고 (반드시) 살이 될 음식을 기쁘게 삼킬 수 있다.

니코스 카잔차키스의 소설 『그리스인 조르바』에서 '인간적인, 너무나 인간적인' 주인공 조르바는 관념적인 책상물림으로 먹는 행위 자체를 부끄러워하는 또 다른 주인공 '두목'에게 이렇게 말한다.

> 먹은 음식으로 뭘 하는가를 가르쳐주면, 당신이 어떤 사람인지 나는 말해줄 수 있어요. 혹자는 먹은 음식으로 비계와 똥을 만들고, 혹자는 일과 좋은 유머에 쓰고, 내가 듣기로는 혹자는 하느님께 돌린다고 합디다. 그러니 인간에게 세 가지 부류가 있을 수밖에요. 두목, 나는 최악의 인간도 최선의 인간도 아니오. 중간쯤에 들겠지요. 나는 내가 먹는 걸 일과 좋은 유머에 쓴답니다. 과히 나쁠 것도 없겠지요!

임도와 면한 윗왕실재에는 아침을 먹었던 식당에서 트럭으로 실어 온 점심 식사가 준비되어 있었다. 메뉴는 육개장이었다. 식은 도시락 대신 따뜻한 밥과 국물을 먹을 수 있다는 것만으로 감사해야 마땅하겠으나, 아침으로 나온 시래기국을 떠먹으며 우리가 나눴던 말이 "국맛을 보니 여기가 경상도네!"였던 걸 생각하면 솔직히 점심거리도 크게 기대할 수가 없었다. 그런데 시장이 반찬이고 기갈이 감식이라 했던가? 먼지가 피어오르는 길바닥에 엉거주춤 앉아 먹는 얼큰한 육개장이 꿀맛이었다. "경상도 음식 중에 육개장은 괜찮지!" 우리는 변덕스런 입맛과 그를 부추긴 허기를 탓하는 대신 객쩍은 농말을 주고받으며 맛있게 점심을 먹었다. 일과 유머, 열심히 산을 오른 뒤 땀을 들이며 터뜨리는 웃음, 그것을 위해 기꺼이 배불리 먹는 일은 과히 나쁘지 않다. 아니, 좋다!

어느 지점에서는 1시간에 3.7킬로미터까지 걸을 만큼 평탄한 구간이었다. 다행히 일기예보가 어긋나주어 춥지도 덥지도 않았다. 또한 따뜻했던 지난주 날씨 덕택에 무릎까지 쌓였던 눈도 다 녹아 있었다. 그럼에도 어김없이 산행은 힘들었다. 25킬로미터라는 거리를 하루에 주파한다는 건 아무래도 무리였다. 발가락이 아프기 시작했다. 무릎이 후들거렸다. 스틱을 잡은 팔에 힘이 빠지고 종내는 머리마저 멍해졌다. 길은 가도 가도 끝이 없고, 말 그대로 산 너머 산이었다. 너무 힘들면 대화도 끊긴다. 바로 대여섯 발자국 앞에 누군가 가고 있지만 따라가 말을 건넬 기운이 없다. 그저 침묵 속에 오롯이, 고독 속에 가만히 침잠한 채 바람처럼 스쳐가는 상념들을 좇을 뿐이다.

무거운 발을 질질 끌며 걷는 내내 머릿속을 떠나지 않는 한 가지 고민에 골몰했다. 지난번 산행을 다녀온 다음다음 날 소설가 유시춘 선생에게서 받은 한 통의 이메일에서 오랫동안 격조했던 소설가 K의 소식을 들은 것이다. K는 나보다 꼬박 열 살이 많지만 같은 해에 소설가로 등단해 한동안 가까이 지내던 언니였다. 몇 권의 장편을 발표한 후 소설보다는 번역에 집중했고, 그 작업을 심화시키기 위해 영국으로 유학을 가면서 나와 그녀의 연락은 끊겼다. 내가 캐나다에서,

그녀가 영국에서 돌아온 뒤 문단의 행사에서 딱 한 번 마주친 적이 있었지만 어쩌다 보니 서로 간단한 안부만 주고받고 바쁘게 헤어졌다. 그랬던 그녀가, 위암 말기라고 했다. 작년 여름에 발견해 수술을 하려 배를 열었지만 복막까지 전이되어 있어 손도 대지 못한 채 그대로 닫았고, 수술을 집도한 의사는 6개월 시한부 진단을 내렸다는 것이 유시춘 선생의 전언이었다.

그야말로 '마지막 위로'와 같은 작은 마음을 계좌 이체해 보내고 고민 끝에 조심스레 안부 문자를 넣긴 했지만 직접 만날 작심까지는 할 수 없었다. 그간 몇 번의 경험을 통해 병마에 시달리는 모습을 마지막 기억으로 간직한다는 것이 얼마나 고통스러운지를 알기에, 젊고 아름답고 강건했던 K를 내 맘속에서 잃기 싫었던 탓이다. 하지만 사흘 전 다시 날아온 유시춘 선생의 메일을 읽고 나니 아무래도 한번쯤은 그녀를 꼭 만나야 할 듯한 기분이 들었다. 그만큼 남은 시간이 많지 않으리라는 불안과 초조감 때문이었다.

그녀를 만나 무슨 이야기를 할 수 있을까? 위중한 상태에서도 자신에게 남은 시간이 그토록 짧을 수 있다는 걸 받아들이지 못하는 환자 앞에서 우리가 함께 즐겁거나 힘겨웠던 과거의 추억을 말할 것인가, 언젠가 다시 걱정 없이 편하게 웃을 미래의 희망을 말할 것인가?

과거와 미래 사이에서 가리산지리산 헤맬 때, 이 시 「모든 순간이 꽃봉오리인 것을」이 생각났다. 정현종 시인은 나의 은사이시다. 그에게 받은 수업에서 나는 썩 성실하고 훌륭한 학생이 아니었지만, 그래서 출석 체크를 꼼꼼히 하는 선생에게서 받은 학점이 전공과목 중에

가장 낮지만, 나는 그의 시와 수업 중 가끔씩 창밖으로 던지는 자욱한 시선을 좋아했다. 사실 「모든 순간이……」는 "서정시의 전통을 혁신하고 새로운 현대시의 가능성을 개척했다"는 평가를 받는 정현종의 시풍과는 얼마간 거리가 있는 시다. 내가 아는 정현종은 한 편의 시 안에 말줄임표를 5개씩 쓰거나 교훈적인 설교풍의 언설을 읊조리는 시인이 아니다. 하지만 그러하기에 더욱, 이 소박한 시가 정직하고 힘 있게 느껴진다.

누구나 자신의 삶을 통틀어 후회한다. 그때 놓친 것들, 맥없이 잃은 것들, 떠나보낸 것들…… 몇 해 전 『죽을 때 후회하는 스물다섯 가지』라는 제목으로 출판된 책에서는 임종을 앞둔 1천 명의 암 환자들이 가장 통렬하게 깨닫고 뉘우치는 스물다섯 가지 삶의 덕목을 밝히기도 했다. 진짜 하고 싶은 일을 했더라면, 조금만 더 겸손했더라면, 친절을 베풀었더라면, 꿈을 꾸고 그 꿈을 이루려고 노력했더라면, 죽도록 일만 하지 않았더라면, 가고 싶은 곳으로 여행을 떠났더라면, 건강을 소중히 여겼더라면…… 구구절절 회한이 서린 후회이자 소망들은 결국 더 많이 자신과 타인을 사랑하고, 더 진지하게 삶과 죽음의 의미를 고민하며 살지 못했음에 대한 것이었다.

오늘도 나는, 우리 중 대다수는 그렇게 산다. 마치 영원히 살 것처럼, 죽음이란 영영 남의 일인 것처럼. 삶의 노다지란 노다지는 다 놓쳐버리고 쭉정이 같은 욕심과 허상만을 붙든 채 그마저 잃을까 봐 애면글면 안달복달한다. 과거에 꺼둘리고 미래에 저당 잡힌 채 순간순간이 꽃봉오리이고 걸음걸음이 꽃길임을 모르는 채로…….

10시간의 길고 지루한 산행을 마치고 집에 돌아오니 온몸이 만신창이였다. 앉았다 일어설 때마다 상처 입은 짐승처럼 우우우 신음하는 지경이었지만, 기운과 용기를 내기로 했다. 구리에 있는 H병원에 입원한 K의 곁에는 엄마의 병간호를 위해 휴학을 한 대학생 딸이 홀로 병상을 지키고 있었다.

"문자만 줘도 고마운데 고생스럽게 뭣하러 먼 길을 왔어?"

말은 그렇게 하면서도 K는 반가운 빛을 숨기지 못했다. 많이 마르기는 했지만 생각보다 나빠 보이지 않아서 다행이었다.

"그동안 소식을 까맣게 몰랐어요. 이제야 와서 미안해요."

나는 그녀의 깡마른 손발을 주무르며 우리가 함께했던 청춘의 봄을, 그리고 얼마 지나면 곧 다가올 봄을 이야기했다. 하지만 우리는 정작 지금 이 순간은 말할 수 없었다. 서리와 바람 앞에 떨고 선 꽃봉오리처럼 두려운, 바로 이 고통과 슬픔의 순간을.

"즐겁게 살아. 어떻게든 즐겁고 행복하게 살아."

K는 내 손을 꼭 잡고 몇 번이고 되뇌었다. 기약 없는 이별을 하고 돌아서 나오는 내 귓전에 봄이 오면, 봄이 오면…… K가 주술처럼 반복하던 그 말이 자꾸만 맴돌았다. 나는 화장실 변기 위에 앉아 아주 조금 훌쩍거렸다. 봄이 빨리 와주었으면, 꽃봉오리의 계절이 조금이라도 앞당겨졌으면 하는 바람밖에 내가 할 수 있는 일은 아무것도 없었다.

모든 순간이 꽃봉오리인 것을

—정현종

나는 가끔 후회한다
그때 그 일이
노다지였을지도 모르는데……
그때 그 사람이
그때 그 물건이
노다지였을지도 모르는데……
더 열심히 파고들고
더 열심히 말을 걸고
더 열심히 귀 기울이고
더 열심히 사랑할 걸……

반벙어리처럼
귀머거리처럼
보내지는 않았는가
우두커니처럼……
더 열심히 그 순간을
사랑할 것을……

모든 순간이 다아
꽃봉오리인 것을,

내 열심에 따라 피어날

꽃봉오리인 것을!

큰재에서 신의터재까지

위치 경상북도 상주시 공성면-경상북도 상주시 화동면

코스 큰재(320m)-회룡재-개터재-윗왕실재-백학산(618m)-개머리재-지기재-신의터재(260m)

거리 25km

시간 10시간

날짜 2011년 2월 13일(23차 산행)

마지막 순간까지 사랑을 품고
희생을 무릅썼던 이들의 삶의 나이는
어쩌면 살아남아 슬프고 아프고 부끄러운 이들보다
훨씬 낙낙할지 모른다.

오브라디 오브라다 라이프 고우스 온

원래 24차 산행은 지난 2월 넷째 주 토요일로 예정되어 있었지만 전국적으로 천둥 번개를 동반한 큰비가 내리고 센바람이 분다는 일기예보 때문에 결국 취소되었다. 지금까지 비가 오나 눈이 오나 바람이 부나 불볕더위가 기승을 부리나 최악의 한파가 몰아치나 어김없이 산행을 강행했던 걸 생각하면 집행부의 결정이 의외다 싶기도 하지만, 아직 산중의 기온이 영하인 상태에서 비까지 맞으며 무리하게 산행을 하다가는 저체온증에 걸려 위험해지기 십상이니 다행스러운 일이 아닐 수 없다.

갑자기 할 일이 사라져버린 비 오는 토요일에 술추렴이나 하자고 만난 친구는 산행이 취소되었다는 말을 듣더니 "지금까지 차마 말은 못했지만 아무래도 단체로 제정신이 아니다 싶더니, 이제야 좀 합리적이 되셨군!" 하며 너털웃음을 터뜨린다. 아니, 그동안 우리가 정말 그 지경으로 불합리하고 비이성적으로 보였단 말인가? 울뚝배기의 본능으로 발끈하려다 곰곰 생각해 보니 친구의 말이 틀렸다고는 할 수 없다.

전문적인 산악인도 아니고 각자 직장과 학교에 다니느라 분주한 어른과 아이들이 격주 휴무일을 이용해 도상 거리만 690여 킬로미터에 이르는 백두대간 남한 구간을 40차 산행으로 종주하겠노라는 계획은 이론과 이치에 합당하고 지성과 오성으로 포착할 수 있는 일……이 아니다. 하지만 세상사가 어찌 이성과 논리로만 설명되겠는가? 어쩌면 뻥뻥 뚫린 아스팔트길을 자동차로 쌩쌩 달리는 대신 땀을 뻘뻘 흘리며 낑낑대고 산을 오르는 일부터가 불합리하고 비이성적이라고도 할 수 있다. 그러나 살다 보면 어리석고 미련하게라도 해야 하고 할 수밖에 없는 일이 있으니, 그래야만 꼭 이룰 수 있는 일과 얻어낼 값진 것이 있으리니, 그 비이성이야말로 즐거운 비이성이며 그 불합리야말로 진지한 불합리가 아닐까?

딱 한 번 산행이 취소되었는데 그 사이 한 달이 갔다. 뜻밖에 얻어 더욱 달콤하고 나른한 휴가를 알뜰하게 보내려고 생각했는데…… 이상한 일은 산에 다녀온 지 3주쯤 지나자 살금살금 마음이 산을 향해 뻗어가기 시작했다는 것이다. 계절과 함께 산빛이 어떻게 변했을지 궁금했다. 여전히 눈이 쌓여 있는지 얼음길이 녹아 진창이 되었는지도 알고 싶었다. 그토록 힘들게 괴로워하며 산을 탔건만, 나는 어느새 산을 그리워하고 있었다.

새벽에 버스를 타기 위해 집결하는 장소인 현대아파트 옆 큰길이 평소보다 북적인다 싶더니 우리의 후배 기수인 7기가 오늘 첫 산행을 간단다. 새 옷과 새 장비로 무장한 그들의 긴장한 모습을 지켜보노라니 꼭 1년 전에 내가 느꼈던 두려움과 불안이 새삼스레 물밀어 든다. 그때 나는 산행을 떠나기 전날 밤이면 불안하여 잠을 잘 이루지 못했고 산 앞에만 서면 두려워서 벌벌 떨곤 했다. 그런데 아무리 인간이 간살스럽다고 해도 고작 1년 만에 마음이 이처럼 요상한 변덕을 부리다니 신기하고 우습다. 미운 정 고운 정이 다 들어서 정말로 내가 산을 사랑하게 된 것인지, 무슨 조화로 이렇게 불친절하고 험악하고 끊임없이 나를 시험에 들게 하는 상대에게 마음을 빼겼는지 알 수가 없다.

하지만 맘과 다르게 몸은 맥없이 쉬었던 한 달의 시간을 속이지 못한다. 오늘의 산행은 태백산과 소백산을 잇는 33구간을 백두산에서 지리산 방향으로 역주행한다. 도래기재에서 오늘의 최고점인 옥돌봉까지 가는 2.7킬로미터는 줄기찬 오르막길이다. 중간중간 고목과 진달래 터널과 550년을 살았다는 철쭉이 있지만 꽃이 아직 피지 않아서인지 한 달 동안 너무 잘 먹고 잘 쉰 내 몸이 무거워서인지 큰 위로가 되지 않는다.

그래도 꾸역꾸역 간다. 기신기신 간다. 힘들다는 신음과 불평은 어금니에 사리물고 한 발자국 한 발자국 고통의 애무와 피로의 입맞춤에 홀린 듯 간다. 아파도 사랑이다. 아픔마저도 껴안아야 사랑이다.

가파른 옥돌봉을 넘어서자 고비를 넘긴 듯 평탄한 길이 줄기차게 이어졌다. 강원도 영월군 김삿갓면에 슬쩍 걸친 박달령에서 선달산까지의 5킬로미터, 그로부터 늦은목이까지의 기나긴 내리막…… 그

런데 삶에서도 그렇지만 산에서도 평탄한 것이 꼭 좋지만은 않다. 모두들 고통과 시련이 없는 평평하고 탄탄한 큰길을 걷기를 원하지만 정작 굴곡이 없고 요철이 없는 길은 지루할 뿐만 아니라 걷는 사람을 게으르고 무감하게 만들기도 한다. 실제로 옥돌봉 표지석 앞에서 아들아이와 함께 '인증샷'을 찍은 이후의 길은 기억 속에 별로 남아 있지 않다.

그럼에도 불구하고 욕심과 불평불만을 한 짐 가득 걸머진 채 쉽고 편하고 평탄한 길만 걷기를 원하는 인간들에게 자연은 자신의 몸 한 구석을 열어 보이며 한 수 가르친다. 자연 속의 생존 경쟁은 인간세계의 그것만큼이나, 어쩌면 그보다 더 치열하고 혹독하다. 아직은 헐벗은 채 겨울에서 봄으로 가는 산을 지키고 선 나무들은 그 앙상한 몸피를 통해 그들이 어떻게 스스로를 지키며 살려나가는가를 보여준다. 무더기를 지어 선 나무들을 잘 살펴보면 어쩌다 한 뿌리에서 기둥이 두세 개, 가지가 서너 개 뻗어난 녀석들을 발견할 수 있다. 그런데 그 중 뒤늦게 경쟁에 뛰어들었거나 힘이 약해서 햇볕 양분 쟁탈전에서 패한 기둥이나 가지는 결국 쇠락해 죽어간다. 그런 기둥이나 가지는 쉽게 꺾이고 어이없이 뽑힌다. 나무 스스로 필요 없는 부분, 요즘 아이들의 유행어처럼 '잉여'인 부분을 덜어내는 것이다.

그 잔혹한 생존의 법칙에 씁쓸해지다가도 숨은 뜻을 알게 되면 자연의 지혜에 다시금 놀란다. 숲 해설가이자 한때 소목장으로 일했던 인걸 아빠가 말씀하신다.

> 그래도 사람이나 외부의 힘에 의해 꺾이거나 잘려나가는 것과는 비교할 수가 없어요. 상처는 스스로 도려내는 게 제일 빨리, 깨끗이 낫는 법이죠.

그런데 막상 사람의 마을에 돌아와보니 짧고도 긴 하루 만에 난리가 났다. 하늘과 땅이 뒤집히고 삶과 죽음이 뒤섞였다. 그토록 재난 설비와 방제 시스템이 잘 되어 있다고 소문난 이웃 나라도 경천동지의 대재앙 앞에서는 속수무책이었다. 사실은 집에서 나설 때 일본에 지진이 났다는 뉴스를 잠깐 듣긴 했지만 그다지 심각하게 생각지는 않았다. 학창 시절 지리 시간에 배운 대로 세 개의 판(plate)이 만나는 지점에 있어 크고 작은 진동이 끊이지 않는 곳인지라 이전에 그러했듯 얼마간의 피해가 있더라도 곧 수습할 수 있으리라 여겼다. 그런데 하루 꼬박을 산중에서 헤매고 돌아오는 버스 안에서 뉴스 화면을 지켜보노라니 황망하여 말문이 막힐 지경이었다.

얼마 전까지 누군가의 안락한 삶터였던 집이, 풍성한 먹을거리를 생산하던 논밭이, 병원이, 학교가, 아니 삶의 모든 것이 무너지고 불타고 쓰나미의 너울에 집어삼켜지는 모습을 지켜보면서 문득 소설가 공선옥의 산문집 『사는 게 거짓말 같을 때』를 떠올렸다. "내 손을 잡고 있는 친구도, 내가 발을 디디고 있는 땅도, 내 머리 위를 뒤덮고 있는 하늘도, 심지어는 숨을 쉬고 있는 내 자신조차" 믿을 수 없고, 그야말로 산다는 것 전부가 거짓말 같은 순간!

'돈에 속고 사랑에 우는' 인간세상의 일도 시시때때로 거짓말 같지만 자연의 혹렬한 가르침에 비하면 아무것도 아니라는 생각마저 들었다. 인간이 아무리 자연을 '정복'한 세상의 '지배자'인 양 오만 방자하게 굴어도 결국엔 이 행성에 잠시 머물렀다 떠나는 '불청객'에 불과하다는 사실이 새삼스럽다. 천지의 요동을 감지하고 하늘 높이 날아오르는 새보다도, 비록 건조한 땅거죽에서 말라죽을지라도 땅속을 박차고 기어 올라와 살길을 찾는 지렁이보다도 못한 '만물의 영장'이라니!

하지만 충격과 공포와 허무 속에서도 일절의 거짓 없이 오롯한 진실은 하나, 그래도 어쨌든 그럼에도 불구하고 우리의 삶은 계속될 것이라는 사실이다. 죽음은커녕 아직 삶조차 잘 모르는 열다섯 살의 아들아이는 세계 역사상 4번째라는 대지진 앞에서 "검은색보다 더 어두운 색을 발견한 느낌"이라고 소감을 피력했다. 그래서 이 같은 참상을 까맣게 모른 채 신나게 노래를 불러젖히며 산행을 했던 일을 미안해하기도 했다. 하지만 산새 소리도 잦아든 겨울 산에서 그가 소리 높여 불렀던 노래 한 구절을 떠올려본다.

오브라디 오브라다 라이프 고우스 온……

아무 뜻도 없는 레게풍의 단어들 끝에 이어지는 한마디…… 인생은 계속된다(Life goes on)! 불가항력으로 수많은 사람들이 목숨을 잃고 삶터를 빼앗겨도, 언젠가 120억 년에 걸친 행성의 역사가 마무리되는 '최후의 날'이 올지라도, 마치 거짓말처럼 삶은 계속될 것이다. 그때까지 우리가 해야 할 일은 공포에 사로잡혀 벌벌 떨며 최후의 순간을 기다리는 대신 바로 지금 살아가고 있다는 단순하고 간명한 사실에 감사하는 것뿐이다. 그 감사란 과연 어떤 것일까? 언제나 그랬듯 철모르쟁이 아들이, 거짓말 같은 삶의 희망이 나를 가르친다.

누구에게 감사해야 하냐고? 바로 우리 자신이지!

삶은 불평등할지언정 죽음은 평등하다. 그야말로 속수무책 불가항력으로 당할 수밖에 없었던 천재지변 앞에서는 나이도 성별도 빈부와 지위의 격차도 무의미하다. 할머니가 손자를 품에 안은 채 숨을 거두고 마지막 순간까지 대피 방송을 하며 어머니와 이웃을 살린 딸이 지진해일에 쓸려간다. 그들은 생물학적 나이와 상관없이 죽음의 동갑내기가 되었다. 하지만 마지막 순간까지 사랑을 품고 희생을 무릅썼던 이들의 삶의 나이는 어쩌면 살아남아 슬프고 아프고 부끄러운 이들보다 훨씬 낙낙할지 모른다. 마치 터키의 작은 마을에 사는 사람들이 문기둥마다 새겨져 있는 추억의 빗금으로 삶의 나이를 가늠하듯이, 사랑한 만큼 감사한 만큼 누군가를 위해 스스로를 낮추고 버린 만큼 사람은 어른이 되는 것일 테다.

낯설고도 무거운 내 껍데기 육신의 나이는 마흔셋, 하지만 잊지 못할 경험과 사랑의 기억으로 헤아릴 삶의 나이는 얼마쯤 될까? 아직 나는 천지 분간조차 못하는 철모르쟁이로 너무 어리고 어리석은 것은 아닐까?

삶의 나이

—박노해

어느 가을 아침 아잔 소리 울릴 때
악세히르 마을로 들어가는 묘지 앞에
한 나그네가 서 있었다
묘비에는 3·5·8··· 숫자들이 새겨져 있었다
아마도 이 마을에 돌림병이나 큰 재난이 있어
어린아이들이 떼죽음을 당했구나 싶어
나그네는 급히 발길을 돌리려 했다
그때 마을 모스크에서 기도를 마친 한 노인이
천천히 걸어 나오며 말했다

우리 마을에서는 묘비에 나이를 새기지 않는다오

사람이 얼마나 오래 살았느냐가 중요한 게 아니라오

사는 동안 진정으로 의미 있고 사랑을 하고

오늘 내가 정말 살았구나 하는

잊지 못할 삶의 경험이 있을 때마다

사람들은 자기 집 문기둥에 금을 하나씩 긋는다오

그가 이 지상을 떠날 때 문기둥의 금을 세어

이렇게 묘비에 새겨준다오

여기 묘비의 숫자가 참삶의 나이라오

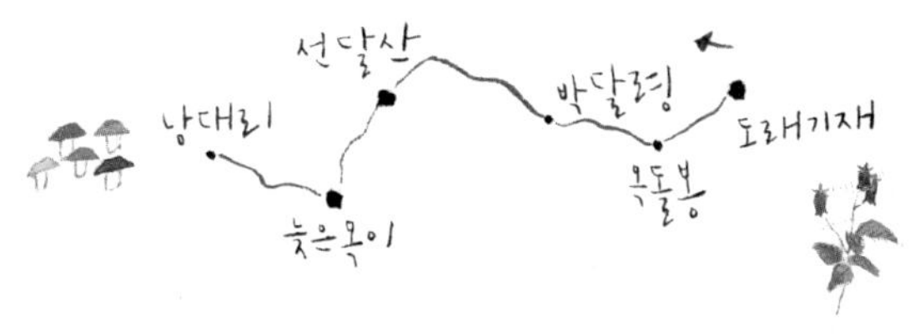

도래기재에서 늦은목이까지

위치 경상북도 봉화군 춘양면-강원도 영월군 김삿갓면-경상북도 영주시 부석면

코스 도래기재(780m)-옥돌봉(1,242m)-박달령-선달산(1,236m)-늦은목이(720m)-남대리

거리 15.6km(마루금 12.6km+접근거리 3km)

시간 8시간

날짜 2011년 3월 12일(24차 산행)

땀과 눈물과 고통의 크기만큼
오오래 산이 기억되는 것처럼
사랑이 끝나도 더 많이 사랑한 사람에게
더 많은 추억이 남을지니

약자가 곧 승자다

삶이 그러하듯 산은 불확정하다. 불확실하다. 불가해하다.

자정에 버스를 타고 출발할 때 이번 산행의 목적지는 태백산이었다. 화방재에서 시작해 태백산과 구룡산을 거쳐 도래기재에 이르는 24킬로미터, 약 12시간이 소요될 것으로 예상되는 난코스였다. 오랜만에 야간 산행 준비를 하고 겨울 장비와 도시락 두 개를 챙기고 마음의 각오도 단단히 했다. 그리고 새벽 4시에 예정대로 화방재 진입로에 접어들었다. 하지만 삶이 그러하듯 산은 돌발적이고 우연적인 변수로 가득 차 있다.

화방재를 오르기 시작한 지 10분쯤 지나 우리는 고스란히 발길을 돌려 왔던 길을 따라 하산해야 했다. 전날 강원도 산간에 내린 폭설로 길을 찾기가 힘들어 가뜩이나 조심스런 야간 산행이 불가능해진 것이다. 겨울철 적설기 등산에서 선두가 깊은 눈을 헤쳐 나아가며 길을 뚫는 일을 러셀(russel)이라고 한다. 러셀은 원래 제설차를 만든 미국 제조회사의 이름에서 비롯된 등반 용어로, 특별한 능력과 주의력과 요령을 필요로 하는 간단치 않은 기술이다. 은백색 눈의 카펫은 아름답지만 그 아래 어떤 지형이 숨어 있을지, 눈의 성질은 어떨지, 얼마나 쌓여 있을지를 알지 못하기에 경우에 따라 큰 위험을 초래할 수 있다. 러셀의 기초 요령으로는 쌓인 눈이 무릎 이상으로 빠지는 경우 무릎으로 다진 다음 발을 딛고, 눈 덮인 급경사를 오를 때에는 지그재그로 올라야 하며, 평상시보다 보폭과 동작을 줄여 체력 안배를 해야 한다……는 것이지만, 에너지가 2~3배 더 소모되는 러셀을 하며 24킬로의 눈길을 헤쳐간다는 건 한마디로 '미친 짓'이다. 그럴 때 훌륭한 선두대장은, 현명한 산꾼은 지체 없이 우회하거나 가던 길을 멈추고 탈출로로 내려와야 한다. 산이 주는 가장 큰 가르침 중의 하나는 헛되고 미련한 욕심을 버려야 한다는 것이므로.

앞선 발걸음에 홀린 듯 이끌려갔던 눈길을 되돌아오며 서산대사의 선시(禪詩)를 가만히 되뇌어본다.

눈을 밟으며 들길을 갈 때	踏雪野中去
모름지기 함부로 걷지 마라	不須胡亂行
오늘 내가 남긴 발자취가	今日我行跡
오는 사람에게는 이정표가 될지니	遂作後人程

그러나 길을 찾지 못하면 만들어서라도 가야 할지라, 지도부가 고심 끝에 태백산 대신 오르기로 결정한 곳이 바로 백두대간 코스 중에

서 '가장 쉽다'고 소문이 난 대관령 구간이었다. 한때 유명했던 CM송 "야호! 나는 대관령이 좋아!"를 흥얼거리며 버스에서 내려보니, 정말 광고 화면이나 크리스마스카드에서나 봄직한 눈부신 설경이 펼쳐져 있었다.

잡티 한 점 없는 순백의 벌판, 투명한 햇빛과 닦은 듯 맑고 푸른 하늘, 나뭇가지마다 송이송이 활짝 핀 눈꽃들, 아이들의 표현을 빌자면 일본 애니메이션 〈원피스〉를 연상시키는 이국적인 풍광을 빚어내는 바람개비를 닮은 풍력 발전기, 그리고 그 커다란 날개에 부딪히는 깊고 부드러운 바람 소리…… 3월의 끄트머리에서 뜻밖에 맞닥뜨린 겨울 풍경은 깜짝 선물처럼 놀랍고 감격스럽다. 일부러 보려고 해도 볼 수 없는 장관이다. 모두들 휴대폰에 장착된 카메라까지 총동원해 그 풍광을 담기에 바쁘고, 뷰파인더를 통해 세상을 보는 것을 좋아하지 않는 나는 다만 믿을 수 없을 만큼 아름다운 한순간을 마음에 새기기에 드바쁘다. 선자령을 넘어 동해 전망대까지 완만한 언덕은 굽이굽이 이어진다. 끝없이 펼쳐진 눈벌판에 설맹이라도 되어버릴 듯 눈이 쓰리고 아프지만 잠시도 이 황홀을 놓칠 수 없다.

동네 뒷산도 오르지 않는 평지형 인간으로 평생을 살았던 내가 마흔이 넘어 갑자기 백두대간 종주를 하겠노라고 나선 까닭에는 더 늦기 전에 지금껏 꺼리던 일과 정면으로 맞서보고 싶다, 아들과 함께 산행을 하며 돈보다 값진 추억을 물려주고 싶다, 내 운명의 삶터를 내 발로 밟아보고 싶다 등등 여러 가지가 있었지만, 지금껏 밝히지 않았던 한 가지 이유가 가외로 있었다. 내가 나고 자란 고향인 강릉을 떠나 서울로 오면서 넘었던 고개들이 모두 백두대간에 포함되어 있었던 것이다. 그리고 내게 그 고개들은 다만 산맥을 넘는 교통로가 아니었다.

> 영동과 영서의 교통로인 대관령, 미시령, 진부령, 한계령, 진고개, 구룡령 등의 여섯 고개 중 가장 나지막한 대관령, 아흔아홉 굽이 구절양장 같은 길을 감고 묵묵히 서 있는 그 고개는 가난한 변방의 사람들에게 유일한 출구이자 벽이었다. 젊은이들은 언제나 그 벽을 넘어 탈출하고 싶어 했다. 뒷맛이 싸하고 들큼한 경월소주를 병나발 불며 언젠가는 그 벽을 넘어가고야 말겠노라 호기롭게 외치곤 했다. 술이 3분의 1쯤 남은 병을 가만히 흔들어 보면 소주는 동해 바다처럼 맑고 투명하게 흔들리고, 젊은이들의 가슴속에 가득 찬 고도(孤島)의 우울과 광기도 차갑게 흔들리곤 했다.
>
> —졸작 「대관령」 중에서

어린 날 그토록 간절히 '탈출'하기를 꿈꾸며 바라보았던 애증의 산, 그때는 높디높은 '벽'만 같아 부수고 뛰어넘기를 열망했던 고개를 지금 내 발로 지르밟고 걷는다. 이제 미움은 연민이 되고 우울과 광기조차 그리움으로 변했지만, 그곳을 떠나와 너무 오래 티끌세상을 헤맨 나는 과연 다시 고향으로 돌아갈 수 있을까……?

쉬엄쉬엄 왔는데도 6시간 반 만에 코스를 주파한 일행은 여유작작하게 바닷가에 가서 회를 먹고 상경할 궁리까지 하며 하산을 준비했다. 그런데 이게 웬일? 산은 끝끝내 기어이 기필코, 불확정하고 불확실하고 불가해하다. 본래 하산 코스로 생각했던 삼양목장이 구제역으로 인해 폐쇄되는 바람에 창졸간에 퇴로가 사라져버린 것이다. 36명의 등반대는 바람막이 하나 없는 허허벌판에 완전히 고립되었다. 이렇게 황당하고, 기막히고, 어처구니없을 수가!

이제 '탈출' 방법은 두 가지뿐이었다. 계속 진행해 오대산 노인봉을 거쳐 진고개까지 가는 것과 왔던 길을 되짚어 대관령으로 돌아가는 것. 결국 우리는 '가장 쉽다'고 소문난 대관령 코스를 왕복하는 '가장 어려운' 길을 택했다. 아이들은 벌써 입이 댓 발씩 나왔다. 어른들의 무능과 부주의로부터 구제역의 해악과 통제의 폐단까지, 불만을 품고 불평을 터뜨리자면 한정이 없을 것이다. 하지만 우리는 이미 1년 동안 백두대간을 종주하며 결코 우리의 처지와 형편을 봐주지 않는 냉정하고 엄혹한 산에 길들여진 바 있다. 불평불만은 통하지 않는다. 후회와 한탄도 소용없다. 산이 돌아가라면, 돌아가는 수밖에.

대간도 아닌 곳을 고스란히 되짚어가는 길은 맥 빠지고 힘들다. 해가 지기 전에 산을 벗어나야 한다는 조바심에 잠시 다리쉼을 할 여유도 내지 못한다. 다만 어금니를 악물고 무거운 다리를 질질 끌며 걷는다. 몸과 맘이 괴로우니 아무리 아름다운 풍광이라도 눈에 들어오지 않는다. 좀 더 빨리 가기 위해 아이젠을 풀고 달리듯 걷다 보니 몇 번이고 얼음길에서 미끄러졌다. 그래도 엄부럭을 떨며 지체할 틈이 없다. 얼른 털고 일어나 아픈 엉덩이를 문지르며 달려 나간다.

하지만 곱씹을수록 이 모든 해프닝이 얼마나 어이없고 우습던지! 오로지 걷는 일에 집중해 나아가다 보니 짜증과 심술로 들끓던 마음은 어느새 눅어들고 피식피식 웃음이 나오기 시작했다.

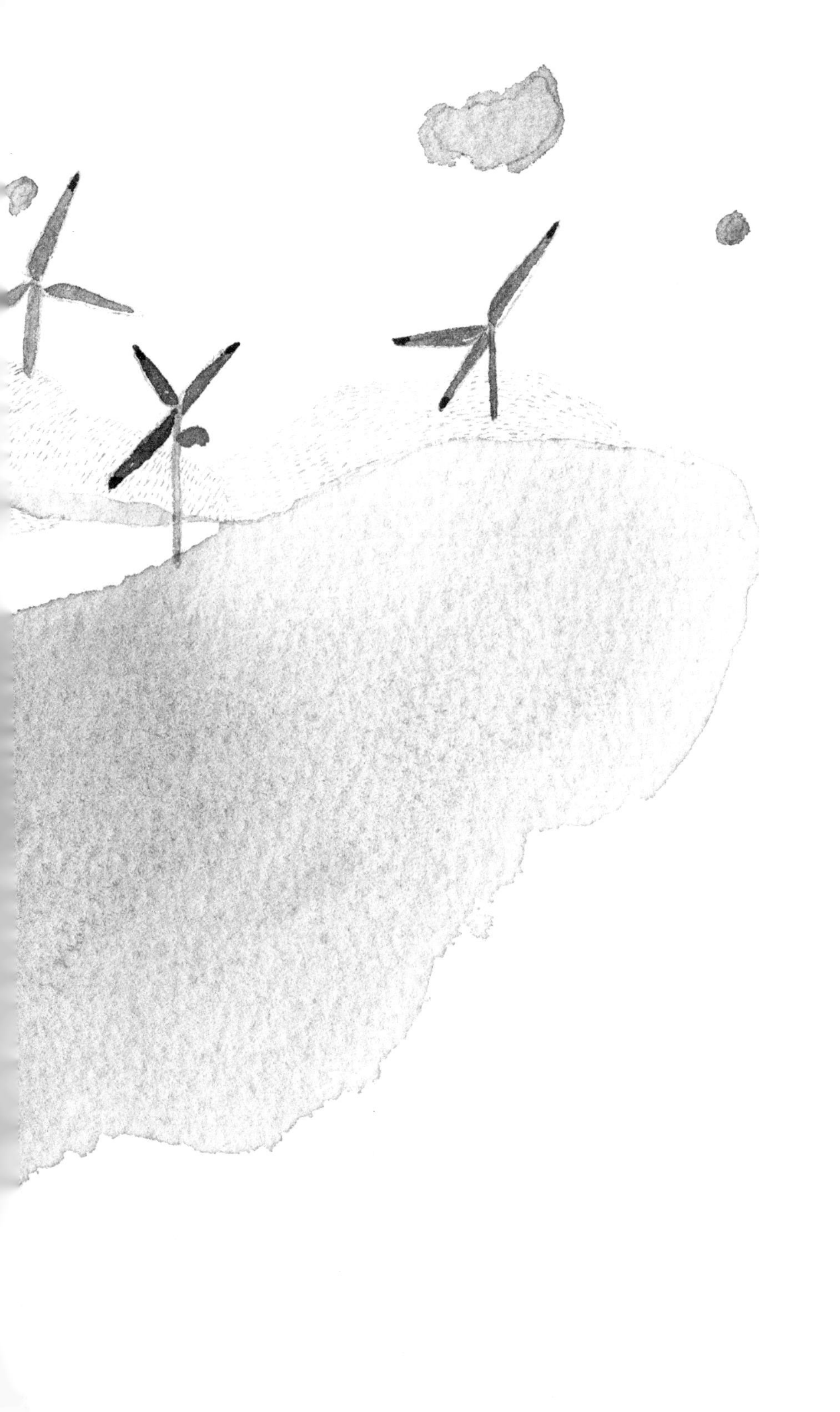

"오늘 우리 산행 코스는 '화방재 - 대관령 - 대관령'이네!"

아들아이는 이 황당무계한 상황에 꼭 맞는 블랙 유머를 던진다.

"이러나저러나 엎치나 뒤치나 우리는 어차피 24킬로미터를 걸을 운명이었어!"

울지 않기 위해서는 웃어야 할지니, 나는 그저 이 잔인한 '운명'을 웃으며 받아들이기로 마음먹는다. 그래도 한 가지 오롯한 희망은 아무리 힘들고 괴로운 산행이라도 언젠가는 끝에 다다르는 순간이 있다는 것이다. 그때까지 우리가 할 일은 덧없는 불평불만 대신 팔다리를 열심히 놀려 온몸으로 온몸을 밀고 나가는 것뿐이다.

평범한 속인인 우리는 대개 손해를 보지 않기 위해 전전긍긍하며 산다. 돈이나 물질에 대해 그런 것처럼 사람 사이의 관계와 사랑에서도 마찬가지다. 그래서 '더 사랑하는 사람이 약자'라는 슬프고 아픈 잠언까지 있다. 모두가 칼자루를 잡고 휘두르려 하지 칼끝을 잡고 싶어 하지 않는다. 더 먼저 더 오래 기다리고 다가가고 마음의 문을 두드리고 그리워하고 외로워하고 상처받고 갈망하는 일을 부끄럽게 여기고 두려워한다. 약해지는 것도 약해지는 것이지만 더 사랑해서 손해 볼까 봐, 들인 밑천보다 얻는 것이 적을까 봐 걱정하는 것이다.

하지만 본디 사랑의 속성은 턱없는 손해를 감수하고 기꺼이 칼끝을 잡는 것이 아니었던가? 내가 손해를 보아 빈털터리가 되고 칼끝을 잡아 피 흘릴지언정 상대가 그것을 겪는 일을 두고 볼 수 없는 마음. 그러하기에 고통과 아픔과 슬픔과 눈물과 외로움과 상처와 절망과 목마름 속에서도 끝끝내 사랑의 의미와 길과 문과 삶과 땅과 나라와 궁전의 주인이 될 수 있는 것이다. 내가 아닌 상대를 위해 조금만 더 먼저 조금만 더 오래 사랑할 수 있다면.

시인 고정희는 취재차 찾았던 지리산에서 급류에 휩쓸리는 사고를 당해 타계했다. 평생을 독신으로 살았던 그녀가 세상을 떠난 시기는 지금의 내 나이와 꼭 같은 마흔셋이었다. 그때 이미 사랑의 삼보—상처와 눈물과 외로움을 알고 그 가운데서 솟은 일곱 가지 무지개의 찬란한 빛을 꿈꾼 그녀를 생각하면 여전히 어둡고 좁은 골방에 갇혀 전전긍긍하는 나는 너무 어리다. 아니, 너무 빨리 늙어버린 것일까?

그렇게 우리는 허청거리는 발걸음으로 마침내 대관령에 도착했다. 얼마나 열심히, 사실은 열을 받아서 씨근대며 걸었는지 매봉까지 가는 데에는 6시간 반이 걸렸는데 돌아오는 데에는 3시간 반밖에 걸리지 않았다. 헛돌이라면 유례없는 대형 헛돌이, 들인 시간과 에너지를 따지자면 큰 손해를 본 것인지도 모른다. 하지만 산에서 '버리는' 시간이란 한순간도 없다. 어차피 인생은 더하고 빼어 고스란히 빈손인 제로섬 게임에 불과할지니, 버리는 만큼 얻고 얻은 만큼 언젠가 잃는다. 하지만 땀과 눈물과 고통의 크기만큼 오오래 산이 기억되는 것처럼 사랑이 끝나도 더 많이 사랑한 사람에게 더 많은 추억이 남을지니, 지는 것이 이기는 것이다. 약자가 곧 승자다.

더 먼저 더 오래

—고정희

더 먼저 기다리고 더 오래 기다리는 사랑은 복이 있나니

저희가 기다리는 고통 중에 사랑의 의미를 터득할 것이요

더 먼저 달려가고 더 나중까지 서 있는 사랑은 복이 있나니

저희가 서 있는 아픔 중에 사랑의 길을 발견할 것이요

더 먼저 문을 두드리고 더 나중까지 문 닫지 못하는 사랑은 복이 있나니

저희가 문 닫지 못하는 슬픔 중에 사랑의 문을 열게 될 것이요

더 먼저 그리워하고 더 나중까지 그리워 애통하는 사랑은 복이 있나니

저희가 그리워 애통하는 눈물 중에 사랑의 삶을 차지할 것이요

더 먼저 외롭고 더 나중까지 외로움에 떠는 사랑은 복이 있나니

저희가 외로움의 막막궁산 중에 사랑의 땅을 얻게 될 것이요

더 먼저 상처받고 더 나중까지 상처를 두려워하지 않는 사랑은 복이 있나니

저희가 상처로 얼싸안은 절망 중에 사랑의 나라에 들어갈 것이요

더 먼저 목마르고 더 나중까지 목말라 주린 사랑은 복이 있나니

저희가 주리고 목마른 무덤 중에서라도 사랑의 궁전을 짓게 되리라

그러므로 사랑으로 씨 뿌리고 열매 맺는 사람들아 사랑의 삼보—상처와 눈물과 외로움 가운데서 솟은 사랑의 일곱 가지 무지개

이 세상 끝날까지 그대 이마에 찬란하리라

대관령에서 매봉까지

위치 강원도 평창군 대관령면

코스 대관령(825m)-선자령(1,157m)-곤선봉(1,136m)-매봉(1,173m)

거리 23.8km(왕복)

시간 10시간(왕복)

날짜 2011년 3월 26일(25차 산행)

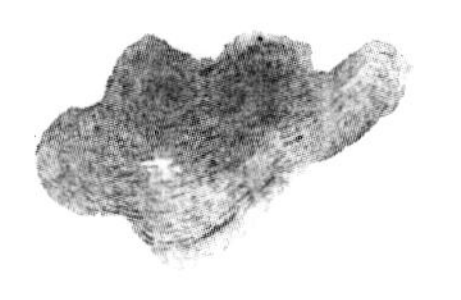

내가 나이를 먹었다고 느끼는 것은
눈가에 자글자글한 주름이나
무심히 들춘 머릿속에서 흰머리를 발견할 때가 아니다.
나보다 어린 사람들이 다 안쓰럽고 애틋해 보이고,
그들에게 한없이 미안해질 때다.

아름다워서 다르고 달라서 아름다운

육체적 활동을 할 수 있는 몸의 힘, 또는 질병 따위에 대한 몸의 저항 능력을 지칭하는 '체력'이라는 단어는 일상에서 흔히 근력과 지구력을 가리키는 말로 쓰인다. 어떤 움직임을 능히 감당해 내는 근육의 힘인 근력과, 그것을 오랫동안 버티며 견디는 힘인 지구력. 국가주의의 냄새를 물씬 풍기는 '체력은 국력'이라는 오래된 표어가 있긴 하지만, 체력은 나라의 힘이기 이전에 나의 힘이다. 내 삶의 힘이다. 삶의 책임을 가뜬히 감당해 내고 의무를 버티며 견디기 위해서는 마음만큼이나 몸을 잘 단련해야 한다.

그렇다면 이른바 '저질 체력'을 '무쇠 체력'으로 만들기 위해서는 어떻게 해야 할까? 선천적으로 타고난 체력을 훈련으로 늘리기 위한 방법으로는 닭이 달걀을 까듯 당연한 일, 운동뿐이다. 그런데 구동독 출신 스포츠 과학자 홀만이 세운 공식에 의하면, 슬렁슬렁 산책을 하고 맨손체조나 하는 방식으로는 절대 체력을 늘릴 수가 없다. 최소한 자기 체력의 70퍼센트 이상의 강도로 맥박수를 유지하며 운동해야만 근력과 지구력이 상승한다. 체력의 70퍼센트라면 보통 숨이 차서 헐떡거리며 자신의 '한계'에 닿기 직전까지의 상태를 말한다.

언젠가 태릉선수촌에서 국가대표 선수들이 국제대회를 앞두고 맹훈련 중인 모습을 담은 다큐멘터리를 본 적이 있다. 각 종목의 특수한 훈련을 할 때만이 아니라 윗몸일으키기나 역기 들기 같은 기초 체력 훈련을 할 때에도 그들의 곁에는 어김없이 코치들이 한 명씩 꼭 붙어 서 있었다. 이미 땀범벅에 녹초가 되어 곧이라도 나가떨어질 듯한 선수들을 향해 코치들은 단호한 목소리로, 명령이기도 하고 응원이기도 한 한마디를 외치고 있었다.

"한 번만, 한 번만 더!"

더는 못할 듯한 한계에서 젖 먹던 힘까지 자아내어 역기를 들어 올리고 몸을 일으킨다. 그것이, 그렇게 할 수 있도록 하는 것이 새롭게 얻어진 힘이다. 마지막 순간에 힘들다며 포기하고 나가떨어져서는 결코 알 수 없고 끝끝내 닿을 수 없는 신비다.

오늘의 산행 시작 시간은 새벽 4시. 지난번 태백산 화방재에서 어둠을 헤치며 10분 동안 헛걸음한 것을 제외하면 실질적으로 올 들어 처음 하는 야간 산행이다. 오후에 비 소식이 있기는 하지만 아직은 별이 총총한 밤하늘을 머리에 이고 산속으로 접어들었다. 저수령에서 옥녀봉까지 약 2킬로미터 구간은 줄곧 가파른 오르막이다. 그야말로 야간 산행 특유의 '눈에 뵈지 않는' 상태에서 헐떡거리며 어둠을 헤쳐가노라니 모든 상념이 까맣게 지워지고 오직 내딛는 한 걸음 한 걸음에만 몰두하는 무아지경에 빠진다. 그래서 노련한(혹은 노회한) 집행부는 야간 산행 구간으로 '눈 뜨고는' 쉽게 견디기 어려운 곳을 잡는다. 여기가 어딘지 지금이 몇 시인지 가늠하지 못하고 얼마나 힘들고 어려운지도 느끼지 못하는 채로 허위허위 걷다 보면 어느새 정점이다. 더는 오를 데가 없는 산꼭대기다. 밤새 시달리고도 기억나지 않는 꿈처럼 먼 곳으로부터 서서히 동이 터온다.

지난번 산행에서 26킬로미터를 걸었던 것을 생각하면 오늘의 산행거리 16킬로미터 정도는 아무것도 아닌 것 같지만, 나의 허튼 계산은 항상 틀린다. 산은 언제나 새로운 시련으로 나를 새로운 시험에 들게 한다. 산림청이 선정한 100대 명산 중의 하나로 꼽히는 황장산은 결코 만만한 산이 아니었다. 산의 성격을 골산(骨山)과 육산(肉山)으로 구분할 때 황장산은 흙보다는 바위와 돌로 이루어진 골산이다. 돌사닥다리와 너덜겅이 끊임없이 이어져 있는 바위산인 데다 곳곳에 암릉과 암벽 로프 구간이 숨어 있다.

하지만 우리는 이미 지리산 종주에다 악명 높은 대야산의 수직 절벽까지 섭렵한 나름 노련(하다고 주장하고픈) 백두대간 종주 팀이 아닌가! 있는 기운 없는 기운을 다 끌어내 바위를 뛰어넘고 기어오르고 건너가기는 하는데…… 힘이 부친다. 황장산을 넘어 4미터 높이의 멧등바위를 로프로 기어내릴 때에는 발 딛을 곳을 찾지 못해 거의 대롱대롱 매달려 미끄러졌다. 발을 서로 너무 가깝게 놓고 몸을 뒤로 충분히 눕히지 못하는 전형적인 초보자의 실수를 저지른 것이다. 두려움, 그리고 몸의 유연성과 체력이 떨어진 탓이었다.

공중에서 겨우 내려와 땅을 딛고 보니 팔다리가 내 것이 아닌 듯 후들거린다. 혼자 절뚝절뚝 걸으며 오늘의 (모양 빠지는) 패착이 무엇 때문인가 곰곰 생각해 보니, 겨우내 우리가 너무 쉬운 지형에 익숙해져 있었다는 결론이 나왔다. 혹독한 겨울 날씨에 무리한 산행을 할 수 없었기에 비교적 경사가 완만하고 암릉이나 로프가 없는 구간을 골라 다녔던 것이다. 그리고 그 짧은 사이에 체력과 함께 마음의 긴장이 흐너졌다.

오랜만에 새삼스럽게 쓰게 된 근육들이 비명을 지르며 지난 계절의 게으름과 무신경을 소문낸다. 고작 몇 달을 조금 쉽게 지냈을 뿐인데, 맘은 속일 수 있어도 몸은 속이지 못한다. 그러하기에 (너무 힘들어서) 자꾸만 꾀를 부리려는 선수들에게 코치들은 냉정하게 일갈했나 보다.

하루를 쉬면 내가 알고, 이틀을 쉬면 코치가 알고, 사흘을 쉬면 적수가 안다!

하지만 사람의 마을에서와 달리 산에서의 최고와 최선은 상대적인 개념이 아니다. 하루를 쉬어도 이틀을 쉬어도 사흘을 쉬어도 나의 상태를 정확히 아는 사람은 오직 나뿐이다. 내게 설득당하고 나를 설득하며 산을 탄다. 명령도 지시도 내가 내리고, 응원도 격려도 내가 한다. 앞에서 끌고 뒤에서 민다고 해도 나의 의지가 아닌 남의 억지로는 절대 산을 넘을 수 없다. 팔다리로 바위를 부둥켜안고 로프에 매달려 버둥거리고 양옆이 낭떠러지인 돌길을 아슬아슬 건너오는 일을 어떻게 내가 아닌 누군가의 강압에 의해 할 수 있겠는가?

어린 날부터 나는 매우 경쟁적인 성향을 가지고 아주 경쟁적인 환경에서 자라났다. 나는 꼭 남을 이기고 싶었다기보다 남에게 지기 싫었다. 승리에 대한 욕망보다는 패배에 대한 두려움이 더 컸다. 그래서 이를 악물고 공부하고 일하고…… 살았다. 무엇이든 줄 세우기 좋아하는 '서바이벌 게임' 같은 한국 사회에서 나는 꽤 잘 적응하는 '재래종'이었다. 성적이, 등수가, 결과물이 긍지이자, 믿음이자, 자신감의 근원이었다.

하지만 그런 식의 서열주의와 경쟁에는 반드시 함정이 있고 한계가 있다. 한국에서 제일 공부를 잘하고 수학 문제를 잘 푸는 학생 100명을 뽑아다가 경쟁을 시키고 줄을 세우면 그 중에서도 반드시 1등이 나오고 100등이 나온다. 물론 그 100등이 얼마나 영리하고 재주가 있는지는 모두가 알고 있지만, 그렇다고 그 100등이 100명 중의 꼴찌라는 사실이 달라지는 것은 아니다. 그는 그룹 안에서 '제일 공부를 못하는' 학생이다. 그리하여 한국에서 100번째로 수학을 잘하는 그는 100등이라는 꼴찌의 열등감과 패배감을 앓는다. 성적과 등수와 결과물이 흔들리면서 그 위에 공중누각처럼 세웠던 긍지와 믿음과 자신감까지도 무너진다. 그리고 한계를 넘어서라는 강제에 가까운 명령, 부담에 다름 아닌 응원에 짓눌려 우울증에 시달리다 마지막 선택을 한다.

작금에 들려오는 카이스트 이공계 영재들의 연쇄 자살 소식은 이러한 경쟁과 서열주의가 낳은 극단적 폐해다. 사실 그들은 어렸을 때부터 누가 공부하라고 시킬 필요가 전혀 없는 아이였던 게 분명하다. 그들은 그저 공부가 좋았던 것이다. 정말로 그들은 수학과 과학에서 철학자 플라톤이 말한 '진리와 창조의 길'을 볼 수 있다고 믿었을 게다.

그런데 그들의 문제는, 좋아하는 공부에 너무 깊이 빠져 그 밖에 다른 세상이 있을 수 있다는 걸 몰랐다는 것이다. 어른들은 수재에 영재인 그들을 기특해하고 최고의 명문 대학에 입학한 그들을 자랑삼기에 바빠, 사람이라면 누구라도 살다가 실패할 수 있으며 실패하더라도 살아 있는 한 영원한 끝은 아니라는 사실을 가르쳐주지 못했다. 어린 날부터 언제나 1등이었고 무슨 문제든 척척 풀어냈던 꾀돌이들이 정작 인생의 단순한 문제를 푸는 데는 젬병이었던 것이다. 자신감은 상대적이지만 자존감은 절대적이다. 그들은 항상 자신감에 넘쳐 있었을 테지만, 그들에게 진정으로 필요한 것은 어떤 상황에서도 변함없이 사랑받을 가치가 있는 사람이라는 믿음, 자존감이 아니었을까?

아직 무르익은 봄은 아니지만 산은 새로운 계절의 기대로 수런수런하다. 삭정이같이 마른 나뭇가지에도 봄눈이 돋고 구석구석 비밀처럼 꽃망울들이 맺히고 있다. 세상의 벽이 아무리 굳건하다 해도 못의 의지 앞에서는 자리를 내줄 수밖에 없고 못이 제아무리 온몸을 흔들어도 벽이 놓아주지 않으면 녹슨 채 붙박여 있을 수밖에 없듯, 차갑게 얼어붙었던 땅은 새싹을 위해 가만히 물러서고 새싹은 아무러한 저항에도 분연하게 제 몸을 밀어 올린다. 그렇게 조금씩 양보를 해야 새로운 생명이 싹튼다. 봄이 오고, 산이 살아난다.

먼눈으로 한결 다사로워진 마루금을 훑어보노라니 가슴이 설렌다. 지금은 비슷비슷하게 닮은 어린것들, 생강나무 꽃과 산수유, 철쭉과 진달래도 다음번 산행 즈음에는 선명히 자기만의 꽃을 피워낼 것이다. 노랗다고 다 같고 분홍빛이라고 다 같은 꽃이 아니다. 생강나무는 생강나무대로 산수유는 산수유대로, 철쭉은 철쭉대로 진달래는 진달래대로, 1등은 1등대로 꼴등은 꼴등대로, 잘난 놈은 잘난 대로 못난 놈은 못난 대로, 다 다른 꽃이다. 어두운 땅을 박차고 삶의 푸른 하늘을 향해 발돋움을 하며 목청껏 제 삶을 외치는, 아름다워서 다르고 달라서 아름다운 사랑이다. 자연은 이토록 신비롭다. 어리석은 인간들이 더욱 못나고 초라하게 보일 만큼.

아직은 요망한 말일지도 모르겠지만, 내가 나이를 먹었다고 느끼는 것은 눈가에 자글자글한 주름이나 무심히 들춘 머릿속에서 흰머리를 발견할 때가 아니다. 나보다 어린 사람들이 다 안쓰럽고 애틋해 보이고, 그들에게 한없이 미안해질 때다. 전윤호 시인이 쓴 「서른 아홉」의 시구처럼 '이제 세상 엉망인 이유에 / 내 책임도 있으니' 말이다.

죽음으로 도망치기에는 너무 짧은 순간을 살았던 어린 친구들의 명복을 빈다. 그리고 더 이상 막다른 벽 앞에서 좌절해 쓰러지는 젊음이 없기를 바란다. 산에서는 오로지 나 자신이 경쟁자이자 지원군이듯, 삶에서도 마찬가지다. 조금은 더 '싸가지' 없어도 좋다. 솜털 보송보송한 이마에 분들을 바르고 솟구치는 새싹처럼 한껏 당돌해도 좋다. 이러쿵저러쿵 남의 삶을 판단하고 재단하고 평가하는 사람들에게는 영화 속의 금자 씨처럼 친절하게 속삭여주면 된다.

"너나 잘하세요!"

내 삶은 내가 알아서 잘할 테니. 괜찮다. 우리는 그렇게 꽃필 수 있다.

어린 날의 사랑
—윤제림

1

벽에다 못을 칠 때 얘긴데요. 만일에 벽이 못더러 "넌 죽어도 싫다" 그러면 못이 그 자리에 들어가 박힐 수 있을까요? 또, 벽에서 못을 뽑을 때 얘긴데요. 만일에 벽이 못더러 "난 널 죽어도 못 놔 주겠다" 그러면 못이 나올까요?

2

저 어린 꽃망울들 좀 보세요, 조것들

솜털 보송보송한 이마에 분들을 바르고

아휴! 조것들이 어디 있었을까요,

어떻게 나왔을까요?

대관절 무슨 힘으로 저렇게

푸른 하늘 향해

솟구쳤을까요?

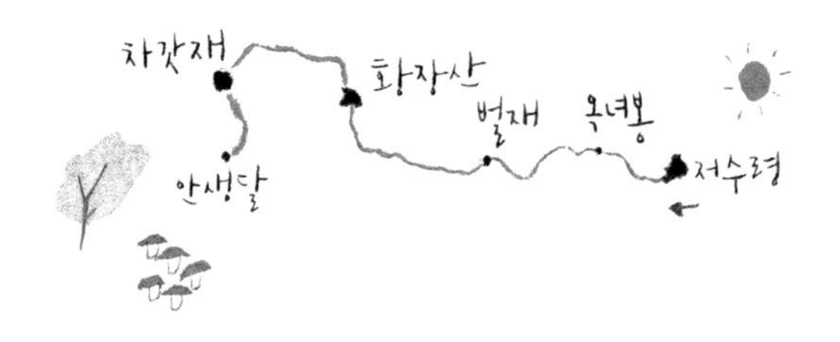

저수령에서 차갓재까지

위치 경상북도 예천군 상리면-경상북도 문경시 동로면

코스 저수령(850m)-옥녀봉(1,077m)-벌재(650m)-황장산(1,077m)-차갓재-안생달

거리 15.7km(마루금 14.2km+접근거리 1.5km)

시간 9시간 30분

날짜 2011년 4월 10일(26차 산행)

삶 속에서는 만남도 사랑도 지나간다.
그리움도 믿음도 희망조차 지나간다.
하지만 그와 함께 고통도 지나간다.
상처와 절망도 지나간다.

지나간 만큼 좋다

항간의 속설에 사람의 일 가운데 하고 나서 결코 후회하지 않는 것 세 가지가 샤워, 기도, 그리고 산행이라지만, 다른 두 가지는 몰라도 산행의 경우 하고 나서 후회하는 사람들도 간혹 있나 보다. 후회라기보다 피로나 고통에 대한 두려움과 싫증을 느꼈거나 무리한 산행으로 관절 등에 병을 얻은 경우겠지만, 지난해 3월 1차 산행에서 75명이라는 대규모 인원으로 야심차게 출발했던 팀이 해를 넘겨 27차에 이르러 30명으로 단출해진 것만 봐도 결코 후회하지 않는다는 일조차 후회 없이 하기가 쉽지 않은 모양이다.

일찍 가서 자리를 잡지 않으면 불편한 맨 뒷자리에 앉을 위험성이 있던 버스가 이제는 널찍해져 간혹 빈 옆자리에 모로 쓰러져 잘 수도 있다. 긴 구간을 진행할 때면 어디쯤을 지나고 있는지 서로 무전기로 소통해야 할 만큼 간극이 벌어지던 선두와 후미가 휴식 시간이면 고스란히 만나는 지경이다. 이제는 정말 소수 정예, 열성분자, 극렬분자만 남았다고 하는 농담이 실없게 들리지 않는다. 27차 산행을 함께 진행한 29명 중에(출발은 30명이 했으나 중 2 상필이는 열이 펄펄 끓는 상태인지라 오늘 장거리 구간을 소화하기 힘들어 어른들의 만류 끝에 버스에 남았다) 현재까지 개근한 사람이 9명, 피치 못할 사정으로(용준이의 경우 외할머니가 돌아가셔서, 인걸이의 경우 천재지변이나 다름없는 돌발 사고로 코뼈가 부러져서, 지혜 엄마는 돌아가신 예수님보다 더 무서운 살아 계신 시아버님의 생신 잔치 때문에) 한두 번씩 결석한 사람이 또 그만큼이니, 지금까지 남아 산에 오르는 우리는 백두에 매우 열렬하고 과격하게 중독된 사람들이…… 확실하다!

하지만 열성파에 중독자들이라도 가끔은 지치기 마련이다. 선배 기수 완주자들의 경험담에 따르면 총 40차로 계획된 종주 일정 중 절반이 '꺾인' 다음의 25~30차에 이르면 산도 지겹고 산행도 심드렁해지는 이른바 '권태기'가 온다고 한다. 남들이 모두 잠든 새벽에 무거운 배낭을 꾸려 터덜터덜 버스를 향해 가는 일이 새삼 괴로워진다. 달리는 버스에서 불편한 잠을 자고, 목적지에 도착해 잠이 덜 깬 상태로 어두운 산길을 밟아 나가고, 길섶에 쭈그려 앉은 채 식은 도시락을 먹고, 가도 가도 끝이 없는 길을 헤쳐가는…… 이 모든 일이 참으로 부질없는 '미친 짓' 같다는 회의감이 초반에 그랬듯 물밀어 든다.

오늘 산행처럼 도상 거리 26킬로미터의 대장정, 20장으로 나뉜 백두대간 구간 지도 중 한 장을 통째로 소화해야 하는 장거리 산행을 앞두고서는 권태감에다 부담감까지 더해져 시작하기 전부터 몸과 맘이 무겁다. 그래도 지난번 대관령에서처럼 창졸간에 울며 겨자 먹기로 걷는 26킬로미터가 아니니 각오와 준비는 단단히 했다. 떠나오기 전 지도도 꼼꼼히 살피고 인터넷으로 다른 산악회의 산행기도 읽었다. 오늘의 피재-댓재 코스는 태백산과 두타산을 연결하는 구간으로 고도가 100미터 내외라 비교적 평탄하다. 하지만 문제는 굴곡이 아니라 거리인데, 보통 8~9시간이 지나면 에너지가 완전히 방전되는 몸을 끌고 12시간 이상 산행할 생각을 하니 걱정이 되지 않을 수 없다.

그런데 이 지경에 어떤 대간꾼들은 화방재에서 함백산을 지나 피재를 거쳐 댓재까지, 무려 22시간 동안 48킬로미터 이상을 무박 2일로 산행했다는 기록을 남기고 있다. 기는 놈 위에 뛰는 놈, 뛰는 놈 위에 나는 놈, 나는 놈 위에 타는 놈이 있다더니…… 세상에는 무섭고 놀랍고 신기한 사람들이 참으로 많기도 하다.

코오롱등산학교의 이용대 교장이 쓴 『등산교실』에서는 반복되는 산행에 타성화가 되어 맥 빠진 느낌이 드는 '등산 권태기'를 극복하는 방법으로 백두대간이나 기타 정맥을 종주한다는 계획을 세워 자신만의 지도를 만든다, 산과 관련된 책들—자서전 · 고산 도전기 · 등반 체험기 · 산악소설 등을 탐독한다, 산에서 만나는 꽃과 식용 식물들을 선별해 사진을 찍어 기록으로 남긴다, 보행 위주의 산행에서 벗어나 암릉 · 암벽 · 빙벽 등반에 도전한다…… 등을 제시한다. 이를테면 독도 · 지형 · 사진 · 그림 · 문학 · 음악 · 역사 · 동식물 등 산과 연관된 여러 방면을 두루 탐구하면서 즐거움의 영역을 넓히라는 것이다.

남들은 권태기에 빠졌을 때 새로운 도전으로 시도한다는 백두대간 종주를 '울트라 왕초보'일 때 감히 시작했으니 일단 첫 번째 방법은 젖혀두고 이런저런 다른 방법을 시도해 보기로 한다. 이를테면 산행을 하며 넘는 고개와 산, 산중의 역사 유적에 대한 전설과 고사 등을 따라 읽는 것이다. 백두대간은 우리 조상들의 삶의 흔적이 곳곳에 남아 있는 살아 있는 역사 교과서이기도 하다.

이번 구간에도 건의령(巾衣嶺)의 경우, 고려의 마지막 왕인 공양왕이 삼척으로 유배된 지 한 달 만에 역모죄로 살해되자 그를 보좌했던 신하들이 이 길을 넘으며 고갯마루에 관모〔巾〕와 관복〔衣〕을 걸어놓고 다시는 벼슬길에 나서지 않겠다면서 태백산으로 몸을 숨겼다는 전설이 전해지고 있다. 해 뜬 직후 건의령에 닿아 아침으로 싸 온 김밥을 먹으며 망국의 비애와 권력의 무상함에 모자와 옷을 훌훌 벗어 던졌던 6백여 년 전의 사람들을 생각한다. 그들도 우리처럼 춥고 고단했겠지만, 그들은 우리보다 훨씬 더 외롭고 막막했을 것이다.

그런가 하면 덕항산에 조금 못 미처 잡목 지대를 지난 직후 나타난 구부시령(九夫侍嶺)에는 먼 옛날 고개 동쪽 한내리 마을에 살았다는 여인의 전설이 서려 있다. 어찌 된 운명의 장난인지 서방만 얻으면 죽고, 또 얻으면 또 죽어서 마침내 아홉(九) 서방(夫)을 섬겨야(侍)했던 여인을 기념(?)해 이름 붙여진 고개라는데…… 전설치고는 참으로 야릇한 이야기가 아닐 수 없다. 자신의 의지가 아닌 기구한 운명에 처하고서도 "남편 잡아먹는 년!"이라는 욕을 들었을 여인을 생각하면 비극이요, 전후좌우에 생략된 사정을 만약 여인이 남편을 몰래 살해해 갈아치웠다고 상상하면 엽기물이요, 앞의 이야기에 숨겨둔 정부(情夫)라도 등장할라치면 치정극이요, 사내들이 그처럼 쉽게 죽어나가는 상황이라면 전쟁이나 부역의 가능성도 무시할 수 없으니 그로 치자면 사회극이다! 아아, 이 와중에도 나는 소설쟁이의 직업병으로 머릿속이 허벅지만큼이나 퍽퍽하다.

전설 따라 삼천리가 아니라면 고무락고무락 피어오르기 시작한 야생화를 찾는 재미도 쏠쏠하다. '이름 없는'이 아닌 '이름 모를' 꽃을 만나면 두리번거리며 숲 해설가이신 인걸 아빠를 찾는다. 이번 산행에서는 전에 알던 괭이밥과 현호색과 노랑제비꽃 외에 로마 병정의 투구를 닮은 투구꽃과 솜털이 보송보송한 어린 노루의 귀를 닮은 잎을 매단 노루귀, 얄궂게도 구부시령 근처에 피어 있던 '바람난 여인'이라는 꽃말을 지닌 얼레지, 그리고 산머시기라는 꽃의 이름을 새로 배웠는데…… 문제는 인걸 아빠가 아무리 열심히 가르쳐주셔도 내 기억력으로는 한번에 3개 이상의 이름은 절대 외우지 못한다는 것이다.

이외에도 아이들은 축구와 아이돌 이야기를 주고받으며 지루함을 잊고, 어른들은 염불보다 잿밥이라고 태관 아빠는 허리 디스크로 백두대간 종주를 포기한 태관 엄마가 싸준 풍성한 간식으로 아이들을 '거둬 먹이는' 재미로, 호중 아빠와 인걸 아빠는 산행 팀의 '찍사'로 아이들과 풍경과 꽃을 찍으며 권태기의 게으름과 싫증과 무료감을 이긴다. 어쨌든 여태껏 힘든 산행을 견디고 지금까지 '살아남은' 이들에게는 삶의 세목들을 남김없이 사랑하려는 끈기와 결기가 있다. 우리는 이미 승리하고 있다. 천양희 시인의 비장한 대적(大賊) 선언을 기억한다면.

반복이 시의 적이라면, 체념과 권태는 삶의 적이다!

그런데 이번 산행에는 뜻밖의 손님이 있었다. 출발점인 피재의 휴게소에서 기르는 것으로 짐작되는 강아지 한 마리가 우리 산행에 동행한 것이다. 생후 2~3개월밖에 되지 않아 보이는 그 토종 믹스견(일명 똥개)은 낯선 사람들에게 겁도 없이 엉기며 일행의 뒤를 졸졸 따라왔다. 스틱으로 밀고 발로 툭툭 차보아도 소용없었다. 아이들은 "건의령까지만 함께하자!"며 강아지에게 '건이(건의의 변형)'라는 이름을 붙여주었는데, 건의령을 지나 쫓아 보낸 녀석이 굳이 돌아와 일행이 흘린 김밥을 얻어먹고 아이들이 병뚜껑에 따라준 물을 얻어 마시며 끝끝내 갈 생각을 않는 것이었다. 피재에서 멀어져 도저히 돌려보낼 수가 없는 지경에 이르러서는 얼마 전 단독 주택으로 이사한 우린이에게 집에 데려가 키우라는 제안을 하기도 했다. 주인이 찾지 않을까 이대로 허락 없이 데려가면 절도가 아닐까 잠시 논란이 있긴 했으나, 녀석이나 우리나 어쨌든 한번 산길에 들어서면 돌아갈 길이 망연한 건 마찬가지!

하지만 당장의 문제는 어떻게 주인을 찾아줄 것인가 누가 데려다 키울 것인가가 아니라, 아직 어린 녀석에게 26킬로미터의 산행이 너무 버겁다는 사실이었다. 어느 순간부터 건이는 아이들의 발치에 납작 배를 깔고 엎드려 "나 좀 어떻게 해주오!"라는 자세를 취했다. 나름대로 밥을 얻어먹고 배를 채운 뒤에는 식곤증이 나는지 아예 꼬박꼬박 졸기까지 하였다. 아이들은 하는 수 없이 홑몸으로도 힘들어 죽을 지경인 산길을 강아지를 이고 지고 안고 업은 채 걷기 시작했다. 중 2 찬동이는 배낭 속에 건이를 넣고 가다가 이따금 뒤를 돌아보며 "아직 살아 있지?"라고 물었다. 주머니 속에서 미동 없이 웅크려 자는 녀석이 아무래도 불안했던지 창선이는 손을 넣어 만져보고는 "심장이 뛴다!"고 자그맣게 외쳤다.

사람이나 동물이나 아직은 보호가 필요한 작고 여린 녀석들, 하지만 거친 산길 위에서 아이들과 건이 사이에 오가던 사랑은 그 무엇보다 크고 성숙했다. 아이들이 건이를 통해 힘들고 지루한 산행에 위로를 얻고 자기들보다 약한 존재를 보듬어 살피는 마음을 키웠다면, 건이는 아마도…… '집 떠나면 개고생!'이라는 교훈을 얻지 않았을까?

어쩌고저쩌고 이러쿵저러쿵 해도 겨우 2시간 남짓 쪽잠을 자고 26킬로미터의 산길을 걷는 일은 아무래도 너무 심하다. 예능 프로그램 〈1박 2일〉에도 나왔다는 고랭지 채소밭에서 마지막 간식을 탈탈 털어 먹고 큰재를 넘어 황장산을 향할 때에는 거의 비몽사몽 비틀비틀 몽유병 환자처럼 무거운 발을 질질 끌며 걸었다. 산행 시간이 10시간을 넘어가고 있었다. 발가락에 지속적으로 가해지는 통증은 살갗이 아픈 게 아니라 뼈가 쑤신 것이었다. 체력은 바닥이 나고 이제 믿을 것은 오로지 정신력뿐이다. 실실 웃음이 났다. 멈출 수 없어서 돌아갈 수 없어서 그저 가고 또 가는 길이 서럽고 벅찼다. 혼자였으면, 곁에 아무도 없이 홀로 남겨진 시간이었다면 그냥 자리에서 풀썩 주저앉고 싶었다. 그런데,

"얘들아, 우리 오르막길 가기 전에 여기서 좀 쉬고 갈래?"

나를 앞장세우고 강아지처럼 뒤를 졸졸 따르던 중 2 여자아이들에게 청이라도 할라치면,

"조금만 더 가서, 오르막 다 오르고 쉬어요!"

지난해 새벽 산행 때마다 산멀미를 하며 눈물을 글썽거리던 지혜가 개근 완주자의 '포스'로 단호하게 말한다. 황장산에서 댓재까지는 6백 미터의 내리막이니 어떻게든 황장산까지만 가면 고행길이 끝이라는 희망으로 기신기신 걷다가, '황장산까지 1.5킬로미터'라는 이정표를 보고 환호작약하는 내게 충연이가 긴장을 흐트러뜨리지 말라는 듯 야무지게 대꾸한다.

"앞으로 사십오 분!"

그때부터는 거의 뛰는 듯 나는 듯 걸었다. 더이상 아무 고민도 계산도 하지 않았다. 기진맥진해서 뒤따라오던 지혜 엄마가 보기엔 내가 기운이 펄펄 넘치는 듯했다지만, 사실은 여기서 속도를 늦춰 머뭇거리거나 주저앉으면 다시 일어나지 못할 것 같아서 그런 거였다. 조금만, 조금만 더 가면 간절했던 끝에 닿으리라고 속살거리는 바람 소리에 귀를 기울인 채 달음질치는 내 곁에서 생의 투명한 한순간이 휙휙 쌩쌩 지나가고 있었다.

마침내 산행이 끝나고 우리와 26킬로미터의 산행을 함께한 '건이'를 댓재의 휴게소에 맡겼다. 아이들은 잠깐의 정을 못 잊어 자꾸만 뒤를 돌아보고 또 돌아본다. 그런데 정작 건이는 휴게소 아주머니가 따라준 우유 한 잔에 혹해 아이들에게 눈길 한 번 주지 않는다. 창선이는 많이 섭섭했던지 이로써 '우유>인간'이라는 공식과 '동물의 배고픔>인간의 애정'이라는 공식이 탄생했다고 한탄한다.

하지만 지금은 시무룩한 아이들도 언젠가는 깨닫게 될 것이다. 삶 속에서는 만남도 사랑도 지나간다. 그리움도 믿음도 희망조차 지나간다. 하지만 그와 함께 고통도 지나간다. 상처와 절망도 지나간다.

감당할 수 없었던 무게도, 아득했던 시간도 지나간다. 사소하니까 지나갔겠지만, 지나니까 사소해진 것이기도 하다. 마침내 도착점에 다다라 욱신거리는 발을 등산화에서 꺼내어 슬리퍼에 우겨넣을 때, 발가락 사이를 파고드는 시원한 바람과 함께 그토록 힘겨웠던 26킬로미터도 사소해진다. 그래도 세상은 살 가치가 있고 사랑은 할 가치가 있고 슬픔도 나름의 힘이 되듯이, 무수히 사소한 것들로 가득 찬 삶도…… 나쁘지 않다. 아니, 지나간 만큼 좋다!

그럼에도 26킬로미터의 산행이 만만찮긴 했나 보다. 좀처럼 바퀴 위에서는 잠들지 못하는 나도 오랜만에 버스에서 곯아떨어졌다. 권태와 체념도 그렇게 까무룩 잠결에 잊혀졌다.

지나간다
—천양희

바람이 분다
살아봐야겠다고 벼르던 날들이 다 지나간다
세상은 그래도 살 가치가 있다고
소리치며 바람이 지나간다

지나간 것은 그리워진다고 믿었던 날들이 다 지나간다
사랑은 그래도 할 가치가 있다고
소리치며 바람이 지나간다

절망은 희망으로 이긴다고 믿었던 날들이 다 지나간다
슬픔은 그래도 힘이 된다고
소리치며 바람이 지나간다

가치있는 것만이 무게가 있다고 믿었던 날들이 다 지나간다
사소한 것들이 그래도 세상을 바꾼다고
소리치며 바람이 지나간다

바람 소리 더 잘 들으려고 눈을 감는다
'이로써 내 일생은 좋았다'고
말할 수 없어 눈을 감는다

피재에서 댓재까지

위치 강원도 태백시 창죽동-강원도 삼척시 미로면
코스 피재(920m)-건의령-푯대봉 갈림길-덕항산(1,071m)-환선봉(1,080m)-황장산(975m)-댓재(810m)
거리 26.1km
시간 12시간
날짜 2011년 4월 23일(27차 산행)

사람들은 대개 네 잎 클로버가
행운의 상징이라는 사실에 몰두해
그것을 찾으려 풀숲을 뒤지지만,
그보다 한 잎이 더 적은 평범한 세 잎 클로버가
행복을 의미한다는 사실은 알지 못한다.

우리 동네 통장 쌀집 아저씨의 행복

20여 년 전 치렀던 대입 시험의 지리 과목 마지막 주관식 문제는 남한 지도에 표시된 특정 부호들이 과연 무엇을 나타내고 있는가를 묻는 것이었다. 20년도 넘게 지난 지금까지 그걸 기억하고 있는 나 자신이 '징하게' 느껴지기도 하지만, 어쨌거나 그 문제는 한 반에서 정답을 맞힌 사람이 한두 명밖에 나오지 않을 정도로 까다로운 것이었기에 답안지를 걷는 마지막 순간까지 머리를 쥐어뜯었던 기억이 생생하다. 식생이나 광물 분포도도 아니고 특정 산업이나 인구분포도도 아니고…… 아무리 뜯어봐도 표시된 지역의 공통점을 알 수가 없어 거의 '찍어서' 맞춘 그 문제의 정답은, 바로 '국립공원'이었다. 비록 연필을 굴린 것이긴 하지만 한 번도 모의고사에 나오지 않았던 낯선 문제의 정답을 맞췄던 건 아마도 20여 년 후 산과 맺을 인연의 예시가 아니었을까(라고 우겨본다).

'자연 경치가 뛰어난 지역의 자연과 문화적 가치를 보호하기 위해 나라에서 지정하여 관리하는' 국립공원은 현재 남한에 총 20개가 있다. 한려해상, 태안해안, 다도해해상 등 3개의 해상 해안형과 사적형인 경주를 제외하면 나머지 16개는 남한 전역에 약 1,700여 개로 헤아려지는 산들 중에 자리한다. 제1호인 지리산 국립공원을 비롯해 설악산, 치악산, 한라산, 오대산, 속리산, 가야산, 계룡산, 내장산, 덕유산, 주왕산, 북한산, 월악산, 소백산, 월출산, 변산반도 국립공원이 그것인데 오늘 우리가 가는 곳이 바로 그 중의 하나인 소백산이다.

거창하고 화려한 것만이 삶은 아니듯 꼭 크고 높아야 명산은 아니겠지만, 국립공원으로 지정된 산을 향할 때는 맘과 몸의 준비가 색다를 수밖에 없다. 일단 1박 2일의 일정을 소화하기 위해 평소보다 몸 관리에 더 신경을 써야 하고 간식이며 여벌 옷이며 챙길 짐도 많다. 하지만 전체 40킬로미터에 이르는 대장정을 앞두고도 크게 긴장이 되지 않는 이유는 비록 먼 길이지만 정비가 잘되어 있으리라 기대하기 때문이다. 많은 사람들이 찾아오기에 길을 잃거나 헤매지 않도록 이정표가 잘되어 있을 것이다. 많은 사람들이 걷기에 길은 평탄하고 위험하지 않을 것이다. 백두대간을 종주하는 산꾼들이나 회사 단합대회에 엉겁결에 끌려온 초보자들이나 모두를 끌어안을 만큼 넉넉하고 안온할 것이다.

육당 최남선이 『조선의 상식』에서 조선의 4대 명산으로 금강산과 지리산과 구월산과 묘향산을 꼽으며 서산대사의 의견을 빌어 그 중 최고가 묘향산이라고 한 까닭은 벽초 홍명희의 『임꺽정』을 통해서도 에둘러 짐작된다. 소설의 한 대목에 작중 인물이 금강산과 묘향산을 비교하다가 “금강산에서는 간혹 사람이 상하기도 하지만 묘향산에서는 그런 일이 없다!”고 말하는 장면이 나온다. 사람을 덜 다치고 덜 상하게 하는 산이야말로 명산이다. 그렇다면 마찬가지로, 덜 상처 주고 덜 상처받는 것이야말로…… 좋은 삶이 아닐까?

행복=P+(5×E)+(3×H)

영국의 직업심리학자 캐럴 로스웰과 인생 상담사 피트 코언은 1천여 명의 성인을 인터뷰해 이 같은 ‘행복의 수학적 공식’을 만들어냈다. 여기서 P(personal)는 인생관, 적응력, 유연성 등 개인적 특성을 가리키고 E(existence)는 건강, 돈, 인간관계 등 생존 조건, H(higher order)는 자존심, 기대, 야망, 유머 등 고차원적 가치를 가리킨다. 뭔가 무지하게 복잡한 것 같다. 이것저것 살피고 챙겨야 할 것들이 엄청 많은 것 같다. 그런데 이 난해한 공식은 결정적인 부분에서 공허하고 속절없다. 아무리 세밀하게 관찰하고 분석하고 모든 경우의 수를 꼼꼼히 따져도 어차피 사람의 마음은 계산할 수 없다는 것, 애초에 더하고 빼고 곱하고 나누는 게 부질없도록 생겨먹었다는 것이다.

모두가 간절히 행복하기를 바란다. 하지만 행복(happy)의 어원이라고 일컬어지는 고어 ‘hap’은 요행, 운, 그리고 우연을 뜻한다. 요행과 운과 우연은 짧은 순간 일어난다. 어쩌면 불교에서 말하는 시간의 최소 단위인 찰나(1찰나는 75분의 1초로 0.013초 정도)의 일일 뿐인지도 모른다. 그렇지만…… 그렇다고 나머지 시간이 모두 불행일 것인가?

해발 고도 696미터의 죽령에서 1,383미터의 연화봉까지 가는 길은 줄곧 콘크리트가 깔린 오르막이었다. 연화봉에 있는 천문대에 관람하러 가는 사람들을 위한 것이겠지만 콘크리트길은 바퀴 달린 자동차에게나 적합하지 두 다리로 걷는 사람에겐 마냥 좋은 것이 아니다. 흙길과 달리 콘크리트길을 오래 걸으면 무릎에 무리가 가고 발바닥도 아프다. 그래도 꾸역꾸역 기어올라 연꽃 같은 봉우리를 지나고 비로봉을 향해 가는데…… 그 산모퉁이에 오늘 산행의 복병이 숨어 있었다. 분명히 기상청 산악 예보에는 밤새 비가 내리다 새벽 6시면 그치리라 했는데, 마치 우리를 골탕이라도 먹이려는 듯 6시를 조금 넘어서부터 멀쩡하던 하늘에서 비가 오기 시작한 것이다.

금강산에도 있고 묘향산에도 있고 오대산에도 있는 비로봉(毘盧峯), 그 이름의 연원인 비로자나불은 석가모니의 법(法), 진리 그 자체를 인격화한 부처다. 그는 빛으로 어리석은 중생을 제도하기에 광명불이라고도 불린다. 비로자나불이 부처의 세계를 상징하는 오른손으로 중생의 세간을 뜻하는 왼손의 집게손가락을 감아쥔 모양을 하고 있는 까닭은 부처와 중생, 깨달음과 어리석음이 본래 둘이 아님을 나타내는 것이다. 그처럼 뭔가를 깨달을라치면 곧바로 어리석어지고 조금 행복해졌다 싶으면 당장에 불행해지고 마는 못난 중생인 나는…… 소백산에 올랐지만 소백산을 보지 못했다. 내가 본 것은 비와 바람, 그리고 안개뿐이었다. 아름다운 철쭉을 자랑하는 팻말은 보았는데 정작 철쭉은 한 송이도 보지 못했다. 바람의 산이라는 별칭답게 소백산은 모든 나무들을 바람의 채찍으로 모질게 다스려 낮고 가만가만하게 길들여놓았다. 우리도 꼭 그만큼 몸을 낮추고 정령의 옷자락 같은 안개 속을 가만가만히 헤쳐 나갔다.

오랜만에 빗물이 섞인 밥을 먹었다. 오랜만에 들쓴 비옷 속에서는 지난 계절의 쿰쿰한 냄새가 났다. 오랜만에 온몸이 젖어 장갑을 벗어 짜니 땟국물이 흘렀다. 맑은 날이었다면 감탄을 자아내기에 충분했을 비로봉과 국망봉 사이의 툭 터진 길을 이를 악물고 묵묵히 걸었다. 우중 산행은 괴롭고 외롭다. 어쨌거나 결코 즐겁지 않다. 지난여름 내내 폭우를 뚫고 산행을 해야 했던 악몽이 떠오르기도 하지만, 고통은 아무래도 익숙해지지 않는다. 오랜만에 어금니 사이에서 으드득 소리와 함께 대상도 없는 욕이 새어나오려는 순간…… 일어난 대반전을 중 2 주원이의 산행기 한 대목으로 대신한다.

신발 안에 물이 들어가고 윈드 자켓에 물이 찼다. 정말 끔찍했다. 신발이 질척질척거렸다. 머리가 욱신거리고 온몸이 얼려고 할 때 즈음에야 날씨가 정말 활짝 개었다. 해님께서 우리를 반기셨다. 정말 행복해서 미칠 것만 같았다.

아름다운 단편 「빗소리」를 쓴 소설가 이청해 선생은 3년째 명리학(命理學)을 공부하고 계신다. 명리학은 한 사람의 사주, 곧 생년월일시의 분석에 의거해 일생의 길흉화복을 판단하는 일명 사주학이다. 사주쟁이와는 상관없는 소설가인 선생이 뜬금없이 명리학을 공부하게 된 계기는 이성과 과학만으로는 설명할 수 없는 삶의 내밀한 이치를 엿보고 싶어서라고 한다. 실로 옛사람들은 『논어』『맹자』『중용』『대학』의 네 경전과 『시경』『서경』『주역』의 세 경서를 통튼 사서삼경

중에서 『주역』을 가장 까다롭고도 심오한 책으로 지목했거니와 조선의 천재 정약용은 『주역심전』 24권과 『역학서언』 12권 등 『주역』에 관한 저서를 36권이나 남길 정도였으니, 이것을 단순히 심심풀이 점술이나 허황된 미신으로 치부할 수는 없음이 분명하다.

어쨌거나 선생은 가끔 그간의 공부를 복습하듯 복채도 받지 않고 주변 사람들의 사주를 봐주신다. 물론, 나도 봤다(내용은 천기누설이니 말하지 않겠다). 그런데 주어진 내 삶과 운명에 크게 낙담하거나 회의하지도, 기대하거나 의지하지도 않기에 사주든 신점이든 한 귀로 듣고 한 귀로 흘리기에 바쁜 내게 더 인상적이었던 것은 선생이 해준 '진짜 좋은 사주를 가진 사람'의 이야기였다. 선생은 특유의 야무진 표정으로 입매를 살짝 비틀며 말했다.

"진짜 좋은 사주를 가진 사람은 우리 동네 통장인 쌀집 아저씨야!"

무슨 말인가 어리둥절하여 눈을 껌벅이노라니 선생이 '쌀집 아저씨'의 신상을 설명한다.

"환갑날 자식들이 동네 사람들을 불러 모아 잔치를 여는데, 자식들 중에 빠진 놈 하나 없고 다들 살림살이가 고만고만하니 흉도 샘도 낼 게 없고, 동네 사람들 부조라고 만 원 이만 원 들고 와 다들 술 한 잔에 거나하게 취해 노래도 하고 춤도 추고…… 그렇게 아무것도 특별할 것 없이 오로지 평범한 우리 동네 통장인 쌀집 아저씨의 사주가 재벌이나 대통령의 사주보다 더 좋다니까! 명문 대학 나오고 자기 이름 걸고 사는 사람들, 사주로는 엉망이야!"

사주가 엉망일 수밖에 없는 요건을 제법 갖춘 나는 멍하니 사주 좋은 '쌀집 아저씨'의 잔칫날을 상상했다. 모두의 얼굴에 웃음이 넘치는, 고뇌도 번민도 교활한 이전투구도 없는 순진무구한 먹자판! 하지만 고단한 삶의 악천후 속에 요철 많은 돌너덜을 지나본 사람은 안다. 그 평범함이야말로 얼마나 특별한 것인가?

첫날 25킬로미터에 육박하는 산행이 몹시도 고단했던지 저녁 8시가 되기 전에 모두들 곯아떨어졌다. 임시 숙소로 삼은 좌석리 마을회관의 불편한 시설도, 아직은 백마 탄 왕자님의 꿈을 꾸어 마땅한 중 3 우린이에게 "난 나중에 절대로 코를 골지 않는 사람과 결혼해야겠다!"는 현실적인 생각을 갖게 한 상혁 아빠의 웅장한 코골이도 내리감기는 눈꺼풀을 막지 못했다. 낯선 곳에서는 좀처럼 잠들지 못하는 나 역시 (중간에 두어 번 깨긴 했지만) 피로가 풀릴 만큼 푹 잤다. 산을 '빡세게' 타면 이런 점에서 좋다. 움직인 만큼 배가 고프고 고단한 만큼 졸리다. 식욕부진이나 불면증, 그리고 우울병 따위는 발붙일 자리가 없다.

전날 세 내었던 트럭이 우리를 다시 고치령까지 실어 날랐다. 그로부터 5백 미터 간격으로 나타나는 친절한 이정표를 따라 16킬로미터를 걸었다. 소백산은 그 이름의 작을 소(小) 자가 주는 느낌만큼 소박하고 수수한 산이다. 누군가는 좀 지루하다고도 하지만 마음의 여유를 갖고 걸으면 그 소소함이 주는 평안과 위로에 흠뻑 젖을 수 있다. 계절이 늦게 닿는 마루금에는 아직 꽃이 피지 않았지만, 꽃을 상상하는 마음은 계절을 뛰어넘어 향기롭다.

그런데 이 좋은 길이 내게 고난의 가시밭길이 되어버린 이유는…… 어제 빗속에서 비로봉을 넘어 국망봉으로 가는 동안 등산화가 젖는

바람에 생긴 발가락의 물집 때문이었다. 뒤늦게 스패츠를 하는 등 부산을 떨었지만 변화된 상황에 즉각 대처해야만 위험을 줄일 수 있는 산행에서는 인터넷을 떠도는 블랙 유머처럼 '늦었다고 생각할 때가 정말 늦은 때'이다. 젖은 등산화 안에서 발이 쓸려 양쪽 엄지발가락과 오른쪽 새끼발가락에 물집이 잡히면서 걸을 때마다 신음이 절로 새었다. 평소에도 발이 불편한 것을 견디지 못해 하이힐 한 번 신어보지 못한 형편에 아픈 발을 절룩거리며 걷자니 걸음걸음이 괴롭고 힘겨웠다. 결국 미내치에서 상혁 아빠께 밴드를 빌어 양쪽 엄지발가락에 두르고 갈곶산을 넘을 무렵 지혜 엄마에게서 다시 밴드 하나를 빌어 새끼발가락에 감았다.

백두대간 종주는 우리에게 시간과 돈과 에너지에 이어 발가락의 희생을 요구한다. 나는 지난해 말부터 왼쪽 넷째 발톱이 검게 죽어가기 시작했는데, 지혜 엄마는 엄지발톱이 아예 시커멓게 죽은 상태였다. 발톱을 뽑아서라도 처치하려고 병원에 갔더니 이미 밑에서 새 발톱이 밀고 올라오고 있다고 하더란다. 죽은 발톱과 새로 태어난 발톱 사이에 우리가 걸은 숱한 길의 기억이 있다. 아프지 않으면 어디로든 가지 못한다. 아픔을 딛고 간다는 것은 곧 그 아픔에 대한 두려움을 지르밟는 일이기에.

고작 발가락 세 개의 문제일 뿐이었다. 하지만 7시간 동안 산길을 걷는 내내 내 신경은 온통 그것들에 쏠려 있었다. 그것들만 아프고 쓰리지 않는다면 살 것 같았다. 펄펄 날아서 단숨에 목적지에 도착할 것 같았다. 정말 행복할 것 같았다. 그처럼 끈질기게 나를 괴롭히는 사소하고도 엄연한 고통에서 벗어날 수만 있다면. 그렇다. 그처럼 행복은 생존 조건에 다섯 곱을 하고 고차원적 가치에 세 곱을 하여 개인적 특성에 더하는 복잡한 수식의 몫이라기보다, '우리 동네 통장인 쌀집 아저씨'의 단순하고도 소박한 잔치에 더 가깝다. 사람들은 대개 네 잎 클로버가 행운의 상징이라는 사실에 몰두해 그것을 찾으려 풀숲을 뒤지지만, 그보다 한 잎이 더 적은 평범한 세 잎 클로버가 행복을 의미한다는 사실은 알지 못한다. 행복하리라고 믿는 바로 그 순간, 우리의 손끝에서 백 개의 태양이 숨 쉬고, 백 개의 연꽃이 분분히 피어나리라는 것을.

꿈꾸는 행복

—신현림

행복은 행복하리라 믿는 일
정성스런 내 손길이 닿는 곳마다
백 개의 태양이 숨 쉰다 믿는 일

소처럼 우직하게 일하다 보면
모든 강 모든 길이 만나 출렁이고
산은 산마다 나뭇가지 쑥쑥 뻗어 가지
집은 집마다 사람 냄새 가득한 음악이 타오르고
폐허는 폐허마다 뛰노는 아이들로 되살아나지

흰 꽃이 펄펄 날리듯
아름다운 날을 꿈꾸면
읽던 책은 책마다 푸른 꿈을 쏟아내고
물고기는 물고기마다 맑은 강을 끌고 오지

내가 꿈꾸던 행복은 행복하리라 믿고
백 개의 연꽃을 심는 일
백 개의 태양을 피워 내는 일

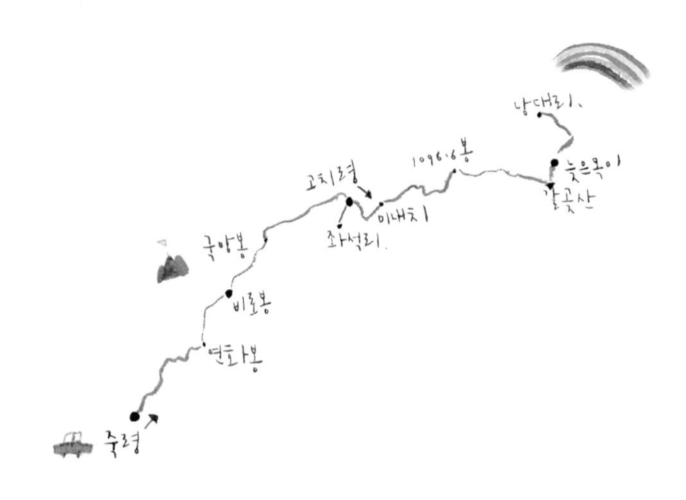

죽령에서 늦은목이까지

위치 1일차: 충청북도 단양군 대강면-경상북도 영주시 단산면

2일차: 경상북도 영주시 단산면-경상북도 영주시 부석면

코스 1일차: 죽령(696m)-연화봉(1,383m)-비로봉(1,440m)-국망봉(1,421m)-고치령-좌석리

2일차: 좌석리-고치령-미내치-1,096.6봉-갈곶산(966m)-늦은목이-남대리

거리 1일차: 24.83km/2일차: 16.53km

시간 1일차: 11시간/2일차: 7시간 30분

날짜 2011년 5월 7~8일(28차 산행)

시간과 속도, 나이에 속을 필요 없다.

삶은 다만 지금,

여기에 있는

이 순간뿐이다.

조오홀 때다!

세수를 하다 문득 거울을 보노라니 단발로 자른 머리카락이 너무 길어 삐친다.

'무슨 머리가 이렇게 빨리 자란담?'

애꿎은 머리칼을 탓하며 지난번 미장원에 다녀온 날짜를 헤아려보니, 어느새 1달 반이 훌쩍 지났다. 머리가 빨리 자란 것이 아니라 시간이 빨리 흐른 것이다. 아니, 더 정확히 말하자면 내가 시간이 그만큼 빨리 흘렀다고 느낀 것이다. 1달 반, 45일, 1,080시간…… 그 세월이 고작 한순간 같다. 삶이 지루하다고 느꼈던 어린 날에는 "세월 참 빠르다!"며 탄식하던 어른들을 도무지 이해하기 어려웠는데, 이젠 내가 바로 그 어른이 되어 삐쭉삐쭉한 머리카락을 애써 다듬으며 한숨 짓는다.

어느 경제학자는 자신의 나이에 2킬로미터를 곱하면 인생의 속도

감이 나온다고 했다. 그렇다면 지금 내 인생의 속도는 시속 86킬로미터쯤! 도로교통법에서는 일반도로 편도 2차로와 고속도로 편도 1차로의 법정 규제 속도를 최고 속도 시속 80킬로미터로 정해 놓고 있다. 그러니까 내 인생의 속도는 이미 조금 넓은 일반도로와 조금 좁은 고속도로에서 제한 속도를 어긴 과속의 상태인 셈이다. 10대에 느꼈던 시속 20~30여 킬로미터, 20대에 느꼈던 시속 40~50여 킬로미터와는 비교할 수 없이 빠르고 숨찬 속도다. 시속 86킬로미터로 달리다 급브레이크를 밟았을 때 바퀴가 미끄러져 남기는 스키드 마크는 무려 37미터! 급제동을 했다가는 눈앞에 돌연히 나타난 물체와 부딪히는 일을 피할 수 없다. 바야흐로 적발되어 범칙금을 내기 싫어서가 아니더라도 스스로의 안전과 무사를 위해 속도를 조절하며 조심조심 달려야만 할 때다. 모두가 의례적인 절차로 여기는 운전면허 필기고사 문제집에도 이처럼 엄연한 삶의 교훈이 들어 있다.

유능한 운전자는 브레이크를 믿지 않는다!

아이들의 재량 방학 때문에 3주 만에 가는 산행이 24킬로미터의 무서운 거리라는 사실을 알면서도 두려움보다 기대와 설렘이 앞섰던 것은 목적지가 바로 태백산이기 때문이었다. 태백(太白)을 우리말로 하면 한밝, 크고 밝다는 뜻이다. 한국 문헌으로는 최초로 일연(一然)의 『삼국유사』 기이편에 나타난 백두산의 이름이 태백산(太伯山)이었던 것을 생각해 보면 태백산은 애초에 고유명사가 아니라 이름난 큰 산을 가리키는 보통명사였던 것으로 추정된다. 현재 북한의 노래나

문헌에는 백두산과 구별되는 또 다른 '태백산'이 등장하는데, 산악인들은 이것이 신비로운 명산인 묘향산을 가리키는 것으로 추측하기도 한다. 어쨌거나…….

영산(靈山)은 영산(永山)이다! 그저 제 모습으로 존재할 뿐인 무엇이 신령스럽다는 것은 그것의 영원성 때문이다. 영원…… 시간을 초월해 변함없이 존재하는 무언가를 떠올리는 것만으로 가슴이 자욱해진다. 영원한 가치, 영원한 진리, 영원한 맹세, 영원한 사랑과 우정…… 그토록 아득하고 신비한 영원 불멸!

스스로 그러한 자연이 무릇 그러하듯, 속도를 높여 휙휙 쌩쌩 삶을 스쳐 지나는 유한한 인간에게 산은 애초에 비교 불가능한 영원이다. 그러하기에 사람들은 산처럼 살고 싶다, 산을 닮고 싶다고 말할지언정 산을 질투하거나 시기하지 않는다. 언제나 변치 않고 그곳에 머무르기에 급속도로 변하는 세상과 삶에 멀미증을 느끼는 사람들은 산을 그리워하며 흠모한다.

하지만 산을 사랑한다는 것이 꼭 '등산'을 좋아해야 한다는 뜻은 아니다. 꼭 1년 전 이맘때만 해도 나는 등산을 좋아하지 않기에 산을 사랑하지 않는 줄만 알았다. 심지어 '산을 싫어한다'고 말하기도 했다. 1차에서 16차까지의 산행기를 모은 에세이집 『이 또한 지나가리라!』를 펴낸 후 만난 몇몇 독자들 역시 "저는 원래 산을 싫어해요!"라고 조금은 변명처럼 조금은 항의하듯 말했다. 그런데 그들이 산을 '싫어하게' 된 까닭을 가만히 살펴보면 산에 대한 좋고 싫음을 말하기 이전에 '등산'에 대한 트라우마가 있음을 알 수 있다. 같은 날 다른 라디오 프로그램을 녹화하는 바람에 3시간 간격으로 만났던 모 방송사의 아나운서 S와 H는 '산'이라는 말만 들어도 왼고개가 틀린다며 손사래를 쳤다. 그런데 알고 보니 그들은 같은 해에 방송국에 들어간 입사 동기로, 신입사원 단합대회라는 명목으로 1월에 관악산을 '강제로' 올랐던 기억을 갖고 있었다. 그것도 아이젠이나 스패츠, 제대로 된 보호 장비와 안전 장구 하나 없이. 그러니 한겨울의 산을 오르는 일이 얼마나 위험한 일인지 알지 못하는 이들에 의해 '끌려간' 그들이, 한겨울에 산을 오르는 일이 얼마나 새롭고 아름다운 일인지 알지 못하는 것은 당연하다.

영원에 대한 사랑은 우리가 얼마나 유한한가를 깨닫는 일부터, 지혜에 대한 사랑은 우리가 얼마나 어리석은가를 깨닫는 일부터 시작된다.

태백산은 가슴 벅차게 아름다웠다. 그것은 우리의 태백산행이 가장 아름다운 계절에 가장 아름다운 날씨 속에 펼쳐진 덕택이었다. 지난번 소백산의 괴로운 우중 산행에 대한 보상이기라도 한 듯 춥지도 덥지도 비바람이 치지도 않았다. '철쭉제'는 다음 주로 예정되어 있지만 그 바람에 산기슭에 활짝 핀 꽃과 산마루에 아직 덜 핀 봉오리를 동시에 볼 수 있어 더 좋았다. 보통 태백산만을 오르는 등산객들은 석탄박물관이나 유일사, 백단사에서 올라오는 왕복 5시간 안팎의 코스를 이용하기에, 우리는 인파를 피해 지난 25차 산행에서 3백 미터쯤 깊은 눈밭에서 러셀을 하다 포기하고 내려온 화방재를 출발해 역주행으로 정상에 올랐다. 그 덕분에 장군봉으로 가는 길목에서 겹

겹산이 불덩이를 토해 내는 듯한 일출을 보았고, 신성한 장군단 옆에서 아침밥을 먹는 은혜까지 입었다.

태백산 천제단은 상단인 장군단과 중단인 천왕단과 하단으로 이루어져 있다. 삼국시대부터 하늘에 제를 지냈던 장소로 알려진 천제단은 한눈에 보기에도 영적인 기운으로 충만하다. 신령과 신비를 믿지 않는 이들에게는 한낱 돌무더기에 지나지 않을지도 모르지만 가만히 눈을 감고 그 구조물이 견뎌온 수천 년의 세월, 돌 하나하나가 들었던 사람들의 수많은 소원을 생각하면 절로 숙연해진다. 우리 조상들은 사람의 절실한 마음이 기적을 일으키고 변화를 가져올 수 있다고 믿었다. 그래서 현실이 괴롭고 삶이 고달플수록 간절한 희망으로 마음의 의지처를 찾았다. 이른 새벽에 길은 우물물 한 그릇, 오래 묵은 나무와 잘생긴 바위에서도 그들은 거룩한 신령을 보았다. 내가 뻣뻣하게 마른 김밥과 식어서 풍미가 사라져버린 닭튀김을 씹는 동안 제단 앞에서 무릎을 꿇고 끊임없이 기도문을 중얼거리던 아줌마와 아저씨도 그런 소박한 신앙의 계승자일 것이다.

유일사를 돌아 나와 장군봉을 향해 가는 길에 만난 '살아 천년 죽어 천년'의 주인공인 주목(朱木)의 기기묘묘한 모습도 장관이지만, 초여름에 들어선 태백산은 우글우글한 나무들과 도글도글한 야생화들로 질펀한 잔치를 벌이고 있다. 겨우내 삭정이만 같던 나무들이 저마다의 빛깔과 홍취를 뽐내며 잎을 돋워 올리고, 꽁꽁 얼어붙었던 땅을 뚫고 나오기엔 너무 여려 더욱 애틋한 작은 풀꽃들이 지천으로 피어 있다. 주목만 나무가 아니고 철쭉만 꽃이 아니다. 태백산 도립공원에서 나무마다 친절하게 달아놓은 이름표에는 "이름을 불러주세요!"라

는 귀여운 부탁의 말이 새겨져 있다. 귀릉나무, 층층나무, 당마가목, 회나무, 노린재나무, 사스래나무, 분비나무, 시닥나무…… 금강애기나리, 민백미, 개별꽃, 홀아비바람꽃, 노랑무늬붓꽃, 큰앵초…… 그들의 이름을 속삭이며 걷는다. 꽃과 나무에 취해 먼 길을 힘든 줄도 모르고 간다.

하지만 아무리 풍광이 좋아도…… 산행이 8시간을 넘어가니 나의 생체시계는 어김없이 몸이 한계점에 다다랐음을 알려주었다. 신선봉을 향해 가는 가파른 오르막에서는 거의 숨이 깔딱 넘어가기 직전이었다. 기온도 점차 높아져서 땀을 잘 흘리지 않는 나조차 땀범벅이 되고 목이 탔다. 바야흐로 '수분과의 전쟁'인 여름 산행이 시작된 것이다. 산행 중에 수분을 보충하는 일은 에너지원을 섭취하는 일만큼, 아니 그 이상으로 중요하지만 목이 마르다고 시시때때로 멈춰 서서 물병을 꺼내 물을 마시기는 귀찮고 번거롭다. 그래서 이번 산행에는 비장의 무기, '카멜 백'을 새로 장만했다. 카멜 백은 배낭 안 등판 쪽 주머니에 본체를 집어넣고 어깨끈 쪽으로 호스를 빼어 걸어가면서 물을 빨아 마시게 되어 있는 물주머니로, 원래는 미군의 군용품인데 레저용으로 변용되어 사이클러나 산악인들에게 애용되고 있다. 이를테면 '귀차니즘'이 창조력을 자극한 셈이다. 사연이야 어쨌든 편리하긴 정말 편리하다.

호스 마개를 열고 물을 쪽쪽 빨아 마시며 비탈길을 기어오르노라니 10여 년 전 펴냈던 첫 번째 산문집에 사람의 나이를 동물에 빗댄 탈무드의 알레고리에 대해 썼던 기억이 난다. 20세는 공작, 30세는 사자, 40세는 낙타, 50세는 뱀, 60세는 개, 70세는 원숭이…… 그때 나는 부풀어 오르는 욕망만큼 좌절하는 '30대, 사자의 날들'에 대해 한참을 주절거렸다. 그때로부터 삶은 다시 맹렬한 가속 페달을 밟아, 나는 이제 카멜 백을 짊어지고 허위허위 된비알을 극터듬는 낙타의 신세다. 낙타는 어떤 동물이었던가? 긴 목과 긴 다리에 혹 모양의 육봉을 지니고 있으며 두꺼운 발바닥, 두 줄의 속눈썹, 열고 닫을 수 있는 콧구멍, 예민한 시각과 후각을 가지고 있어 사막을 걷기에 적당한 온순한 초식동물로 알려져 있다. 그런데 내가 지고 가는 '카멜 백'의 이름이 무색하게도 실제로 낙타의 등에 솟구친 육봉에는 물이 아니라 지방이 저장되어 있다고 한다. 그런데 다른 동물들보다 더 물을 저장할 수 있는 신체 구조를 가진 것도 아닌 낙타가 어떻게 사막을 건너느냐 하니…….

그곳에 색다른 신비는 없다. 낙타는 그저 물 없이 뜨겁고 건조한 사막을 견딘 것뿐이다.

신선봉에 다다르니 무덤 하나가 우리를 기다리고 있다. 얼마 전에 지나온 하단(下段) 옆에도 자그마한 봉분이 하나 있더니, 이 강파른 신선봉 정상에도 경주 손씨 어느 처사의 묘소가 있다. 가히 신선이 살았음직한 주변 풍경을 둘러보니 명당이라면 기가 막힌 명당이겠지만, 아비의 시신을 떠메고 이 꼭대기까지 기어 올라왔을 자식을 생각하면 또 다른 이유로 기가 막힌다. 내친김에 함께 가던 아들에게 유언을 한다.

“엄마가 죽으면 조문 오는 사람들에게 좋은 술을 종류별로 준비해서 넉넉히 대접해라. 문인들은 각별히 잘 모시고, 장례 절차는 특정한 종교 의식을 따르지 말고 전통 방식으로 치러라.”

며칠 전 다녀온 선배의 장례식이 낯선 종교 의식에 술마저 없이 치러져 맥맥했던 것을 생각하며 뜬금없는 유언을 하노라니 아들 녀석이 삐죽거리며 대꾸한다.

“아무리 그렇게 유언을 하고 죽어도 장례는 살아 있는 사람들 마음대로 치른다며?”

맥없는 웃음이 픽 터진다. 이제 고작 시속 30여 킬로미터로 삶을 달리는 아이에게 엄마의 '과속 스캔들'이 통할 리 없다. 그러니 칠십 고개 넘어선 노인네들이 쉰일곱 젊은이에게 "조오흘 때다!"며 진심으로 탄식하고, 천년을 살아서도 살고 죽어서도 사는 주목은 백 년도 못 살면서 아옹다옹하는 우리를 보고 좋을 때다, 좋을 때다…… 영령한 바람 소리로 윙윙대는 것이다.

그러고 보니 그저 하루의 절반쯤을 산에서 오르락내리락했다는 이유만으로 힘들다 지루하다 앓는 소리를 하는 게 열없다. 시속 86킬로미터 어쩌고저쩌고하며 고작 먼지 한 톨인 내 삶의 순간을 쪼개고 바수는 게 덧없다. 시간의 비밀을 추적했던 인류학자 로렌 아이슬리(Loren C. Eiseley)는 과학 에세이 『광대한 여행』에서 시간이란 '동일한 우주 속에 공간적으로 존재하는 일련의 평면들'에 불과하며, 속도는 '인간의 환상'이자 '주관적 시계'일 뿐이라고 했다. 그리하여 진실을 말하자면, 광대무변한 자연 속에서 우리 모두는 잠재된 화석에 불과하다고.

시간과 속도, 나이에 속을 필요 없다. 삶은 다만 지금, 여기에 있는 이 순간뿐이다.

안간힘을 다해 오늘 산행의 마지막 정점인 구룡산을 넘었다. 구룡산부터 도래기재까지는 지도상 줄기찬 내리막길이다. 그런데 산기슭의 팔각정에서 다리쉼을 하며 '구룡산의 전설'을 소개한 알림판을 읽다가 난데없는 폭소를 터뜨리고 말았다. 옛날 옛적에 아홉 마리의 용이 마침내 승천을 하게 되어 지상을 박차고 올랐는데, 그 모습을 본 어느 아낙이 "뱀 봐라!" 하고 외치며 꼬리를 잡는 바람에 하늘로 오르던 용들이 우수수 떨어져버리고 말았다는 것이다. 무슨 전설이 '허무개그'도 아니고 '블랙 코미디'도 아닌데 이처럼 우스우면서 슬프단 말인가? 어쩌면 이 전설은 이상과 현실의 괴리에 절망하고 영원을 꿈꾸기엔 너무도 속된 세상에 지친 누군가가 만들어낸 쓸쓸한 애가(哀歌)인지도 모르겠다.

"뱀 봐라!"

나 또한 언젠가 용을 알아보지 못한 채 그런 입방정을 떨지는 않았는지, 저속한 욕망으로 꿈의 꼬리를 잡아당겨 땅바닥에 패대기치지는 않았는지, 아픈 다리만큼이나 가슴이 쓰리다.

태백산행

—정희성

눈이 내린다 기차 타고
태백에 가야겠다
배낭 둘러메고 나서는데
등 뒤에서 아내가 구시렁댄다
지가 열일곱살이야 열아홉살이야

구시렁구시렁 눈이 내리는
산등성 숨차게 올라가는데
칠십 고개 넘어선 노인네들이

여보 젊은이 함께 가지

앞지르는 나를 불러 세워
올해 몇이냐고
쉰일곱이라고
그중 한 사람이 말하기를
조오흘 때다

살아 천년 죽어 천년 한다는
태백산 주목이 평생을 그 모양으로
허옇게 눈을 뒤집어쓰고 서서
좋을 때다 좋을 때다
말을 받는다

당골집 귀때기 새파란 그 계집만
괜스레 나를 보고
늙었다 한다

화방재에서 도래기재까지

위치 강원도 태백시 혈동-경상북도 봉화군 춘양면

코스 화방재(950m)-사길령-태백산(1,567m)-차돌배기-신선봉-곰넘이재-구룡산(1,345m)-도래기재(780m)

거리 24.2km

시간 11시간 30분

날짜 2011년 5월 28일(29차 산행)

거창한 것이 아니다. 그저 입을 다물면 된다.
값없는 질문과 덧없는 답변을 버리기만 하면 된다.
입을 다문 채 가만히 나무를 바라보고
조용히 구름을 쳐다본다.

버리고 비워야 얻는 반짝임

누군가, 분명 산행을 좋아하지 않을 듯한 이가 묻는다.

"산을 타면 힘들지 않나요?"

물론, 힘들다. 평균 10시간이 넘는 장거리 산행을 하며 힘들지 않다고 한다면 거짓말이다. 오르막길에서는 올라가느라, 내리막길에선 내려가느라 힘들다. 하지만 힘들기보다는 즐거움이 더 크기에 산행을 마냥 '힘들다'고는 말할 수 없다.

누군가, 평소에 숨쉬기 운동 이외에는 별달리 몸을 움직이지 않으며 3층까지도 엘리베이터를 기다려 타고 올라갈 것이 확실한 이가 또 묻는다.

"등산을 하고 나면 아프지 않나요?"

물론, 정도에 따라 차이는 있지만, 아프다. 평상시 규칙적인 운동을 하며 체력을 비축해 두어도 산에서 쓰는 근육은 평지에서 쓰는 그것과 다르기에 산행이 끝난 후의 근육통은 피할 수 없다. 하지만 하루에서 이틀쯤 어기적거리며 걷는 일은 있어도 구들장을 지고 드러누워 앓을 정도로 '아프다'고는 말할 수 없다. 알이 배거나 관절이 뻐근한 몸의 후유증은 있을지라도 머리는 개운하고 마음은 후련하다. 그래서 이제는 머리가 복잡하고 마음이 무거울 때면 가만히 산을 그리워한다. 아무리 힘들고 아플지라도 그곳에 가면 놓을 수 있음을 알기에, 버릴 수 있다고 믿기에.

그런데 재미있고도 좀처럼 그 까닭을 알 수 없는 일은 산마다 산행을 끝내고 돌아와 통증을 느끼는 부위가 다르다는 것이다. 지난 29차의 태백산은 산행을 마친 다음 이상스럽게도 종아리가 아파서 이틀 정도를 절룩거리며 다녔다. 26차에 갔던 황장산의 경우에는 겨우내 흙산을 넘다가 봄맞이로 갑작스런 돌산 등반을 해서였는지 허벅지에 알이 잔뜩 배는 바람에 앉았다 일어날 때마다 삼손이 블리셋 신전 기둥을 무너뜨릴 때처럼 "으으윽!" 괴성을 질러야 했다. 산과 신체 부위별 통증 사이의 메커니즘은 여전히 오리무중이지만, 이번 '두타-청옥 종주'는 주변의 (내게 겁을 주려 했든 스스로 겁을 집어먹었든) 사람들이 입 모아 말한 악명 높은 '무릎 타격 구간'이었다.

"마지막 서너 시간은 거의 다리를 질질 끌면서 내려왔어. 나중엔 발이 너무 아파서 등산화와 양말까지 벗고 맨발로 산길을 걸었지. 두타-청옥 이후론 장거리 산행은 포기했어."

등산을 취미로 가지고 10여 년간 꾸준히 산을 타온 소설가 홍양순 언니의 고백.

"전에 백두를 시작했다가 중도에 포기한 구간이 바로 두타-청옥이에요. 두타산에서 무릎이 완전히 '맛이 가서' 결국 무릉계곡으로 탈출했죠. 결과적으론 무릉계곡 내려가는 것이나 그냥 진행하는 것이나 거리와 시간이 같은 셈이었지만."

2기에서 중도 하차했다 4년 만에 다시 백두대간 종주에 도전한 지혜 엄마의 증언.

귀가 얇은 나는 주위의 이런 위험한 고백과 무서운 증언에 남몰래 가슴을 콩닥거리며 '두타-청옥'을 기다려왔다. 두려운 건 두려운 거고 어쨌거나 궁금했다. 대체 어떤 산이기에 나름 산 좀 탄다는 뜨르르한 산꾼들을 연거푸 낙마시켰을까?

그리고 '두타-청옥'이 과연 진정한 '무릎 타격 구간'인가와 더불어 산행을 하며 직접 확인할 것이 2가지 더 있었다. 그 중 하나는 두타산과 청옥산 중 어떤 것이 바위나 돌로 이루어진 골산(骨山, 바위산 또는 암산)이며 어떤 것이 주로 흙으로 이루어진 육산(陸山, 흙산 또는 토산)인가 하는 것이었다. 일반적으로 알려지기는 두타산(해발 1,353봉)이 육산이고 현재 최고봉인 청옥산(해발 1,404봉)이 골산이라고 하는데, 『산경표』에서는 태백산을 향해 남하하는 백두대간 위의 산을 백복령→두타산→청옥산→죽현(竹峴, 댓재)의 순서로 언급하고 있다. 또한 〈대동여지도〉에도 백복령 남쪽에 두타산이 있고 그 동남쪽에 청옥산이 위치하고 있는 것으로 그려져 있는 것으로 보아 옛날의 두타가 지금의 청옥이고, 지금의 두타가 옛날의 청옥으로 짐작된다. 그런데다 '두타'라는 이름이 주는 왠지 둔탁한 이미지와 '청옥'이라는 섬세한 이미지가 혼란을 더욱 가중시킨다. 흙이냐 돌이냐, 두타냐 청옥이냐?

새벽에 집을 나설 때부터 아들아이와 실랑이에 가까운 토론을 벌이다가 임시 휴전을 선포했다.

"직접 가서 확인하자!"

또 하나, 5만분의 1 지도를 펼쳤을 때 모두를 경악케 했던 그 요란한 굴곡의 산들을 직접 밟아 확인해야 했다. 고도표는 마치 취학 전 아동이 그린 산 그림처럼 두타산-청옥산-고적대를 삐죽삐죽한 뿔처럼 표시해 놓고 있었다. 얼마나 가파를까? 과연 우리는 살아남아 무사히 이 난경에서 벗어날 수 있을 것인가?

이름의 이미지가 둔탁하다 어쩌다 입방정을 떨었지만 실제로 두타와 청옥은 그 말뜻이 매우 고상하고 아름답다. 두타(頭陀)는 산스크리트어 'Dhuta'의 음역으로 '버리다, 비우다, 씻다'는 뜻을 가지고 있기에, 무릇 두타행이라 하면 '세속의 번뇌를 버리고 불도를 닦는 수행'을 뜻한다. 석가모니 부처가 아무 말 없이 연꽃 한 송이를 들어 올렸을 때 영문을 몰라 어리둥절하는 제자들 사이에서 유일하게 그 뜻을 깨닫고 활짝 웃었던 가섭존자, 그의 별명이 바로 '두타제일'이었다.

그런가 하면 청옥은 금, 은, 수정, 붉은 진주, 마노, 호박과 함께 『아미타경』에 나오는 극락의 일곱 가지 보물 중의 하나로 '사파이어'란 이름으로 더 많이 알려져 있다. 푸르고 투명하며 다이아몬드 다음으로 단단한 사파이어는 9월의 탄생석이며 불변, 성실, 덕망 등을 나타낸다. 세간에는 자기가 태어난 달의 탄생석을 몸에 지니면 행운이 온다는 속설이 있다. 몇 번인가 살까 말까 망설이다 결국 못 산 나의 탄생석이 바로 사파이어, 청옥이다. 여전히 보석을 좋아할 줄 모르는

순진한 척 무지한 나지만 그래도 청옥이 상징하는 뜻만은 탐난다. 변하지 않고, 정성스럽고 참되며, 어질고 너그러운 푸른 빛. 그러고 보면 두타산과 청옥산이 3.7킬로미터 간격으로 사이좋게 어깨를 겯고 있는 모양이 잘 어울린다. 진정한 보물은 버리고 비워야만 비로소 얻을 수 있는 찰나의 반짝임이기에.

장마전선이 제주도와 남부 지방에 상륙했다는 소식이 들리긴 했지만 아직 강원도까지 북상할 조짐은 보이지 않는다. 지금까지 경험한 바로 악천후 속에 장거리 산행을 한다는 것이 얼마나 괴로운 일인가를 알기에 맑은 날씨가 얼마나 고마운지 모른다. 더구나 두타-청옥의 마루금은 웅숭깊은 숲 그늘로 이어져 있어 햇볕의 불화살을 피할 수 있다. 고맙다. 그 작은 행운들이 그저 고맙다.

북송의 도원(道源)선사가 지은 선종의 대표적인 역사서 『경덕전등록』에는 우리에게 성철 스님의 법어로 더 잘 알려진 산과 물의 일화가 등장한다.

> 노승이 사십 년 전 참선하기 이전에는 산은 푸른 산이고, 물은 녹색의 물이었다. 그러던 것이 그 뒤 어진 스님을 만나 깨우침에 들어서고 보니, 산이 산이 아니고 물이 물이 아니었다. 그런데 참으로 깨우치고 보니, 이제는 산이 여전히 그 산이고 물이 여전히 그 물이더라!

그 첫 번째 깨우침 속에 원인과 결과, 인연의 그물에 대한 자각이 있다면 두 번째 깨우침에는 그마저 버리고, 비우고, 씻은 두타의 기쁨이 있다. 산은 산이고 물은 물이듯, 삶은 삶이고 나는 나다! 꾸역꾸역 먹은 나이와 기신기신 걸어온 발걸음 속에 나는 나를 던져버린다. 버린다는 것은 어렵다기보다 두려운 일이다. 두렵기에 외로운 일이다. 하지만 외롭지 않고서야 어떻게 자유로울 수 있을까?

산악인들의 고전인 『등산: 마운티니어링』에는 '산의 자유(The Freedom of the Hills)'라는 등산 철학이 거듭해 등장한다. 방위각을 측정하고, 목표 지점을 찾아가며, 길을 발견하는 기술을 익혀 계곡과 풀밭과 절벽과 빙하를 마음대로 누빌 수 있는 등산가의 권리…… 하지만 그 자유라는 것이 꼭 기술 습득의 문제만은 아닐 것이다. 산행이 30차를 넘어가면서 내가 얼마나 변했는가는 나 자신이 누구보다 잘 알고 있다. 초반의 산행은 오로지 내가 자아내고 지어낸 숱한 물음으로 번잡했다. 산에게 삶을 묻고 삶에게 산을 묻느라 나는 공연히 수다스럽고 경망했다. 하지만 이제 나는 산에서 진정한 마음의 자유를 찾기 위해서는 목소리를 낮추고 때로 침묵해야 함을 깨닫게 되었다.

거창한 것이 아니다. 그저 입을 다물면 된다. 값없는 질문과 덧없는 답변을 버리기만 하면 된다. 입을 다문 채 가만히 나무를 바라보고 조용히 구름을 쳐다본다. 길을 떠나기 전에 품었던 3가지 의문은 길을 걷는 동안 저절로 풀렸다. 두타-청옥은 겁을 집어먹고 꺼릴 만큼 엄청난 '무릎 타격 구간'은 아니었다. 돌사닥다리와 너덜이 많지만 무릎 보호대를 단단히 조이고 내리막에서 스틱을 활용해 걸으니 어지간히 견딜 만했다. 가파른 기울기와 낭떠러지가 만만찮은 것도 사실이지만 그림 속의 뾰족뾰족한 바늘산 같은 건 없었다. 고적대 3백 미터 정도 앞두고 바위가 등장하기 시작해 2백 미터 전부터 암릉 구간이 이어지지만 기어오르기에 큰 어려움은 없다. 연칠성령에서 돌탑에 돌 하나를 보태어 쌓으며 물을 마실 여유를 두고 도전하면 충분할 것이다. 그리고 헷갈리던 골산과 육산의 구분은 결국 두타산이 육산이요 청옥산이 골산인 것으로 판명되었다. 하지만 흙산이라고 모조리 흙으로만 이루어진 게 아니고 바위산이라고 몽땅 바위가 아닌 바에야 골산 육산의 구분도 부질없다. 결론인즉슨, 두타산은 두타산이고 청옥산은 청옥산이다!

두타산 지나 박달재 가는 길에는 '민영봉'이 있다. 원방재 지나서는 '여명봉'이, 조금 더 지나 비탈진 나무 계단을 올라가면 '사름봉'이 나타난다. 이것은 원래 이름이 없던 봉우리들이다. 따로 가진 이름이 없어서 각각 (해발) 1,156봉, 1,022봉, 959봉으로 불렸고, 지도에도 여전히 그렇게 표시되어 있다. 그런데 그 이름 없던 봉우리에 새로 붙여진 이름의 주인공들은 바로 수줍은 미소가 예쁜 중 3 민영이, 아직 초등학생이지만 누나 여원이를 따라 씩씩하게 백두대간을 완주한 여명이, 무뚝뚝한 얼굴과는 달리 마음결이 고운 중 3 사름이다. 봉우리 정상에 깔끔하게 코팅되어 붙은 이름표는 우리의 한 해 선배인 5기 종주팀이 이름 없던 봉우리들에 아이들의 이름을 붙이는 깜찍한 깜짝 이벤트를 벌인 흔적이다. 그런데 언젠가부터 인터넷에 올라온 백두대간 종주 산꾼들의 산행 후기에는 '민영봉', '사름봉' 등이 두타-청옥 구간의 한 봉우리로 선명하게 표기되어 있다. 그들은 낯선 이름이 붙기까지의 사연과 그 이름의 주인공들을 어떻게 상상할까? 김춘수의 시 「꽃」의 일절처럼 그의 이름을 불러주기 전에는 다만 하나의 몸짓에 지나지 않던 봉우리들이, 사람들이 한 번 두 번 그 이름을 부르는 사이에 잊혀지지 않는 하나의 눈짓이 된다. 아이들의 추억은 전설이 되고, 사람의 역사는 그렇게 만들어진다.

자기 이름을 붙인 봉우리를 하나씩 갖지는 못했지만 우리 아이들도 스스로 추억의 집을 지으며 자라고 있다. 힘든 고비를 모두 지나 비교적 평탄한 하산 길에 접어들었을 때, 선두에서 내달리던 중 2 용욱이와 창선이가 웬일인지 자리까지 펼치고 퍼질러 앉아 있다. 그리 힘겨워 보이지 않고 간식을 먹는 것도 아닌데 두 녀석이 나란히 앉아 건너편 풀숲을 망연히 바라본다. 무슨 일이 있는가 싶어 물으니 녀석들의 대답인즉슨,

"인우를 기다리고 있어요. 큰 볼일이라서 시간이 좀 걸리네요!"

어쩐지 녀석들의 싱글거리는 표정이 개운하고도 시원하더라! 2011년 한국에서 살아가는 15살짜리들 중에 풀숲에서 똥을 누는 친구를 기다리며 저렇게 웃을 수 있는 아이들이 얼마나 될까? 친구의 묵직한 뱃속을 깨끗이 비워지는 동안 그를 기다리는 아이들의 가슴 속에 봉우리가 하나씩 우뚝우뚝 솟는다. 우정이니 행복이니 하는 말은 모두 똥이다. 문득 불어온 뮛바람에 폴폴 풍겨오는 구수한 냄새, 그 자연스런 평화가 보석이다. 두타와 나란히 다가오는 눈부신 청옥이다.

문답법을 버리다

—이성선

산에 와서 문답법을
버리다

나무를 가만히
바라보는 것
구름을 조용히 쳐다보는 것

그렇게 길을 가는 것

이제는 이것 뿐

여기 들면
말은 똥이다

댓재에서 백복령까지

위치 1일차: 강원도 삼척시 미로면-강원도 정선군 임계면
2일차: 강원도 정선군 임계면

코스 1일차: 댓재(810m)-두타산(1,353m)-박달령-청옥산(1,404m)-연칠성령-고적대(1,354m)-갈미봉-이기령-상월산(970m)-원방재(730m)
2일차: 원방재(730m)-1,022봉-백복령(780m)

거리 1일차: 23.9km(마루금 21.4km+접근거리 2.5km)/2일차: 9.8km(마루금 7.3km+접근거리 2.5km)

시간 1일차: 13시간/2일차: 4시간

날짜 2011년 6월 11~12일(30차 산행)

내가 아이에게 주는 사랑은 온전히 나만의 것이 아니다.
나는 부모에게서 받았던 것을
아이에게 물려주고 있을 뿐이다.

나는 너의 마지막 사람

백두대간 종주를 시작한 지 18개월 만에 아이가 세 번째로 등산화를 바꿨다. 새 신발의 사이즈는 무려 290밀리미터! 240밀리미터를 신는 엄마가 장난삼아 발을 넣어보니 거인국에 온 걸리버가 따로 없다. 그야말로 항공모함처럼 크고 높고 광활하다. 처음 샀던 등산화가 270밀리미터였으니 꼭 6개월마다 10밀리미터가 자란 셈이다. 국산 브랜드들은 이미 최고 사이즈를 초과했기에 할 수 없이 직수입품 중에서 디자인은 포기하고 사이즈만 맞춰 골랐다. '눈 큰 황소, 발 큰 도둑놈'이란 속담을 들려주며 이젠 제발 그만 컸으면 좋겠다고 하소연해 보아도, 자기 의지와 상관없이 쑥쑥 크는 발을 가진 아이가 무슨 죄랴? "도둑놈 발이라도 좋다. 건강하게만 자라다오!"를 외치며 새 등산화의 끈을 단단히 조여준다. 한편으론 6개월마다 개비해야 하는 만만찮은 신발값에 속이 쓰리지만 다른 한편으론 무럭무럭 자라는 아이가 자랑스럽고 사랑스럽다. 그 아이가 제 발로 세상을 처음 밟을 때 신었던 장난감같이 앙증맞은 신발을 추억의 서랍장 깊숙이 간직한 채로.

예년보다 열흘쯤 앞서 장마가 시작되었다. 장마도 장마지만 사흘 전 필리핀 마닐라에서 발생해 한반도로 북상하기 시작한 태풍 '메아리'의 영향으로 이번 주말은 전국에 돌풍과 천둥 번개를 동반한 시간당 30밀리미터 이상의 강한 비가 예보되어 있다. 할 수 없이 애초에 계획했던 경북 문경의 하늘재-차갓재 구간 대신 비교적 짧고 평탄한 삽당령 구간으로 목적지를 변경했다. 예상 소요 시간은 12시간에서 6시간으로 절반이나 줄어들었지만, 그 6시간 동안은 꼼짝없이 빗속에 산행을 해야 할 터이다.

우기 산행의 안전 지침으로는 방수와 투습 기능을 갖춘 의류를 활용해 저체온증에 대비하라, 위험한 협곡과 산사태에 주의하라, 준비운동을 철저히 하고 열량이 높은 간식을 충분히 챙기라 등이 있지만, 눈에 보이는 준비물 외에도 눈에 보이지 않는 채비가 필요하다. 그것은 바로 우비 속에 갇힌 채 홀로 감당해야 하는 고독과 축축하고 퀴퀴한 불쾌감을 이겨내는 인내에 대한 다짐이다. 비옷을 입고 스패츠를 하고 스틱을 단단히 조인 채 버스에서 나서며 앞으로 6시간을 견딜 마음의 각오를 다진다. 그 역시 색다른 재미이자 별난 즐거움이라 여기면 우중 산행도 나쁘지 않다. 고통까지도 마알간 희열이 된다.

아들아이는 오늘 후미 대장을 맡았다. 등반 인원이 10명 이상인 등산대에는 선두와 후미를 책임지고 담당할 사람이 필수인데, 일반적인 예상과는 달리 선두보다 후미 대장으로 더 산을 잘 타고 노련한 이를 배치한다. 후미 대장은 혹시 발생할지도 모르는 사고와 낙오 등에 대비해야 하고 무엇보다 자기 페이스대로 가지 못하기에 체력 소모와 피로감이 크기 때문이다. 우리 팀은 산행 때마다 선두에 중 2, 후미에 중 3 한 명씩을 세우고 있는데, 물론 부모들이 조력하기는 하지만 아이들도 '대장'이란 이름에 은근한 책임감과 부담을 느끼는 듯하다. 갑자기 코스가 바뀌는 바람에 지도 분석을 치밀하게 하지 못한 아이는 영 마뜩잖은 표정으로 무전기의 작동을 확인한다. 그래도 산중에서 혼자인 아이는 없다. 아이들은 책임을 맡은 친구를 응원하기 위해 자연스레 주위에서 무리를 이루어 산행을 한다. 그러니 선두에는 언제나 성취욕이 강한 중 2들이, 후미에는 고작 한 살 차이인데도 노련하고(?) 느긋한 중 3들이 자리한다.

산행 시작 때 보슬보슬 내리던 비는 석두령을 넘어서면서 점점 거세졌다. 날씨가 좋은 날이었다면 '슬리퍼 코스'라고 좋아라 했을 게 분명한 기복 없는 능선을 빗속에 말없이 따라가다 보니 좀 지루한 느낌이 들기도 한다. "친구들과 이야기하는 맛에 백두를 한다!"던 아이들까지 입을 꾹 다문 채 묵묵히 발걸음을 옮기는 걸 보니 안쓰럽다. 악천후를 뻔히 알고도 산행을 신청한 열대여섯 명의 아이들은 그야말로 백두대간 종주의 '정예 멤버'들이다.

다음 주가 지나면 기말고사가 시작되지만, (이걸 대견하게 여겨야 할지 속상해해야 할지) 백두 때문에 시험 공부를 못한다고 투덜대는 녀석은 하나도 없다. 학교를 결석할 정도의 심한 감기가 아니라면 어

지간한 미열이나 기침쯤은 간단히 무시한다. 지금껏 30차례 산을 탄 경력이 공것은 아니라는 사실을 입증하듯 아무리 힘든 구간에도 큰 불평불만이 없다. 처음 종주를 시작했을 때 산멀미를 호소하며 눈물을 글썽이고, 결국 내려올 산을 낑낑거리며 오르는 것은 '미친 짓'이 분명하다고 분통을 터뜨렸던 일을 생각하면 아이들은 정말 놀랄 만큼 훌쩍 자랐다.

그런데 아이들은 요즘 고민이 많다. 채운이는 지난번 산행기에 친구 하윤이의 말을 인용해 "우리가 우리의 작은 성장에 너무 자만하고 더 나아가지 않는 것은 아닌가?" 하고 물었다. 아이들 스스로 성장은 했지만 아직 부족한 것이 많다고 반성하고 있는 것이다. 그런가 하면 중 2 솔희 엄마와 지혜 엄마가 대화를 나누는 중에 '온실 속의 잡초'라는 말이 나왔다. 부모들이 목적의식적으로 체벌과 사교육이 없는 민주적인 대안학교라는 온실을 만들어놓고, 그 안에서 아이들이 잡초처럼 치열하게 자신과 사회에 대해 고민하기를 바라는 욕심을 부리는 것은 아닌가 하는 문제 제기였다.

인간이 생각할 수 있는 최선의 상태를 갖춘 완전한 사회인 '유토피아(Utopia)'는 그리스어 'ou(no)'와 'topos(place)'의 합성어로 '어디에도 존재하지 않는 곳'을 가리킨다. 그럼에도 불구하고 이상을 꿈꾸지 않고 현실에만 붙매여 산다면 인간의 삶은 천하고 경박해질 수밖에 없다. 현실에 단단히 발을 붙인 채 꿈을 포기하지 않기를, 그것이 내가 사교육 포기 각서를 쓰고 이우학교라는 곳에 아이를 보내면서 꿈꾸었던 전부다. 하지만 '도시형 대안학교'인 이우학교가 공교육 '혁신학교'의 모델로 떠오르면서 유명세만큼 오해와 편견에 휩싸이게 된 것도 사실이다. 한편에서는 이우학교를 '귀족 학교'라고 비아냥거리는가 하면, 다른 한편에서는 학업과 인성이라는 '두 마리 토끼'를 다 잡을 수 있으리라고 섣부른 기대를 하기도 한다.

그러나 다시금 말하건대, 이상향은 애초에 없다. 내 아이가 다니고 있고 내가 교육의 일주체로 참여하는 이우학교는 (부모들 중에 유명인이 좀 많은지는 모르지만) 귀족의 자제들만 모인 학교도 아니고, (대안교육을 표방하는 다른 학교보다 학업의 비중이 더 크긴 하지만) 자유로운 학풍 속에 성적까지 좋은 (그야말로 이상적인) 학교도 아니다. 그렇지만 나는, 아이는 학교에 만족한다. 아이에게 학교가 좋은 이유를 대라니 3가지를 말한다. 친구들, 선생님들, 그리고 밥이 좋다고. 또한 아이는 농담 반 진담 반으로 이우학교 입학의 키워드를 '눈물'이라고 말한다. 입학 전형 중에 포함된 면접에서 아이가 울든지, 부모가 울든지, 선생님들을 울리면 합격할 수 있다고. 작년 한 해 사춘기의 질풍노도를 통과하며 아이들이 쓴 글들을 모은 문집을 보고 나는 이 '눈물'의 의미를 비로소 깨달았다. 어린 나이에 겪은 부모와의 영이별, 조손 가정, 한부모 가정, 가족의 자살, 아버지의 출가, 부모의 실직…… 놀랍도록 솔직한 아이들의 글 속에는 상처를 견뎌낸 빛나는 눈물이 오롯이 배어 있었다.

간혹 산행 지도부의 결정(그래봤자 코스 연장이나 점심 메뉴 따위이지만)에 반발하거나 항의하는 아이들에게 백두대간 종주팀은 원래 학부모 동아리였다고 지청구를 하긴 하지만, 함께하는 산행을 통해 부모들은 아이들에게서 많은 것을 배운다. 자식에 대한 거의 본능적인 부모의 욕심 때문에 보지 못하는 힘, 의지, 견딜성, 배려, 자연에 대한 사랑 등이 걸어온 길 곳곳에 돋을새김되어 있다. 그들은 우리가 생각하는 것보다 훨씬 강하고 아름답다. 그리고 우리가 믿어주는 만큼 더 크게 자라날 수 있다. 나는 저마다의 개성과 상처를 가진 저 아이들이 참 좋다. 아이들이 이제는 더 이상 키도 발도 자라지 않는 나를 키운다. 신발과 옷의 사이즈는 변치 않을지언정 마음까지 고만큼에 머물러서야 되겠느냐고, 세상에 단단히 뿌리를 박고 우쭐우쭐 자라나는 아이들이 나를 흔든다.

화란봉에 가는 길에 앞서가던 인걸이가 갑자기 뒤돌아섰다. 아까 휴식했던 자리에 스틱을 놓아두고 왔다는 것이다. 워낙에 산을 잘 타는 녀석이라 배낭을 벗어두고 맨몸으로 잽싸게 달려갔다 오면 되겠다 싶어 되돌아가는 길을 막지 않았는데 한참을 지나도 나타날 생각을 않는다. 후미 대장을 맡은 아들아이와 태관 아빠는 뒤처리를 제대로 못한 데다 무전기를 들려 보낼 생각조차 하지 못했다며 자책한다. 책임감 때문에 괴로워하는 아이를 버려두고 갈 수 없어 함께 기다리노라니 빗줄기는 점점 거세지고 체온이 떨어져 이가 딱딱 맞부딪는다. 안 되겠다며 태관 아빠가 찾으러 내려가는 순간, 물에 빠진 생쥐꼴인 인걸이가 숲속에서 불쑥 나타난다. 지난 쉼터에 없는 걸 보니 지지난 쉼터에 놓고 온 모양이란다. 고생한 성과가 없으니 당사자나 기다렸던 사람이나 허탈하긴 마찬가지인데, 낙천주의자인 인걸이는 금세 찾을 수 없는 것을 놓아버린다.

"아, 다른 사람이 찾아서 잘 쓰라고 하지 뭐!"

집에 가서 엄마에게 꾸중을 듣긴 하겠지만, 잃어버린 것에 오래 꺼둘리지 않는 것도 좋은 일이다. 그 길이 사라지지 않는 한 누군가는 인걸이의 스틱을 발견하고 그의 바람대로 유용하게 잘 쓸 수도 있을 테니.

빗속에 앉아 쉴 짬이 없었던 덕택에 산행이 예정보다 훨씬 빨리 끝났다. 땟국과 흙물이 줄줄 흐르는 옷을 대충 갈아입고 강릉 시내로 버스를 돌렸다. '촌사람'들의 예법은 자기 동네에 온 손님을 굶겨 보내는 일이 없다. 아이의 할머니 할아버지, 즉 나의 엄마와 아버지가 사준 불고기 전골에 온종일 시름겹게 찬비를 맞았던 모두의 몸과 맘이 해시시해진다. 물론 하나뿐인 (딸보다는) 손자에 대한 사랑 때문이라고는 하지만, 지난 산행 에세이 『이 또한 지나가리라!』를 펴낸 후 엄마 아버지와 나의 관계는 전보다 부쩍 가깝고 편안해졌다. 어쩌면 어린 날의 소아우울증과 자해적 행동 등을 고백하는 일이 부모에 대한 비난이나 원망으로 여겨질 수도 있으련만, 엄마와 아버지는 책을 읽으며 그때 원인을 알 수 없었던 나의 격정과 반항적인 행동 등을 비로소 이해했다고 했다. 그리고 부모로서 두려움과 불안에 가득 차 있던 그 어린아이를 더 포근히 감싸 안아주지 못했던 것에 대해 반성했다고 했다. 최초의 상처로부터 40년이 넘은 지금에 이르러 우리는 비로소 진정으로 화해했다. 엄마가 내게, 나는 엄마에게 거의 동시에 같은 문자를 보냈다.

"미안해."

나의 부모는 내가 생각했던 것보다 한결 괜찮은 사람들이었다. 점심 한 끼를 먹여 보내는 것만으론 아쉬웠던지 엄마가 뭔가 부스럭거리는 것들이 잔뜩 든 묵직한 상자를 건넨다. 30개의 작은 비닐 봉투에 든 것들은 유산균 음료수 하나, 비스킷 한 봉, 그리고 삶은 달걀 하나씩이었다. 특히 삶은 달걀에는 소금을 싼 은박지가 투명 테이프로 하나씩 붙어 있어, 버스에서 먹을 간식까지 챙긴 엄마의 세심한 친절에 고마워하던 사람들을 사뭇 경악케 했다.

"이게 리더십이라곤 눈곱만큼도 없는 제가 학창 시절 십 년 동안 반장을 했던 비결이랍니다!"

감동의 쓰나미가 밀려든 얼굴로 나를 바라보는 이들에게 쑥스러움을 숨기려 너스레를 떨긴 했지만, 이제 와 감투라곤 (시켜줘도 못하는) 선두 대장밖에 없는 딸을 위해 간식 봉투를 만든 엄마의 마음은 예전이나 지금이나 변함없다. 어쩌면 립 서비스에 가깝긴 하지만, 나는 아이에게 이따금 말하곤 한다.

"만약에 세상 사람들 모두가 너를 손가락질하며 네게서 등을 돌리는 한이 있다 해도, 엄마는 언제나 네 편이야. 나는 너의 마지막 사람이야."

내가 아이에게 주는 사랑은 온전히 나만의 것이 아니다. 나는 부모에게서 받았던 것을 아이에게 물려주고 있을 뿐이다. 빗방울이 죽죽 빗금을 긋는 흐린 차창 밖으로 떠나는 버스를 향해 한없이 손을 흔드는 엄마와 아버지의 모습이 보인다. 그들은 버스의 꽁무니를 향해, 그것이 길 저편으로 사라진 후까지도 그렇게 오오래 손을 흔들고 있을 것이다.

나는 저 아이들이 좋다

—이성복

> 나는 영혼에 육신을 입히는
> 이 세상 모든 것을 너무 사랑했다.
> —세르게이 예세닌, 「우리는 지금」

나는 저 아이들이 좋다. 조금만 실수해도 얼굴에 나타나는 아이, '아, 미치겠네' 중얼거리는 아이, 새로 산 신발 잃고 종일 울면서 찾아다니는 아이, 별 것 아닌 일에도 '애들이 나 보면 가만 안 두겠지?' 걱정하는 아이, 좀처럼 웃지 않는 아이, 좀처럼 안 웃어도 피곤한 기색이면 내 옆에 와 앉아도 주는 아이, 좀처럼 기 안 죽고 주눅 안 드는 아이, 제 마음에 안 들면 아무나 박아버려도 제 할 일 칼같이 하는 아이, 조금은 썰렁하고 조금은 삐딱하고 조금은 힘든, 힘든 그런 아이들. 아, 저 아이들 가운데 하나라도 내 품에 안겨들면 나는 휘청이며 너울거리는 거대한 나무가 된다.

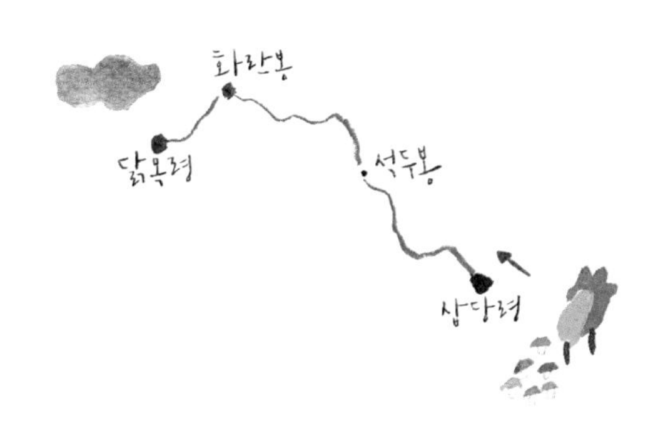

삽당령에서 닭목령까지

위치 강원도 강릉시 왕산면

코스 삽당령-석두봉(982m)-화란봉(1,069m)-닭목령(680m)

거리 14.15km

시간 6시간

날짜 2011년 6월 25일(31차 산행)

순간순간 나도 모르게 빨라지는 걸음걸이를
수긋이 늦춰본다.
어차피 목표점은 한곳이고,
빨리 가나 조금 늦게 가나 우리 모두는
그곳에 다다르게 되어 있으니.

당신만의 백두대간

백두대간 종주를 시작한 지 1년 반 만에 처음으로 감기에 걸렸다. 지난 산행을 다녀온 직후 목이 칼칼하던 증상이 급성 인후염으로 발전해 결국 열, 콧물, 기침, 근육통을 동반한 몸살이 났다. 하필이면 일정이 빈틈없이 빽빽한 한 주였다. 급한 대로 병원에 가서 링거 주사까지 맞았지만 수요일 저녁에 잡혔던 김원일 선생의 전집 출판 기념 모임에는 불참할 수밖에 없었다. 이번에 나온 선생의 장편 『사랑의 길』에 졸고이나마 해설을 쓴 터라 죄송한 마음이 더했다. 그런데도 병세는 좀처럼 차도를 보이지 않았다. 금요일에는 '산'을 주제로 한 KBS의 심야 프로그램 〈낭독의 발견〉에 출연하기로 약속했는데, 결정적으로 가라앉은 목소리가 돌아오지 않았다. 아무리 약을 먹고 더운 물을 마시고 일손을 놓고 쉬어도 제 페이스를 잃은 몸은 쉽게 회복될 기미를 보이지 않기에, 그쯤에서 포기하고 기다리기로 했다.

사람이 할 수 있는 일이 없을 때에는, 오로지 시간이 약이다.

어린 시절에 나는 꽤나 약골이었다. 키와 몸무게를 재어 영양 상태를 판정하는 신체충실지수는 항상 가장 부실한 A등급이었고 철마다 감기와 갖가지 잔병을 달고 살았다. 나는 늘 아팠고 시시때때로 앓아누웠다. 그것이 소아우울증 증상의 하나인 '특별한 질병이 없는데 자주 여기저기가 아프다고 호소한다'의 징후였는지는 모르지만, 마음이 아프기에 몸이 아프고 몸이 아파 마음이 더욱 아팠던 것은 분명하다. 그래서 몸과 마음의 건강에 대한 나의 관심과 의지는 어쨌거나 남다른 편이다. 한 생명을 낳아 기르는 엄마로서의 책임에 충실하기 위해, 골다공증과 디스크가 직업병인 작가로서 조금 더 꼿꼿이 오래 앉아 버티기 위해, 나는 스스로 약골에서 벗어나려 부단히도 애를 써왔다. 마음도 몸도 어느 정도는 단련시키기 마련이라 열심히 운동을 하다 보니 적어도 남들에게 아프다고 칭얼거리지 않을 정도는 되었다.

하지만 아무리 철저히 관리해도 영 아프지 않고 살 수는 없다. 산을 타기 시작하면서 1년에 두어 번쯤 크게 앓던 일이 사라졌지만, 이번에 크게 앓게 된 것도 결국 산 때문이다. 작년 여름 내내 우중 산행을 하고도 무탈했던 몸이 고작(!) 6시간 동안 장맛비 속에 노출되었다고 갑자기 까탈을 부리는 것이 왜일까 곰곰 생각해 보니, 지난번 산행에서 스틱을 잃어버리고 온 인걸이를 기다리느라 30분 정도를 빗속에 서 있었던 것이 결정적인 듯하다. 말로만 듣던 저체온증, "한여름에 얼어 죽는다!"는 산꾼들의 속설이 사실로 확인되는 순간이다. 산에서는 보통 표고 차 백 미터마다 0.4~0.7도씩 기온이 떨어지고, 젖은 옷은 마른 옷에 비해 열전도율이 240배나 더 빠른 것으로 알려져 있다. 우리의 몸은 산열(産熱)과 방열(放熱)의 균형이 깨지면 체온이 떨어지기 마련이고, 체온을 잃으면 감기 몸살뿐이 아니라 심각한 문제를 발생시킬 수 있다.

30차 산행을 넘어서 제법 산에 익숙해졌다고 요즘은 까먹고 잘 외치지 않는 우리 팀의 구호, "까불지 말자!"를 다시 한 번 상기한다. 산은 여전히, 언제나 무섭다. 절대 까불지 말아야 한다.

그래도 아픈 만큼 성숙해지는……지는 모르겠지만 아픈 만큼 배우는 건 있다. 이번 산행 역시 우중 산행이다. 올해 들어 더욱 길고 유난해진 비가 장마라기보다 우기에 접어든 것 같다. 일각에서는 한국의 사계절이 춘하추동이 아닌 '춘우추동(春雨秋冬)'으로 변하는 것 아니냐는 우려의 소리까지 들린다. 한때는 나도 비 내리는 날의 우수와 낭만, 고독한 정취를 꽤나 좋아했던 것 같은데, 지금은 나이를 먹어 삭막해져서인지 건실한 생활인이 되어서인지 내리는 비가 그리 곱지 않다. 이렇게 주룩주룩 한없이 내리는 비를 뚫고 온종일 산길을 헤쳐가야 하는 일은 더욱 괴롭다. 하지만 지난번의 호된 몸살을 교훈삼아 단단히 준비를 하고 빗속에 나선다. 아무리 땀에 젖으나 비에 젖으나 젖는 것은 마찬가지라도 체온 손실을 막기 위해 우비를 단단히 챙겨 입고, 신발도 메시(mesh) 소재로 된 여름용 대신 조금 덥더라도 방수 기능이 있는 가죽 등산화를 신었다. 물론 그렇게 완전무장을 해도 젖을 건 다 젖는다. 산에 오른 지 10분이 채 지나지 않아 얼굴이, 손이, 발이, 그렇게 온몸이 빗물과 땀에 범벅이 된다. 그럼에도 "비에 젖은 자는 비를 두려워하지 않는다"는 서양 속담과는 별개로 적어도

산에서는 비를 두려워하며 조금이라도 덜 젖도록 노력해야 한다.

그나마 이번의 1박 2일 산행은 비교적 평탄한 구간을 지난다. 특히 석병산으로 가는 길은 학창 시절 지리 시간에 배웠던 임계 카르스트(karst, 석회암 지역에서 물의 침식 작용으로 인해 생긴 특수한 지형으로 땅이 움푹하게 함몰되어 있다) 지역이다. 그런데 고운 꽃이 손을 타고 잘된 곡식 이삭이 빨리 잘리는 이치인가, 시멘트의 재료가 되는 석회암을 품고 있다는 이유로 자병산은 채광지가 되어 완전히 파헤쳐져

그 모습이 아예 사라져버린 상태다. 본래 백두대간이라는 개념이 알려지기 전부터 파헤쳐지던 자병산은 한때 '백두대간 보전회'의 노력으로 산림청에 의해 채광이 중단되기도 했지만 이제는 더 이상 훼손될 것조차 없는 지경이다. 아들아이는 "천 년이 넘는 세월 동안 그 자리 그대로 있던 산이 고작 몇 년 만에 그 모습을 완전히 잃어버렸다!"며 안타까워한다.

그러고 보니 〈낭독의 발견〉 프로그램 녹화를 하며 만난 산악인 남난희 선생도 자병산에 대해 이야기했다. 백두대간의 개념조차 없던 1984년에 '태백산맥 종주'라는 이름으로 76일 동안 국내 최초로 백두대간 남한 구간을 완주한 남난희 선생은 산녀(山女), 산사람, 산에 미친 여자, 악녀(岳女), 철녀 등의 숱한 별명을 갖고 있지만 무엇보다 명실상부한 '백두대간의 대모'다. 2009년 16살짜리 아들과 함께 50여 일 동안 백두대간을 종주한 것을 포함해 총 3회 백두대간을 완주했는데, 1984년의 자병산과 1991년 2차 종주에서 만난 자병산과 2009년의 자병산이 모두 달랐다고 한다. 어쨌거나 늠름하고 당당했던 자병산은 이제 그녀의 기억 속에만 아프게 남아 있다. 개발과 발전이라는 이름으로, 우리는 그렇게 또 하나의 사랑을 잃었다.

'산'을 주제로 한 〈낭독의 발견〉 녹화장에서 나는 말석에 끼어 앉은 것만으로도 황공한 울트라 왕초보일 수밖에 없었다. 북한산만 8백 번 이상을 오른 이성부 시인, '한국의 1세대 여성 산악인' 남난희 선생, 산기슭에 집을 짓고 매일 산을 오르는 기업인 박용기 씨 모두가 앞서 백두대간을 완주한 분들이었다. 그야말로 산과 삶이 하나인 산사람들과 둘러앉아 산 이야기를 나누노라니 절로 신이 나고 흥겨웠다. 하지만 그들 역시 마냥 산행이 즐거운 것만은 아니고 때로 고통스럽고 외롭다고 했다. 그럼에도 이성부 선생의 말대로 "아름다움에 가까이 다가가기 위해" 산에 오른다고. (이성부 선생은 방송에서 만나뵌 8개월 후에 수술 치료를 받았던 간암이 재발해 돌아가셨다. 아마도 더 큰 아름다움을 향해 떠나셨을, 고인의 명복을 빈다.)

아름다움을 구하고 원해서일까, 사람들은 흔히 "산 좋아하는 사람치고 나쁜 사람이 없다"고 한다. 그런데 남난희 선생은 단호하게 "사람 못된 것이 산에 간다!"고 말한다. 하긴 외곬의 고집과 고지식함이 없다면 자기와의 싸움에 다름 아닌 산행을 견디기가 쉽지 않을 테다. 어쩌면 우리는 '좋은 사람'이라서 산에 간다기보다 '외로운 사람'이라서 산에 가는 것인지도 모른다. 외로움과 외로움의 고통을 견디며 조금이나마 산을 닮아 좋은 사람이 되려고. 남난희 선생이 아들과 함께 백두대간을 종주한 후 펴낸 『사랑해서 함께한 백두대간』에는 그녀의 지표이자 나침반이자 버팀목이자 거울이고 저울이며 채찍인, 모든 것의 기준이면서 무엇보다 스스로를 다잡는 구실이 되는 백두대간이 우리 모두에게 과연 무슨 의미가 될 수 있는가에 대한 이야기가 오롯이 들어 있다.

간혹 인생이 고달프다고 찾아오는 사람에게는 백두대간 종주를 권하기도 했습니다. 그러면 상대는 "산악인도 아닌데 너도, 나도, 아무나 백두대간에 갈 수 있느냐?"라고 묻습니다. 그럼 나는 "내게 백두대간이듯이 각자에게 자신만의 백두대간이 있지 않겠느냐?"라고 말합니다. 그것을 찾아서 온 마음과 몸을 던져 백두대간을 종주하듯 해 보라고 말입니다.

둘째 날의 산행에는 지원을 나온 호중 엄마가 함께 했다. 지난 두타-청옥의 1박 2일 산행에는 태관 엄마와 용준 엄마가 지원을 왔는데, 첫날 산행이 끝나고 숙소에 도착했을 때 우리를 기다리던 엄마들의 밥과 반찬은 참으로 꿀맛이었다. 내 손으로 밥을 지어 먹기 시작한 후로 가장 맛있는 음식을 '남이 차려준 밥상'으로 꼽는 나로서는 눈물 나게 감격적이기까지 했다. 그래도 밥만 해주고 갈 수는 없다고 지원을 온 엄마들도 이튿날의 짧은 구간은 함께 산행을 하는데, 지난번 용준 엄마가 그랬듯 호중 엄마도 완전히 고역을 치른다. 이번에 오려고 등산복 일체에 등산화와 스틱까지 모두 새로 샀다는데, 산에서는 새것이 언제나 좋은 것은 아니다. 산행을 시작한 지 1시간을 조금 넘어서부터 호중 엄마가 발의 통증을 호소한다. 등산화에 길들여지지 못한 발과 산에 길들여지지 않은 몸이 모두 괴로울 것이다. 결국 호중이가 우비 한 장이 달랑 든 엄마의 배낭까지 빼앗아 멘다.

"용준이도 그러더니, 호중이는 정말 효자로구나!"

옆구리를 찌르듯 한마디 한 말에 아들 녀석이 하는 대꾸란,

"나는 아예 그럴 필요가 없지. 우리 엄만 독하니까!"

고맙구나, 엄마가 독한 걸 인정해 줘서. 둘째 날 산행에서는 특별히 엄마들에게 선두와 후미 대장을 맡긴 터라 '독한' 내 배낭에는 제법 묵직한 무전기까지 달려 있다. 사실 닭목재-대관령은 평소의 우리 팀 속도로 5시간이면 충분히 주파할 수 있는 구간이다. 하지만 후미 대장으로 무전기를 건네받으면서 내가 다짐한 것은 딱 하나였다.

'절대적으로, 끝까지, 다그치지 말고 기다리자!'

호중 엄마는 38인분의 저녁밥을 혼자 뚝딱 지을 정도의 엽렵한 일꾼이긴 하지만 갑상선 기능 저하증으로 몇 년째 호르몬제를 복용하고 있다. 신진대사 기능이 떨어져 몸이 붓고 만성적인 피로를 느끼는 상태에서 정기적으로 운동을 하기도 어려웠을 터, 행여 조금이라도 재촉했다가는 자기 페이스를 잃고 탈진하기 십상이다. 애초부터 목

표를 선두보다 1시간 반에서 2시간 뒤처져 대관령에 도착하는 것으로 잡고 가다 보니 후미에는 딱 5명, 호중 아빠와 호중 엄마와 호중이, 그리고 후미 대장인 엄마를 지원하겠다며 남은 아들아이와 나만 남았다. 이번 산행의 컨셉은 '가족 여행'이다!

한 발 한 발 어렵게 산을 오르는 호중 엄마를 따라 걷노라니 마치 기압이 낮은 히말라야의 설산을 오르는 기분이다. 하지만 산에 갇히는 것이 좋은 일이듯 기다림에 갇히는 것도 좋은 일이다. 능경봉에 못 미쳐 행운의 돌탑에 다다를 즈음 선두 대장인 솔희 엄마가 무전으로 "선두, 대관령 도착!"을 외칠 때에는 살짝 조바심이 나기도 했지만, 그래도 5시간 동안 걸을 산을 7시간 동안 걷는 것도 나쁘지 않다. 순간순간 나도 모르게 빨라지는 걸음걸이를 수굿이 늦춰본다. 어차피 목표점은 한곳이고, 빨리 가나 조금 늦게 가나 우리 모두는 그곳에 다다르게 되어 있으니.

좋은 일이야
—이성부

산에 빠져서 외롭게 된
그대를 보면
마치 그물에 갇힌 한마리 고기 같애
스스로 몸을 던져 자유를 움켜쥐고
스스로 몸을 던져 자유의 그물에 갇힌

그대 외로운 발버둥
아름답게 빛나는 노래
나에게도 아주 잘 보이지

산에 갇히는 것 좋은 일이야
사랑하는 사람에게 빠져서
갇히는 것은 더더욱 좋은 일이야
평등의 넉넉한 들판이거나
고즈넉한 산비탈 저 위에서
나를 꼼꼼히 돌아보는 일
좋은 일이야
갇혀서 외로운 것 좋은 일이야

백복령에서 삽당령까지/닭목령에서 대관령까지

위치 1일차: 강원도 정선군 임계면-강원도 강릉시 왕산면
　　2일차: 강원도 강릉시 왕산면-강원도 평창군 대관령면

코스 1일차: 백복령(780m)-자병산 삼거리-생계령-석병산(1,055m)-두리봉-삽당령
　　2일차: 닭목령(680m)-고루포기산(1,238m)-능경봉(1,123m)-대관령(840m)

거리 1일차: 18.5km/2일차: 12.95km

시간 1일차: 8시간 30분/2일차: 5시간(선두), 7시간(후미)

날짜 2011년 7월 9~10일(32차 산행)

삶의 꽃은 고통의 빛깔과 절망의 향기로
피었다 지고 다시 필지니,
나는 아직 그 꽃보다
턱없이 어리고 어리석을 뿐이다.

고통은 가치가 있는가?

새벽에 깨어나 108배를 하면 별로 크지도 않은 내 몸과 잘 돌아가지도 않는 내 머리에 얼마나 많은 상념이 들어차 있는가를 확인하게 된다. 그 대부분은 시시풍덩한 잡념이요 구질구질한 망상이지만, 때로는 마음을 모으고 정신을 집중해 기도 비슷한 것을 흉내 낸다. 특정 종교를 가진 건 아니지만 간절함의 힘을 믿는 내 기도의 원칙은 최소한 나 자신의 이득을 위해 무언가를 빌지 않는 것이다. 예수님이나 부처님이나 신령님이나 이 환란의 세상을 돌보기에 드바쁜 분들일 텐데 나까지 구복(求福)의 기도를 바치며 옷자락을 잡고 칭얼거리면 안 될 것 같다. 다만 내가 스스로에게 비는 혹은 다짐하는 한 가지는 "나를 믿게 해 달라!"는 것이다. 내 삶의 의지와 견딜성을 믿고, 상처와 고통에 쓰러지지 않고, 끝까지 온몸으로 온몸을 밀어 나아갈 수 있도록 해달라고.

지난달 내내 쏟아 붓다시피 내린 비와 비가 그치자마자 몰아닥친 폭염 때문에 운동을 거의 하지 못했다. 그런데다 오랫동안 잡고 궁싯거렸던 장편소설을 마무리하느라 몸과 맘이 정신없이 바빴다. 결정적으로는 산행 이틀 전 저녁 약속에서 오랜만에 만난 그리운 사람들에 취해 창졸간에 날밤을 꼴딱 새우고 말았다. 사흘 전 복성이재-중재 구간을 보충 산행한 기영이는 무더위에 11킬로미터를 가는 동안 물을 2리터나 마실 정도였다고 한다. 걱정이다. 이 날씨에 이 컨디션으로 20킬로미터의 거리를 무사히 소화할 수 있을까? 아들 녀석은 이번 구간 내에 헬기장이 9개나 있다고, 여차하면 헬기를 불러 싣고 가면 된다고 농담인지 진담인지 알 수 없는 말을 위로랍시고 건넨다. 탈진할까 봐 걱정이고, 낙오해서 다른 팀원들에게 폐를 끼칠까 봐 걱정이다. 그래도 어쩌겠는가? 산은 그곳에서 나를 기다리고 있고, 나는 그를 넘어야만 한다. 등산화 끈을 단단히 묶고 무릎 보호대를 팽팽히 조이며 기도처럼 주문처럼 중얼거린다.

제발, 나를 믿자!

새벽 4시 15분에 야간 산행을 시작했다. 촛대봉까지는 15~20분 정도면 거뜬하리라 했었는데 어둠 속에서 갈림길을 놓쳐 처음부터 헛돌이를 했다. 30분 만에 촛대봉에 오르니 온몸이 벌써 땀범벅이다. 짙은 새벽안개가 끼어 눅눅하고 몽몽하니 오늘의 산행이 결코 쉽지 않으리라는 예고 같다. 카멜 백의 호스를 열심히 빨고 있는 아이에게 물 조절을 잘하라고 주의를 준다. 여름 산행은 수분과의 전쟁이다. 한낮에 격렬하게 산을 타면 1시간에 약 1킬로그램 정도의 땀을 흘리는 것으로 알려져 있다. 수분 보충 없이 땀을 흘리다 보면 탈수증과 일사병으로 자칫하면 심각한 쇼크 상태에 이를 수 있으니 기온이 높은 한낮에는 시간당 1리터, 습도가 높은 날에는 그 절반 정도를 마시라는 것이 등산 교본의 가르침이다.

2리터 용량의 카멜 백을 가득 채우고 1리터짜리 물병을 얼려 준비했다. 그로도 불안해 배낭 속 아이스백에는 수박을 4분의 1통가량 썰어 넣었다. 물과 수박 무게로 돌덩이 같은 배낭을 걸머진 어깨가 빠질 듯이 아프다. 그래도 시루봉을 넘어 배재와 싸리재를 지나 묘적령에 이르기까지 5시간 반 정도는 어지간히 버틸 만했다. 묘적봉 역시 짧은 깔딱고개를 넘어 무사히 진입했다. 날씨는 그럭저럭 괜찮은 편이었다. 날이 밝아서도 안개가 걷히지 않아 풍광은 포기해야 했지만 마루금으로 내리꽂히는 햇살은 피할 수 있었다. 기상청 산악 날씨 예보는 12시에서 3시 사이에 비가 내리리라 했지만 잠깐씩 빗방울이 흩날릴 뿐, 지난해 올해 통틀어 처음으로 비를 맞지 않고 여름 산행을 할 수 있었다.

간만에 날씨의 도움을 받았다며 우리는 아무 생각 없이 낄낄거렸다. 묘적봉까지 도상 거리로 4분의 3을 온 셈이니 앞으로 4분의 1만 더 가면 된다며 앞으로 펼쳐질 일들은 까마득히 모른 채 희희낙락했다. 이제 백두대간 완주까지 남은 산행은 6회, 지금껏 30여 차의 산전수전을 겪은 바로 이 정도면 견딜 만하다고 생각했다.

하지만 아무리 경험과 노하우가 쌓여도 대개의 인간은 프로메테우스가 아니라 에피메테우스일 수밖에 없다. 매일 새로 돋아나는 심장을 독수리에게 파 먹히는 형벌을 감수하면서까지 인간에게 불을 선사한 프로메테우스의 이름이 '먼저 생각하는 자'라는 뜻을 가지고 있다면, 그의 동생인 에피메테우스는 '나중에 깨닫는 자'라는 뜻이다. 신화 속의 에피메테우스는 인간에게 나눠주어야 할 재주를 계획성 없이 짐승들에게 모두 나눠주는가 하면 판도라의 미모에 혹해 형의 충고를 무시하고 그녀와 결혼한다. 그리고 현실 속의 에피메테우스들은 아직 가보지 못한 산을 앞에 두고 지난 산만을 생각하며 낄낄거린다. 그러다가…… 나중에야 피눈물을 흘리며 깨닫는다.

가보지 않은 산과 겪어보지 못한 삶은 절대 함부로 이야기하면 안 된다!

미리 귀동냥하기로 꽤나 험하고 가파르다고 했지만 이 정도일 줄은 몰랐다. 멀쩡했던 육산이 정상부에서 갑자기 골산이 되어 우뚝 막아서는 바람에 운행한 지 7시간이 넘어 얼마간 지쳐 있던 우리는 당황하지 않을 수가 없었다. 그나마 위험한 바위 구간에는 소백산 국립공원 측에서 계단을 설치해 두었지만 그 경사라는 것이 지금까지 내가 본 계단이란 이름의 층층다리 중에 가장 급하고 심하다. 한 층에 발을 디디고 서니 다음 층이 가슴께에 와서 닿는다. 때마침 안개가 걷혀 따가운 햇살이 정수리를 짓쪼기 시작하면서 등줄기를 타고 땀이 줄줄 흐른다. 내가 토해 낸 뜨겁고 거친 숨결에 의식까지 혼미하게 흔들린다. 그렇지만 한시도 긴장을 풀 수가 없다. 이토록 험난한 구간에서 내가 믿을 것은 오직 나, 내 팔다리의 힘과 정신력뿐이다.

도솔천은 불교에서 말하는 마음〔有情〕을 가진 중생이 사는 세계(欲界)의 넷째 하늘로, 내원에는 미륵보살이 지상에 내려갈 때를 기다리며 머무르는 정토가 있고 외원에서는 천계의 중생들이 즐거움을 마음껏 누린다고 한다. 배불리 먹고 실컷 자고 원하는 만큼 사랑하는 도솔천으로 가는 길은 이토록 고생스러워야 마땅한가? 사지를 모두 동원해 기어올라보니 내려가는 길 역시 군데군데 밧줄이 드리운 바위 구간이다. 이처럼 거친 오르내리막이 끊임없이 반복해 이어진다. 묘적봉에서 도솔봉에 이르는 길부터 삼형제봉을 지나 흰봉산 갈림길까지의 3킬로미터 구간을 두고 아들아이는 "지옥이 있다면 여기가 아닐까?"라고 하였다. 에고, 도솔천아! 하늘의 낙원이 땅에서는 지옥이라니, 죄송스럽고도 아이러니하다.

내 컨디션은 떠나기 전에 걱정했던 것보다 나쁘지 않다. 밖에서 운동을 할 수 없으니 집 안에서 맨손체조라도 열심히 했던 게 효과가 있나 보다. 그런데 후미 쪽에서 들려오는 소식이 심상치 않다. 초반에 축축한 흙길에서 여러 번 미끄러진 지혜 엄마는 발목을 접질려 고생 중이고, 지난주 해외 출장을 다녀온 태관 아빠는 땀을 뻘뻘 흘리며 힘겨워한다 하고, 지난번 산행에서 선두 대장까지 했던 날쌘돌이 솔희 엄마까지 무릎관절을 다쳐 발밤발밤하고 있다고 한다. 안타까운 마음에 자꾸 뒤를 돌아보지만 후미와의 간극이 너무 크게 벌어져 기다릴 수도 없다. 하기는 내 코가 석 자, 산행이 10시간을 넘어가면서 내 몸은 내 몸이 아니다. 열이 오른 발가락과 발바닥은 따가운 비명을 지르고, 바위를 짚느라 간힘을 쓴 팔은 께느른하고, 확확한 지열에 숨이 막히며 정신까지 몽롱하다. 고통스럽다. 왜, 무엇을 위해 이렇게 아득바득 산을 타야 하나, 그만 손을 들고 항복하고 싶은 마음이 들기도 한다. 하지만…….

중 3 아이들의 철학 과목 1학기 기말고사 서술형 문제는 "고통은 가치가 있는가?"였다. 미리 예상 문제를 알려주고 치른지라 시험공부 겸 아이들의 생각을 알아보고 싶어 지난번 산행이 끝난 후 노닥거리는 아이들을 불러 모아 소크라테스의 문답법으로 이야기를 나눴다.

"저는 고통보다는 즐거움을 택하겠어요. 고통은 어쨌거나 고통일 뿐이니까요."

쾌락주의자 인걸이가 내놓은 의견에 슬며시 태클을 걸어본다.

"하지만 세상엔 고통 받는 사람들이 있고, 내가 고통을 겪어보지 못하면 남의 고통을 이해하기 힘들지. 그래서 '아픈 만큼 성숙해진다'는 말도 있잖아. 그건 어떻게 생각해?"

일단 인걸이의 고개를 갸웃거리게 해놓고 다음으로 윤진이의 의견을 물었다.

"저는 고통이 가치가 있다고 생각해요. 고통은 사람을 더 강하고 지혜롭게 해주니까요."

"그런데 고통으로 더 강하고 지혜로워지는 사람이 있는가 하면 고통에 꺾여 망가지는 사람도 분명히 있거든. 고통과 시련을 겪으며 강한 사람은 더 강해지지만 대부분의 약한 사람들은 파괴되기 마련이지. 그건 어떻게 생각해?"

이 아줌마가 뭘 어쩌자는 거야? 혼란스러운 표정을 짓는 중 3 아이들을 바라보며 바로 그 혼란 속의 고민이 그들을 성장시킬 거라고 생각한다. 나 또한 스스로에게 다시 물어본다. 고통은 정말 가치가 있는가? 아무리 등산이 '위험을 이상화한 스포츠'라지만, 우리가 이마만큼 위험과 고통을 감수하며 산을 타는 의미는 어디에 있는가?

12시간의 긴 산행을 끝내고 나니 온몸이 만신창이다. 어느 바위를 기어오르며 삐끗했는지 오른쪽 허리께가 시큰거리고 주인을 잘못 만나 시달리는 발은 벌겋게 퉁퉁 부어올랐다. 쉬는 동안 산모기의 습격을 받아 등판에는 따갑고 가려운 북두칠성이 돋았다. 하지만 죽령 휴게소에서 시원한 소백산 막걸리 한 잔을 받아들고 후미를 기다리노라니, 그래도 좋다. 여전히 행복하다. 이렇게 힘든 산행을 무사히 마쳤다는 사실 하나만으로 감사하다. 나 자신이 자랑스러워 가슴이 뿌듯하다.

기실 나는 좀처럼 스스로에게 만족하지 못하는 자기학대형 완벽주의자에 가깝다. 한때는 "자신에게 엄격하고 타인에게 관대하자"는 신조를 되뇌며 살았다. 그런데 그것은 어쩌면 가당찮게 나 자신의 능력을 너무 높게 산정하고 있어서일지도 모른다. 아무리 애를 써서 공부나 일이나 무언가를 하고도 더 잘할 수 있는데 못했다고 스스로를 타박하기 일쑤다. 열심히 노력해 일정 부분의 성과를 거두고도 한 번도 최선을 다했다는 만족스런 충일감을 느끼지 못했다. 문득문득 자기 연민이 올칵 치밀 정도로 나 자신에게 가혹했다.

그런데 산에서는 다르다. 나는 정말 최선을 다했다. 내가 쓸 수 있는 에너지의 마지막 한 방울까지 모두 써서 험산을 넘었다. 더 이상 잘할 방법도 없다. 무사히 그리고 즐겁게 목적지에 닿았으면 그만이다. 그 단순하고도 명쾌한 사실이 얼마나 큰 위로이자 자부심을 주는지, 내게 그토록 큰 선물을 준 산은 모를 것이다.

끝끝내 나를 잡고 놓아주지 않을 듯했던 완성되지 않는 절망이 한순간 툭 끊긴다. 온몸에서 열꽃처럼 돋아 오르는 고통에 짐짓 황홀감마저 느껴진다. 나는 오랫동안 절망했다고 믿었으나 실로 그것은 꽃이 피었다 지는 찰나에 불과했다. 삶의 꽃은 고통의 빛깔과 절망의 향기로 피었다 지고 다시 필지니, 나는 아직 그 꽃보다 턱없이 어리고 어리석을 뿐이다.

고통에게 2

—나희덕

절망의 꽃잎 돋을 때마다

엽구리에서

겨드랑이에서

무릎에서

어디서 눈이 하나씩 열리는가

돋아나는 잎들

숨가쁘게 완성되는 꽃

그러나 완성되는 절망이란 없다

그만 지고 싶다는 생각

늙고 싶다는 생각

삶이 내 손을 그만 놓아주었으면 좋겠다는 생각

……그러나 꽃보다도 적게 산 나여.

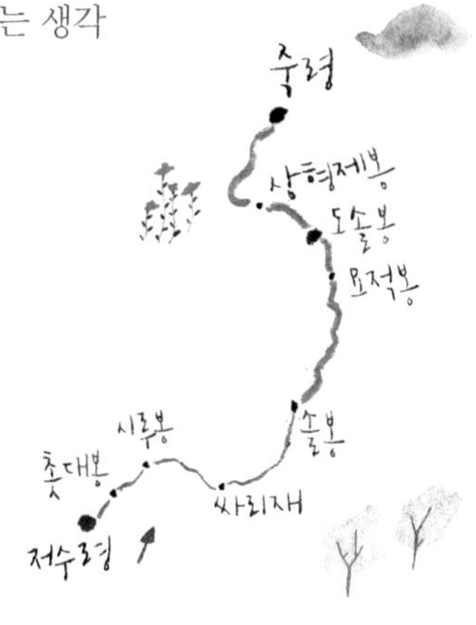

저수령에서 죽령까지

- 위치 충청북도 단양군 대강면-경상북도 영주시 풍기읍
- 코스 저수령(850m)-촛대봉(1,081m)-시루봉-싸리재-솔봉(1,103m)-묘적봉(1,148m)-도솔봉(1,315m)-삼형제봉-죽령(696m)
- 거리 20.18km
- 시간 12시간
- 날짜 2011년 7월 23일(33차 산행)

산이 아프면 그에 기대어 사는 사람도 삶도 아프다.
그리고 언제까지고 어리석은 짐승인 사람은
많이 아픈 후에야 지난날의 축복을 추억하며 깨닫는다.

자존은 소유되지 않는다

그동안 사람 세상에선 무서운 일이 있었다. 산이 무너진 것이다. 그것도 번화한 도시, 부자들이 모여 산다는 동네에서. 삶은 불공평할지라도 죽음은 만인에게 평등하다. 부자나 가난뱅이나 목숨은 단 한 개뿐인지라, 살아 있을 때는 100을 가지거나 1을 가졌던 사람들이 죽음으로 다 같이 0이 되었다. 모두가 아깝고, 모두가 덧없다.

우면산이 무너지던 날, 나는 때마침 지방에 강연이 있어 서울역에 가는 길이었다. 광역 버스가 도심에 들어가기 위해서는 서초구 일대를 통과해야 하는데 얼마나 길이 막히던지 평소에 30분이면 가는 거리를 2시간 동안 꼼짝달싹하지 못했다. 큰비에 도로가 잠겼는지 앞에서 사고가 났는지 알 수 없어 발만 동동 구르고 있을 때, 집에 있던 동생이 전해 온 산사태 소식을 듣고 가슴이 철렁했다. 올 것이 왔다! 터널을 뚫고 공원을 만든답시고 함부로 들쑤신 산이 그동안의 고요하고 다정한 모습에서 한순간 무섭게 돌변한 것이다.

우면산이라면 예전에 아이가 공동육아 어린이집을 다니며 나들이 삼아 오르내리던 산이다. 높이가 3백 미터도 안 되는, 누워 잠든 소(牛眠)라는 이름이 붙을 만큼 평탄한 산이 어쩌다 그처럼 다락같이 화가 났을까? 버스에 갇힌 채 창밖을 내다보노라니 폭우로 침수한 자동차에서 내린 사람들이 마치 영화 속의 엑소더스(exodus)처럼 도로변을 한 줄로 따라 터덜터덜 걷고 있었다. 아무리 과학 문명을 자랑하고 물질문화를 뽐내어도 자연의 분노 앞에 인간은 한낱 두 발로 걷는 허약한 짐승일 뿐이다. 물론 난리의 원인이 된 것은 국지성 호우로 인한 물 폭탄이었지만 천재(天災)를 강화시킨 건 어디까지나 인재(人災)다. 자연 앞에서는 오직 겸손하고 또 겸손해야 함을, 귀한 소를 잃고서야 비로소 허술한 외양간을 고치기 위해 황망한 사람들을 보며 다시금 깨닫는다.

결국 표를 예매해 두었던 기차는 놓치고 말았다. 표를 3번이나 환불하고 다시 끊는 소동을 벌였지만 예정된 강의 시간에 30분쯤 늦었다. 나로서는 난생처음 저지른 실수다. 하지만 천하의 완벽주의자도 천재지변에는 어쩔 수 없다. 하늘을 탓하니 미안함은 덜했지만 허술한 사람살이의 한구석을 들킨 듯해 못내 부끄럽고 겸연쩍었다.

더위가 아니면 비. 여름 산행은 언제나 알 수 없는 변수로 가득 차 있다. 지난주 간헐적으로 내린 비가 그치고 시작된 폭염에 대비해 물과 얼음을 챙기고, 미국 괌 서부에서 발생한 9호 태풍 무이파가 일본 오키나와를 거쳐 북상하고 있다는 일기예보에 조마조마 맘을 졸이며 비옷을 준비했다. 아침 점심 2끼 도시락까지 합쳐 배낭을 가득 채운 짐의 무게가 만만찮지만 이제 백두대간 종주까지 'D-5'에 다다른 팀원들의 얼굴은 담담하고 짐짓 여유롭기까지 하다. 태풍도 더위도 우리의 발걸음을 막을 수 없다. 그것이 우리가 30여 차의 산행을 거치며 대단히 강인하고 노련한 산꾼이 되었다는 의미……였으면 좋겠지만 그보다는 더 크고 중요한 이치를 깨달았기 때문이다.

산에서는 불평불만을 터뜨려도 소용없다. 오르막이 힘들고 내리막이 미끄럽다고 투덜대봤자 제 입만 아프다. 비가 온다고 욕을 해도 비가 그치지 않는다. 덥다고 짜증을 부려도 갑자기 시원해지는 게 아니다. 우리가 할 수 있는 한계란 엄연히 정해져 있다. 그 한계까지만이라도 최선을 다할 수 있다면, 이후의 결과는 견뎌야 할뿐더러 견딜 만하다. 단, 이 모두는 우리가 스스로 결정해 스스로 실행하기에 가능한 일이다. 오직 자신의 의지에 의지해 산을 타고 삶을 넘는다. 자율성을 뺏긴 채 억지로 하는 일이라면 산도 삶도 다만 지루하고 힘겨운 고행에 다름 아닐 것이다.

오늘 산행할 화방재-피재 구간은 매우 다이내믹한 곳이다. 강원 동부의 최고봉인 함백산은 북쪽으로 두타산과 청옥산, 남쪽으로 태백산과 구봉산을 거쳐 소백산까지 산줄기를 뻗힌 장쾌한 산이다. 제대로 고산준령의 쾌미를 맛보리라는 기대를 안은 채 지난겨울 폭설에 막혀 되돌아왔고, 지난봄 태백산에 오르는 길머리가 되었던 화방재를 한여름에 다시 찾았다. 민가 사이에 숨은 진입로를 어렵사리 찾아 어둠 속에 땀을 뻘뻘 흘리며 수리봉까지 기어오르니 1시간 만에 다다른 곳이 해발 1,214미터! 강원도는 애초에 해발 고도가 높아 1천미터 이상의 고지가 놀랍지 않다. 아침밥을 먹기로 한 해발 1,330미터의 만항재는 국내 도로 중 자동차 통행이 가능한 최고 높이의 414번 지방도로가 통과하는 곳인지라 때마침 열리는 '함백산 야생화 축제'의 한마당이 되어 있었다. 만항재-함백산-금대봉으로 이어지는 코스는 '천상의 화원' 혹은 '산상의 화원'이라는 별칭이 붙을 만큼 대표적인 야생화 군락지다. 하지만 아무리 여름 휴가철의 축제라도 새벽 6시 반부터 들꽃을 찾아 기웃거리는 관광객은 없으니 양껏 한껏 욕심을 부려본다. 이 꽃들은…… 다 우리 거다!

수줍은 듯 고고한 분홍빛 둥근 이질풀, 보랏빛 종 모양의 도라지모시대, 꽃잎이 물레를 닮은 물레나물, 향기로운 노란 솔나물, 누구의 꼬리를 닮았을까 궁금한 긴산꼬리풀, 가만히 흔들면 딸랑딸랑 소리가 날 듯 귀여운 층층잔대, 해를 따라 꽃잎의 방향이 바뀌며 비비 트는 꽃이라 하여 이름 붙여진 일월 비비추, 참취 꽃, 노루오줌, 파란여로, 말나리, 폭설에 길이 막혀 암자로 돌아오지 못한 노스님을 기다리다 얼어 죽은 동자의 무덤가에 피어났다는 슬픈 전설을 간직한 빨간 동자꽃까지…… 지천에 꽃이다. 사방이 꽃 천지다!

작가라는 직업 때문에 감성이 풍부하고 약간은 몽상적일 거라고 남들에게 (고맙게도) 오해받곤 하지만, 사실 나는 지극히 이성적이고 실용적인 (다른 말로 무미건조한) 사람이다. 그리고 실제로 시와 달리 소설은 감성과 영감보다는 이성과 치밀한 구성의 싸움이다. 오죽하면 반 농담 반 진담으로 소설을 쓰기 위해 가장 중요한 공부가 수학이며, '침대는 과학'도 아니고 "소설은 과학!"이라고 말하겠는가?

이러구러 너스레를 떨어봤자 감성적이고 로맨틱한 소설가들의 존재 앞에 구차한 변명밖에 되지 않을 걸 알지만, 어쨌거나 나는 지금껏 꽃을 선물로 받아 진심으로 기뻤던 적이 ('한 번도'라고 말하면 아무도 더 이상 내게 꽃을 주지 않을까 봐 조금은 내숭을 섞어서) '거의' 없다. 아무리 화려한 꽃다발과 꽃바구니와 화환도 그저 잠시의 휘황한 장식처럼만 느껴졌기 때문이다. 어쩌면 나는 활짝 핀 꽃을 보면서도 그것이 시들어 떨어질 일을 걱정했나 보다. 그것을 건네주는 뜨거운 마음을 달가이 받기보다는 언젠가 그 마음이 식어버릴 일이 두려워 머뭇거렸나 보다. 그래서 화려할수록 성대할수록 만발할수록, 그로부터 주춤주춤 뒷걸음질했는지도 모른다.

하지만 새벽 박명 속에 도시락의 식어빠진 밥알을 간신히 씹어 삼키고 있는 내 꼴을 곁에서 가만히 지켜보고 있는 이 들꽃들은 좀 다르다. 그들은 오로지, 오롯이 제 힘으로 산중에 단단히 뿌리내리고 있다. 깊고 높은 산속에서 검질긴 생명의 본능으로 꽃을 피운다. 그들은 관상용으로 재배되거나 선물용으로 판매되거나 장식용으로 전시되지 않는다. 그저 "나는 꽃이다!"를 온몸으로 외치며 꿋꿋이 저희의 한 생을 견딘다. 누가 보아주든 말든 이름을 알든 말든 아랑곳없는 고고한 자존! 재배되어 구경거리로 팔고 팔리는 꽃들보다 화려한 빛깔과 향기와 모양새는 덜할지언정 보배롭기에 손색이 없다.

다 우리 거라고 호기롭게 외쳤지만 그들을 가지겠다는 욕심은 눈곱자기만큼도 없다. 자존은 소유되지 않는다. 다만 잠시 스쳐가는 인연으로 그 눈부신 발화에 황홀해하는 것뿐이다. 꽃은 꽃, 나는 나이기에 우리는 이렇게 평등한 채로 평화로울 수 있다.

야생화와 눈맞춤을 하며 허위허위 걷다 보니 어느새 함백산 정상이다. 흐렸다 맑았다 변덕을 부리던 날씨가 한순간 화창하게 개어 사방에서 봉우리들이 우뚝우뚝 육박해 든다.

"아, 좋다!"

멋지다, 아름답다, 통쾌하다…… 그 모든 감상을 모아 짧은 한마디로 토해 낸다. 태백산보다 규모는 작지만 고도는 6미터가 높은 함백산에서 양팔을 활짝 벌려 품 안에 바람을 가득 안는다. 산 밑의 분주한 일들로 무거웠던 머리가 푸르게 헹구어져 가벼워진다. 넋을 놓고 첩첩한 산줄기를 바라보던 아이들은 새삼스럽게 우리나라에는 오지게도 산이 많다고 감탄한다. 방학이 되면서 하루에 1시간씩 백두대간

지도를 붙들고 분석하는 아들아이는 부탄이란 나라는 국토의 60퍼센트 이상이 항상 산림으로 유지돼야 하는 법까지 있는데 우리나라는 아무것도 아니라고 아는 체를 한다. 학교에서 생태 과목을 배우고 환경 주간을 지정해 행사를 벌이고 해마다 '지구를 위한 1시간(Earth Hour)'을 실천하는 아이들은 정말로 자연스럽게 자연에 대해 관심이 많다. 교실 벽에 써 붙여놓은 저희들끼리의 약속에서 "5월이 지나기 전까지는 아무리 더워도 에어컨을 틀지 말자!"는 항목을 보고 얼마나 신통하고 대견스러웠던지!

하지만 함백산 정상에서 주위를 둘레둘레 살펴보노라니 마냥 좋아할 수 없는 풍경들이 눈에 띈다. 산 정상에는 각종 중계 시설이 빽빽하게 들어서 있고, 산허리에는 탄광을 개발한 흔적과 검은 덩어리들과 엉킨 토사가 금세 흘러내릴 것만 같이 뒤덮여 있다. 동쪽의 한쪽 능선은 아예 뚝 끊어내어 트랙과 합숙소를 갖춘 '국가대표선수촌'을 지어놓았다. 뿐만 아니라 정상 근처까지 연결된 차도와 주차장, 주변 산 곳곳에 보이는 스키 슬로프와 리조트…… 함백은 처참하다. 아름다운 만큼 아프고 슬프다.

금대봉보다 높은 은대봉을 지나, 조선 건국 무렵 고려의 마지막 신하들이 숨어들어 두문불출 여생을 보냈다는 두문동재를 지나, 한강과 낙동강의 수계(水界)이면서 적멸보궁 정암사를 세운 자장율사의 전설이 서린 금대봉을 지나…… 고랭지 배추 언덕과 돈키호테의 괴물 같은 풍차를 향해 허위허위 기어오른다. 곳곳에서 반바지에 샌들 차림인 관광객들과 마주칠 만큼 길은 평탄하지만 사람이라는 모진 동물의 손과 발이 닿은 곳마다 훼손과 파괴의 흔적은 역력하다. 사람이 편리하게 오가기 위해 함부로 뚫은 길 때문에 산이 사람과 짐승에게 허락했던 길이 엉성드뭇하게 끊어져버렸다. 갈림길이 나올 때마다 무전기를 가진 사람을 만날 때까지 망설이며 서성인다.

'자연보호'란 애초에 어불성설이다. 한낱 인간이라는 짐승 주제에 감히 자연을 보호하겠다는 건 오만하고 건방진 일이다. 다만 자연은 있는 그대로 놓아두면 족하다. 산이 아프면 그에 기대어 사는 사람도 삶도 아프다. 그리고 언제까지고 어리석은 짐승인 사람은 많이 아픈 후에야 지난날의 축복을 추억하며 깨닫는다. 만물의 영장이니 어쩌니 잘난 척하며 살아오는 동안 소유했다고 믿었던 것들이야말로, 하늘과 바다와 산에 신세 지고 태양과 흙과 바람과 달에서 잠시 빌어왔던 것이었다는 사실을. 자연은 이 어린 무리의 경박한 농탕을 다만 '어엿비' 봐주고 있었을 뿐이라는 것을.

몸이 많이 아픈 밤

—함민복

하늘에 신세 많이 지고 살았습니다

푸른 바다는 상한 눈동자 쾌히 담가주었습니다

산이 늘 정신을 기대어주었습니다

태양은 낙타가 되어 몸을 옮겨주었습니다

흙은 갖은 음식을 차려주었습니다

바람은 귓속 산에 나무를 심어주었습니다

달은 늘 가슴에 어미 피를 순환시켜주었습니다

화방재에서 피재까지

위치 강원도 태백시 혈동-강원도 태백시 적각동

코스 화방재(950m)-수리봉(1,214m)-만항재(1,330m)-함백산(1,573m)-은대봉(1,442m)-두문동재(1,268m)-금대봉(1,418m)-쑤아발령-비단봉(1,281m)-고랭지 채소밭-매봉산(천의봉, 1,303m)-피재(920m)

거리 21.6km

시간 10시간 30분

날짜 2011년 8월 6일(34차 산행)

어디서 불어왔는지 알 수 없는 바람에 운명이 꿰뚫린다.

그리움으로 빛나는,

지극한 그리움으로 지루한 기다림을 견디는

아름다운 한 꽃송이.

길섶에서 보물을 찾다

“길벗여행사 버스를 보고 행복해하고, 남자애들보다 먼저 옷을 갈아입었다고 즐거워하고, 산 정상에서밖에 느낄 수 없는 경치와 바람을 이제 딱 5번만 산행을 하면 못 느낀다. 왠지 이렇게 생각을 하니까 조금은 아쉬운 생각이 든다.”

지난번 함백산에 다녀온 아이들의 산행기를 읽다가 중 2 지혜의 글에서 눈길이 멈추었다. 글의 행간에서 묻어나는 안타까움과 서운함이 마음을 찡하게 울린다. 지혜는 지난 산행 며칠 전에 갑작스런 열병으로 응급실에 실려 가 이틀 동안 입원까지 했는데, 병원 침대에 누워서도 산에 가지 못할까 봐 발을 동동 구르며 걱정했단다. 작년에 처음 산행을 시작했을 때 새벽마다 산멀미에 시달리며 눈물이 그렁그렁했던 계집아이는 어느덧 온데간데없다. 열병마저 거뜬히 이기고 ‘개근 완주’를 목표로 씩씩하게 산을 오르는 지혜는 명실상부 멋지고 당당한 산꾼이다.

나 또한 남은 산행에 대한 아쉬움이 지혜와 같다. 이제 겨우 낯가림에서 벗어나 친해질 만하니 헤어질 날이 얼마 남지 않은 친구를 볼 때처럼 문득문득 마음이 싸해진다. 몸무게는 그대로임에도 (사실은 조금 더 늘기까지 했는데!) 오랜만에 만나는 사람들마다 인사말처럼 말랐다, 날씬해졌다고 하는 걸 보니 슬슬 두부살이 근육질로 탈바꿈해가려는 모양인데, 종주가 끝나 더 이상 산행을 하지 않게 되면 어렵게 만든 근육이 사라질 것도 아깝다. 한마디로 산의 기억을 잃어버릴까 봐 두렵고 속상한 것이다.

그래서 간신히 재미를 붙이기 시작한 산행을 일상화해 보려는 노력의 일환으로 지난 주말에는 광교산에 올랐다. 지극히 정상적인 보통의 경우 제대로 된 산행을 시작하기 전 산책 삼아 슬슬 오르내리는 그 '동네 뒷산'이다. 그런데 나의 경우 그에 얼씬하기조차 꺼렸던 '오르막 울렁증 평지형 인간'이었으니 엎어지면 코 닿을 거리에 있는 광교산도 이번에 처음 오른 것이다. 순서가 뒤바뀌어도 어지간히 뒤바뀐 게 아니다. 초보 중에서도 울트라 왕초보가 백두대간 종주를 하겠다고 나서고, 백두대간 완주를 코앞에 둔 시점에 이르러서야 처음 동네 뒷산을 오르고 있으니!

오후에 소나기 예보가 있어 망설였지만 웬일로 막바지 방학을 즐기며 늦잠을 자던 아들까지 떨쳐나서고 지금껏 우리 산행을 뒷바라지하던 동생까지 합세하는 바람에 졸지에 가족 산행을 하게 되었다. 해발 582미터의 야트막한 육산인 데다 정상인 시루봉까지 겨우 7킬로미터니 왕복 4시간 정도면 거뜬하리라 하였다. 예상대로 '대간꾼'인

나와 아이는 "완전 껌이다!"를 외치며 힘들어 낑낑대는 동생을 내팽개치고 쾌속 질주를 하였는데, 그곳에도 의외의 복병이 있었다. 시루봉에 오르기 직전부터 갑자기 소나기가 쏟아지기 시작해 우비를 준비하지 않은 우리는 졸지에 물에 빠진 생쥐 꼴이 된 것이다. 엎친 데 덮친 격으로 하산을 할 때 지름길로 오려다 길을 잃는 바람에 엉뚱한 헛돌이까지 했다. 백두를 타면서도 하지 않았던 생고생을 동네 뒷산을 오르며 하게 되니 기가 막혀 헛웃음이 나왔다. 역시 쉽고 만만한 산은 어디에도 없다. 나도 모르게 자만심에 사로잡혀 얕잡아 보았던 나지막한 야산에게서 따끔하게 한 수 배웠다.

이번 산행엔 새 얼굴들이 많이 참가했다. 건강이 좋지 않아 의사에게서 '지금까지 살던 방식과 다르게 살기'를 권유받은 호중 엄마가 변화의 결의를 다지며 참가했고, 방학과 휴가를 맞아 주원이네와 영신이네가 가족 단위로 참가했고, 적멸보궁까지 꼭 밟아가고 싶다며 불심 깊은 창선 엄마까지 와서 자연스럽게 후미가 꾸려졌다. 새로운 얼굴들은 새로운 긴장과 활력을 준다. 선두는 여유 있게 휴식을 취하며 기다리다가 조금은 힘겨운 모습의 후미가 도착하면 박수를 치며 격려한다. 엄마들을 제치고 쏜살같이 달려 나갔던 아이들의 얼굴에도 안도의 표정이 깃든다. 산에서는 굳이 말로 미안하다, 고맙다, 사랑한다고 할 필요가 없다. 앞장서 달리다가 잠시 돌아보는 몸짓에, 마주치는 눈길에, 빙그레 웃음에 그 모든 말이 스며 있으니.

기실 오늘의 산행은 반은 대간길이고 반은 연결로이자 오대산 등산로다. 원래 대간은 구룡령까지 이어지지만 두로봉부터 1,210봉까지 출입이 통제되어 그 구간 대신 대간이 아닌 오대산 비로봉을 오르기로 한 것이다. 아이들 중 몇몇은 금지 구간을 다 피해 가면 진짜로 백두대간을 완주한 것이 아니지 않느냐고 투덜대기도 한다. 실제로 산악인들 중에도 그런 주장을 하는 사람들이 있고, 금지 구간에 대한 논란은 여전히 해결되지 않은 껄끄러운 숙제다. 하지만 아이들은 저희끼리의 토론을 통해 금세 상황을 정리한다.

"정말 원칙대로 하자면 지금 우리나라에 백두대간을 완주한 사람은 아무도 없지. 우리가 할 수 있는 건 남쪽의 백두대간 반절뿐이잖아. 통일이 되기 전까진 진정한 완주란 없어!"

"그래도 우린 시월에 종산식에서 완주증을 받을 거잖아. 그럼 그건 뭐야?"

"완주는 분명히 완주지. 우리 백두 육 기의 완주!"

아이들의 토론은 쓸데없는 욕심의 불순물이 섞이지 않기에 짧고 명쾌하다. 백두대간 완주를 통해 우리가 받을 보상이라면 스스로와의 싸움에서 이겼다는 자부심과 긍지뿐일 것이다. 그리고 우리가 밟았던 기나긴 마루금에서 만났던 꽃과 새와 나무와 계절들이 그 아름다운 여정을 증언할 것이다. 그럼에도 백두대간 '마니아'가 되어버린 아들아이는 나중에 기회가 닿고 출입 통제가 풀린다면 반드시 못 간 구간들을 채워 넣고 싶다며 "언젠가, 언젠가……"를 자그맣게 중얼거린다. 완성을 꿈꾸는 것도, 미완성에 만족하는 것도 둘 다 나쁘지 않다. 그러나 가장 중요한 것은 어디까지나 '지금 세상과 한없는 한 몸으로' 선 살아 있는 이 순간이다. 순간의 환희와 충만과 행복, 이 순간의 영원이다.

산에는 벌써 가을 기운이 깃들어 있다. 새벽에 버스에서 내렸을 때는 쌀쌀한 기운에 어깨가 움츠려지기까지 했다. '철이 든다'는 말이 '절기를 안다'는 뜻이라는 해석을 생각하면, 우리는 산에서 하늘의 이치를 온몸으로 느끼며 철이 들고 있는지도 모른다.

진고개에서 두로봉까지 펼쳐진 평탄하고도 고즈넉한 마루금을 거쳐 오대산 국립공원에 접어들었다. 상왕봉을 향해 가파른 오르막을 낑낑대며 올라가는데, 문득 배낭에 매단 휴대폰이 울린다. 내 근황을 아는 주변 사람들은 이제 더 이상 주말에 연락을 하지 않는다. 당연히 산에 갔으리라 여기며 어쩌다 비라도 올라치면 어두운 하늘을 걱정스런 눈으로 이따금 쳐다본다고 한다. 보이지 않는 그 고운 마음들의 응원이 나를 무사히 여기까지 데려다 놓은 것이리라. 그런데 어떤 영문 모르는 이가 이 시간에 내게 전화를 할까?

"혜준 엄마! 지금 어디쯤 오고 있어요?"

뜻밖에도 선두에서 산행을 하던 인걸 아빠의 목소리다.

"지금 상왕봉 올라가는 중인데, 무슨 일이라도 생겼나요?"

혹시 비상 상황이라도 생겼나 싶어 다급하게 되물었다. 그런데…….

"아, 그럼 올라오다가 앉은걸음으로 건너야 하는 커다란 나무 두 그루를 지나서 길을 가로질러 쓰러져 있는 나무 하나를 찾으세요. 그 나무 왼편에 보면 금강초롱이 피어 있어요. 쉽게 보기 어려운 꽃이니 꼭 찾아보시라고요."

이거야말로 보물찾기다! 고마운 전화를 끊고 나서부터 나는 앉은걸음으로 건너야 하는 나무 2그루를 헤아리고 길을 가로질러 쓰러져 있는 나무를 찾는 데 온 정신을 집중했다. 동행이라도 있으면 좋았으

련만 두로봉에서 먼저 올라오는 바람에 모두 헤어졌으니 이 보물은 온전히 내 힘으로 찾아야만 한다. 행여나 놓칠세라 신경을 곤두세우고 이 나무 저 나무 이 풀숲 저 풀숲을 두리번거리며 걷노라니 문득 어린 시절 소풍날의 기억이 되살아난다.

나는 보물찾기에 재주가 없는 아이였다. 다른 친구들의 눈에는 잘도 뵈는 보물(경품의 이름이 적힌 종이쪽지)이 내 눈에만은 기어이 띄지 않았다. 그래도 한 가닥 실낱같은 기대와 희망을 품은 채 열심히 풀숲을 헤치고 나뭇등걸 주위를 뒤졌다. 기껏해야 공책이나 연필, 크레파스 정도가 경품의 전부였지만 그 '보물'들을 영영 찾지 못했을 때의 실망과 상심은 값지고 귀한 무언가를 놓쳤을 때만큼이나 컸다. 하긴 덕분에 내기나 당첨 따위에는 아예 소질이 없다는 것을 일찌감치 깨달아 허투루 요행수를 바라지 않게 되었지만, 이번에만은 나도 '보물'을 찾는 행운을 잡고 싶었다.

한참을 긴장해 걸어도 표점이 되는 나무들이 나타나지 않아 혹 지나쳐버린 건 아닐까 조바심을 치며 지나온 길을 돌아보는 순간, 마침내 내 눈앞에 앉은 채로 걸어 통과해야 하는 나무가 하나 그리고 다시 하나가 나타났다. 가슴이 두근두근, 곧 만나게 될 보물에 대한 기대감으로 빠르게 뛰었다. 달리다시피 산길을 헤쳐가 끝내 길 한가운데 쓰러져 누운 나무를 발견했고, 결국 나는 만났다. 아름다운 보랏빛으로 향기롭게 핀 한 송이 보물, 금강초롱을!

사진을 찍고 살짝 꽃잎을 만져보고 킁킁 향내도 맡아보았다 하지만 갈 길이 아직 먼데도 불구하고 좀처럼 그 보물의 곁을 떠나기가 싫었다. 다른 사람들에게도 보물을 만나는 기쁨을 나눠주고 싶어 나

는 잠시 발걸음을 멈추고 뒤쫓아올 이들을 기다렸다. '한반도 야생화의 진객'이라고 불리는 금강초롱은 중부 및 북부 고산지대 깊은 숲에서 자라는 희귀 보호종이다. 금강산에서 처음 발견된 초롱꽃이라 하여 금강초롱이라 이름 붙여진 그것에는 우애 좋은 오누이의 전설이 깃들어 있다.

옛날 옛적 금강산 기슭에 부모를 잃은 오누이 단둘이 살고 있었다. 재주 있는 석공이었던 오빠는 금강산 바윗돌들을 멋지게 다듬기 위해 집을 떠나며 누이에게 3년 후에 돌아오겠노라고 약속했다. 그런데 세월이 흐르고 흘러 3년이 지나도 누이가 그토록 애타게 기다리던 오빠는 깜깜무소식이었다. 누이는 행여 오빠가 돌아오다가 길을 잃고 벼랑에서 떨어지지는 않았을까 하는 염려에 오빠를 찾아 길을 떠나기에 이르렀다. 하지만 높고 험한 산속에서 길을 잃고 헤매는 사이 어느새 해는 지고 캄캄한 밤이 되어 누이는 어둠 속에 갇힌 채 하염없이 오빠를 부르며 울 수밖에 없었는데……. (하지만 걱정할 필요는 없다. 대부분의 꽃에 얽힌 전설들은 이쯤에서 누이가 죽어 무덤에서 뭔가가 피어오르고 어쩌고 하지만, 우리의 금강초롱에 얽힌 전설은 다행히도 해피엔딩이다!)

그때 신비한 일이 일어났다. 누이의 눈물이 방울방울 떨어진 곳마다 초롱처럼 생긴 고운 꽃이 피어나 빨간 불빛으로 반짝이기 시작한 것이다. 누이가 그 꽃송이를 꺾어들고 홀린 듯 산길을 헤쳐가다 보니, 길 끝에 바위를 조각하다 쓰러져 혼수상태에 빠져 있는 오빠가 있었다. 이때 다시 신비한 일이 거듭 일어나 갑자기 초롱꽃이 흔들리며 향기가 풍겨 나오더니 오빠가 스르르 눈을 떴다. 그리하여 오누이는 초롱꽃이 밝혀주는 길을 따라 무사히 집으로 돌아올 수 있었고, 이때부터 금강산에는 길을 잃거나 지친 사람들을 위해 곳곳에 초롱꽃이 피어났다는 믿거나 말거나 신비에 신비가 꼬리를 무는 아름다운 전설이다.

"와아, 이게 금강초롱이구나!"

뒤따라온 지혜 엄마와 주원 엄마에게 보물을 양도하니 절로 기쁨의 탄성이 터져 나온다. 그리워하며 기다리는 마음만큼 귀한 보물이 어디 있을까. 그 보물은 나누면 나눌수록 더 크고 많아지니 무엇이 그보다 더 값질 수 있을까. 예전의 모습을 찾을 수 없을 만큼 지나치게 화려하게 치장되어 공연히 낯설고 열없는 적멸보궁과 상원사를 지나며 나는 다만 내 마음의 보물에 합장하고 경배했다. 그 보물이 반짝일 때마다 한세상이 피고 진다. 어디서 불어왔는지 알 수 없는 바람에 운명이 꿰뚫린다. 그리움으로 빛나는, 지극한 그리움으로 지루한 기다림을 견디는 아름다운 한 꽃송이.

산행은 아직 끝나지 않았는데 벌써 산과 그곳에서 만나는 것들이 그립다. 어쨌거나 이젠 더 이상 보물찾기에서 빈털터리로 돌아설까 봐 안절부절 마음을 졸이는 일은 없을 것이다.

그리움을 견디는 힘으로

— 유하

붉게 익은 과일이 떨어지듯, 문득
그대 이름을 불러볼 때
단숨에 몰려오는, 생애 첫 가을
햇살의 길을 따라 참새가 날아오고
바람은 한짐 푸른 하늘을
내 눈 속에 부려놓는다
마음 닿는 곳이 반딧불일지라도
그대 단 한 번 눈길 속에
한세상이 피고 지는구나

나 이 순간, 살아 있다
나 지금 세상과 한없는 한몸으로 서 있다

그리움을 견디는 힘으로
먼 곳의 새가 나를 통과한다
바람이 내 운명의 전부를 통과해낸다

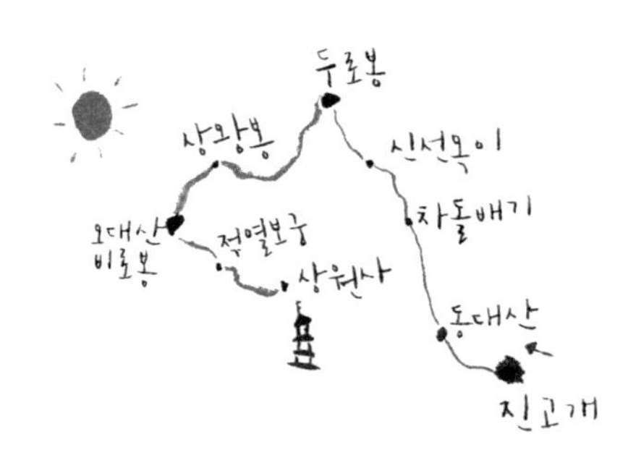

진고개에서 두로봉까지

위치 강원도 평창군 대관령면-강원도 평창군 진부면

코스 진고개-동대산(1,434m)-차돌배기-신선목이-두로봉(1,422m)-상왕봉(1,491m)-오대산 비로봉(1,563m)-적멸보궁-상원사

거리 17.15km (마루금 8.55km+접근거리 8.6km)

시간 10시간

날짜 2011년 8월 21일(35차 산행)

대단히 멋있고 훌륭하진 않지만 반성과 성찰을 할 줄 알기에
그럭저럭 괜찮은 사람인 나와 가만히 눈을 맞춰본다.
나와 나의 소통이, 깊은 눈맞춤이 이루어지는 순간
비로소 세상과도 똑바로 마주 볼 수 있을 것이다.

깊은 눈맞춤이 이루어지는 순간

새 책이 나오거나 이런저런 일 때문에 사진 '찍혀야' 할 때가 있다. 그럴 때마다 나는 재빨리 사진작가가 원하는 대로 포즈를 취한다. 특별한 지시가 없어도 자유자재로 시선을 옮기고 표정도 다양하게 바꾼다.

"사진 많이 찍어보셨나 봐요. 자연스럽게 잘하시는데요?"

직업적으로 외양을 드러내야 하는 연예인도 아닌 처지에 그런 생뚱맞은 칭찬을 듣기도 하지만, 기실 그들은 내 속셈을 까맣게 모른다. 나는 진짜로 사진 '찍히기'가 싫어서 최단 시간 내에 끝내고 싶어 기를 쓰는 것이다. 그렇게 가능한 한 카메라를 정면으로 마주하는 일을 피하기 위해 뒷걸음치는 까닭을 누군가가 물으면 낯선 문명을 접한 원시 부족의 일원처럼 약간은 공포 어린 표정으로 대답한다.

"사진 찍힐 때마다 영혼을 조금씩 빼앗기는 것 같아서요!"

사실 카메라를 두려워하는 것은 하루 이틀의 일이 아니다. 어린 시절부터 나는 카메라 앞에서 생긋생긋 웃는 천진난만하고 귀여운 계집아이가 아니었다. 내가 카메라 앞에서 불안한 시선을 어디에 고정시킬지 몰라 안절부절못한다는 사실을 처음 지적해 준 사람은 직장 일로 바쁜 부모님 대신 나를 서울에서 열린 글짓기 대회 시상식장에 데려다 주었던 막내삼촌이었다. 삼촌은 전국 대회에서 큰 상을 받은 조카가 자랑스러워 성심성의껏 보호자 역할을 다했는데, 막상 시상식장에서 찍은 사진들이 하나같이 시선이 비껴간 옆모습이나 공허한 무표정이라는 사실에 매우 실망하는 듯했다. 삼촌의 꾸지람을 들은 후 집에 돌아와 새삼 사진첩을 펼쳐보니, 정말로 사진 속의 나는 카메라를 똑바로 바라보지 못한 채 고개를 외로 꼬거나 맥없이 허공에 시선을 던지거나 햇살에 쏘인 듯 잔뜩 눈살을 찌푸린 모습이었다.

그리고 얼마 전, 무엇이라도 시시콜콜히 파고들어 연구하기 좋아하는 영국 과학자들의 연구 결과를 전해 듣고 다시 한 번 가슴 한구석이 선득했다. 러스킨 대학 교수이자 심리학자인 피터 힐스 박사 팀의 임상 실험에 의하면, 행복한 사람일수록 상대의 눈을 똑바로 바라보는 반면 행복하지 않은 사람은 눈길을 회피한다는 것이다. 사회적으로 소통하고자 하는 적극적인 의지가 없기에 다른 사람들과 부딪히는 가운데 생겨날 근심 걱정을 피하고자 눈길을 외면하지만, 그것이 불행한 기분 자체를 해소하는 데는 도움이 되지 않기에 그럴수록 고립감은 더욱더 커진다고.

그렇다면 나는 카메라를 두려워한다기보다 사람을, 타인과의 소통을 두려워했나 보다. 때로 간절히 더 이상은 외롭고 싶지 않다고 소망하면서도 자꾸만 내 안으로 파고들어 숨는 모순의 비극. 세상과 똑바로 눈맞춤을 하기 위해, 진정으로 행복해지기 위해, 소통은 여전히 내가 넘어야만 할 산이다.

오늘의 산행 코스는 전체 백두대간 중 매우 짧고 쉬운 구간의 하나로 알려져 있었다. 본래 백두대간 마루금은 조침령에서 단목령을 거쳐 점봉산을 넘어 한계령까지 가는 구간이지만, 점봉산-한계령 구간이 산행 금지 구역이라 조침령에서 단목령까지만 산행하기로 결정한 것이다.

백두대간 완주를 목전에 둔 터에 특별히 '짧고 쉬운' 산행을 기획한 데는 추석 연휴 때문에 불가피하게 일요 산행을 해야 한다는 것 말고도 다른 뜻이 있었다. 우리 백두대간 6기 종주 팀은 지난해 3월 첫 산행을 시작한 이래 1차 75명, 2차 69명, 3차 60명……으로 점점 인원이 줄어들다가 28차 소백산 산행에서 25명을 최저점으로 하여 최근 30여 명을 쉽게 넘기지 못하고 있는 터였다. 대형 버스 2대를 가득 채우고 함께 어둠을 헤쳐가던 사람들은 모두 어디로 갔을까? 일상의 길섶에서, 부상의 골짜기에서, 어쩌면 권태의 오르막과 힘겨움의 내리막에서 슬그머니 손을 놓쳐버린 모양이다. 중도에 포기한 이들에게도 나름의 사연이 있을 테지만 길벗을 조금씩 잃어가는 우리는 단출하면서도 안타까웠다. 그래서 그들을 불러 모아 처음처럼 함께 산을 오를 기회를 한번쯤 갖기로 했던 것이다.

간만에 버스 2대가 동원되었다. 작년에 몇 번 보고 만나지 못했던 반가운 얼굴들이 다시 등장했다. 아이들만 보내고 함께하지 못했던 엄마 아빠들도 용기를 냈다. 총인원 61명! 새가 잠을 자는 고개라는 뜻을 가진 조침령(鳥寢嶺)의 새벽이 사람들의 훈기로 들썩들썩하다.

산을 타는 일에 점차 익숙해지면서 혼자 산길을 걷는 것이 참으로 행복한 일이라고 느꼈다. 마음 맞는 두셋이 오붓하게 앞서거니 뒤서거니 하는 일도 재미나다는 것을 알았다. 하지만 이렇게 여럿이 서로 격려하고 응원하며 함께 산행을 하는 일이야말로 즐겁고 뿌듯한 경험이라는 것을 깨달았다.

반복해 곱씹는 말이지만 산은 누구도 대신 타줄 수 없다. 그와 마찬가지로 삶도 누군가 대신 살아줄 수 없다. 하지만 홀로 외롭게 삶의 강물을 따라 흐르다가 물길 끝 바다에서 섬을 만난다면, 어둠 속을 허위허위 헤쳐가다 밤하늘 한구석에서 별을 만난다면, 그만큼 반가운 일이 어디 있을까? 결코 대신 올라주고 살아줄 수 없는 산과 삶이라도, 어느 모퉁이에선가 나와 마찬가지로 팍팍한 허벅지를 두들기며 가파른 고갯길을 지나고 있을 누군가를 생각하면 갈증 끝에 한 모금의 물을 머금은 듯 마음까지 서늘히 젖어든다. 그러하여 결국엔 혼자 감당할 수밖에 산과 삶에도 동행이 필요하다. 따로 또 같이 이 순간을 견딜 사람들.

오해와 막힘없이 서로 통하기 위한 방편으로서의 말하기를 가르치는 아나운서 유정아의 책 『유정아의 서울대 말하기 강의』에서는 소통의 주체가 되는 자아를 넷으로 구분한다. 첫 번째는 나도 알고 남도 아는 '열린 자아(open self)', 두 번째는 나는 모르고 남은 아는 '눈먼 자아(blind self)', 세 번째는 나는 알지만 드러내지 않아 남은 모르는 '숨겨진 자아(hidden self)', 그리고 마지막은 나도 남도 모르는 무의식 속의 자아인 '미지의 자아(unknown self)'이다.

오랫동안 외톨이였던 나는 사람들을 만나는 일이 힘겨웠다. 쉽게 눈맞춤을 하지 않을(혹은 못할) 정도로 주위에 단단히 벽을 두르고 낯가림을 했다. 나는 오로지 나만이 아는 '숨겨진 자아' 속에 갇힌 채 끊임없이 외롭고 두려웠다. 그래서 반대급부로 더 씩씩한 척 대담한 척 강하고 너그러운 척을 했는지도 모른다. 하지만 이처럼 타인과의 관계에서 자기 마음의 민낯을 보여주지 않으려 심리적 화장(psychological make-up)을 하는 것은 진정한 소통에 도움이 되지 않는다. 소통의 가장 기초적인 덕목은 뭐니 뭐니 해도 있는 그대로의 나를 자연스럽게 펼쳐 보이는 솔직함이기 때문이다.

책에서는 말한다. 자신은 드러내지 않으면서 상대의 정보나 지식만을 알아내려는 관계는 일방적이므로 소통을 지속하기 힘들다고.

소통이란 나는 알고 남들은 모르는 '숨겨진 자아'와 나는 모르고 남들은 아는 '눈먼 자아'로부터, 나도 알고 타인도 아는 '열린 자아'로 나아가는 길이라고.

진정한, 건강한, 지속 가능한 소통은 타인이 아니라 자신에서부터 시작된다. 나 자신에게 비굴하거나 오만하지 않고 있는 그대로의 모습을 인정해야 한다. 그렇다고 스스로를 마냥 아끼고 사랑하기……는 솔직히 말해 아직도 어렵고 힘겹다. 부족하고 어리석고 실수투성이인 나를 끊임없이 질책하고 멸시하고 비난했던 이는 다른 누군가가 아니라 바로 나 자신이었으므로. 그래서 나는 산길을 한 걸음 한 걸음 지르밟으며 누구나 부족할 수 있다고, 인간이니까 어리석을 수밖에 없다고, 고의가 아닌 실수는 용서받을 수 있다고 되뇐다. 구름이 내 어깨를 다독인다. 바람이 내 손등을 쓸어준다. 산이 나를 이끌어 품어준다. 대단히 멋있고 훌륭하진 않지만 반성과 성찰을 할 줄 알기에 그럭저럭 괜찮은 사람인 나와 가만히 눈을 맞춰본다. 나와 나의 소통이, 깊은 눈맞춤이 이루어지는 순간 비로소 세상과도 똑바로 마주 볼 수 있을 것이다.

평탄한 길에 오랜만에 온 사람들도 힘들어하지 않고 무난히 산행을 마치려는 순간이었다. 아무튼 백두대간 종주라는 것은 '평탄'이나 '무난'이라는 말과 인연이 없다는 것을 증명이라도 하듯 이처럼 평탄한 길에 무난한 산행에도 어김없이 복병이 나타났다. 단목령의 장승 앞에서 기념사진을 찍고 엄마 셋과 아들 넷이 '모자 팀'을 이뤄 즐겁게 하산을 하는 길에 남쪽 탈출로인 진동리 어귀에서 무언가 심상찮은 기운이 어른거렸다. 그야말로 본능적으로 얼굴을 가리고 돌아서려는 찰나, 번쩍하는 카메라 플래시가 날카롭게 눈을 찔렀다.

"산림청에서 나왔습니다. 여러분은 산림유전자원보호림 입산 통제 구역에 무단으로 출입했습니다!"

젊은 산림청 직원 한 사람과 세 명의 주민으로 이루어진 단속반이 길을 가로막고 우리의 '불법'을 지적했다. 하지만 당황스러운 가운데도 상황 판단이 되지 않아 어리둥절할 수밖에 없었다. 백두대간 상의 출입 통제 구간 중에서도 지리산의 노고단-코재-종석대 구간, 속리산의 문장대-밤티재-늘재 구간, 그리고 이 단목령-점봉산-한계령 구간은 산악인들이 암묵적으로 합의한 '진짜 들어가지 말아야 하는 곳들'이기에 우리는 준법정신을 발휘해 발길을 돌렸는데…… 그들의 말로는 조침령에서 단목령까지는 국립공원이 통과를 허락한 마루금이지만 단목령에서 남쪽의 진동리로 하산하는 길은 산림청이 정한 출입 통제 구역이라는 것이다. 하지만 단목령에는 점봉산 방면으로 더 이상 접근하지 말라는 팻말만 있을 뿐 진동리로 내려가지 말라는 표시는 전혀 없었다. 그때부터 우리는 법을 지키려다 법을 어긴 억울함을 호소하며 알았거나 몰랐거나 법을 어긴 건 분명하니 과태료를 물어야 한다는 단속반과 옥신각신 실랑이를 벌였다.

사람의 마을을 지배하는 불통이 산에도 있었다. 마루금은 국립공원 소속이지만 남쪽 탈출로 숲길은 산림청 소속이고, 진동리 입구에는 출입을 막는 울타리와 팻말이 있지만 산에서 내려오는 사람은 볼 수 없고, 남쪽 진동리 대신 북쪽 오색으로 탈출하라는 안내를 해줄 국립공원의 초소는 '주5일제 근무'로 휴일엔 비어 있고…… 이해할 수 없는 일들과 오해할 수밖에 없는 일들 사이에서 시시비비하는 어리석은 인간들을 오직 허허로운 바람으로 소통하는 산이 말없이 바라보고 있었다.

이 때아닌 날벼락은 슈퍼맨처럼 나타난 대장님의 '게시 의무'에 대한 지적과 이제 백두대간 완주까지 3번 남았다는 읍소로 다행히 해피엔드로 마무리되었다. 어쨌든 모르고 저지른 죄라도 죄인지라, 우리는 '미래 세대를 위한 자원의 보고: 산림유전자원보호구역'이라는 제목의 팸플릿을 정독하며 교육을 받는 걸로 갚음을 하였다. 산에서 받아 온 좋은 에너지를 느닷없는 대거리에 쓴 터라 조금 침울해지긴 했지만, 그래도 함께 고민하며 문제를 헤쳐 나가는 동행들이 있기에 즐거운 마음으로 인제 산골짜기에서 양식한 송어회를 안주 삼아 찬술을 마실 수 있었다.

같은 산을 넘은 사람들과의 눈맞춤은 언제나 즐겁다. 그들은 내가 걸어온 길을 알고 나 역시 그들이 지난 고개를 안다. 내 무릎만큼 그들의 무릎도 아플 것이고 그들의 고단함만큼 나도 고단하다. 공감과 이해, 그리고 연민으로부터 비롯되는 깊디깊은 눈맞춤. 그토록 멀고 어렵게만 느껴지던 '소통'이라는 말이 조금 조금씩 가까워지는 것만 같다.

동행

—장석주

불타는 하늘을 머리에 얹고

흐린 강물이 되어 혼자 가는 길이 저문다면
오, 저물게 닿은 바다의 첫체험으로
바다 가운데 적막한 섬이라도 만난다면.

햇빛 없는 밤 벌판의 들꽃이 되어
풀밭을 떠나 축축한 하늘로 흘러가는 날에
오, 밝은 은하의 한 끝에 닿아
모르스 부호처럼 흩어져 깜박이는 별이라도 만난다면.
어이 하랴
우리는 각자의 우산을 받고 비 오는 고장을 말 없이
지나는 중이다.

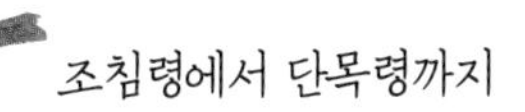

조침령에서 단목령까지

위치 강원도 인제군 기린면
코스 조침령-북암령-단목령-곰배령 주차장
거리 15.5km(마루금 10.4km+접근거리 5.1km)
시간 5시간 30분
날짜 2011년 9월 4일(36차 산행)

무엇을 하든
무언가를 반드시 얻어야 한다는
결과주의와 성취지상주의가 지배하는 세상에서는
어느 누구도 제대로 산을, 삶을 즐기지 못한다.

길의 사랑, 사랑의 길

새벽 4시, 검푸른 밤하늘에 새하얀 눈썹달이 돋을새김된 한계령에 서자 희뿌연 입김과 함께 자동적으로 입에서 노래가 흘러나왔다.

저 산은 내게……

눈에 보이지는 않지만 설악의 묵직한 중량감은 어둠 속에서도 뚜렷하다. 그런데 하덕규의 곡조에 양희은의 목소리로 널리 알려져 있는 〈한계령〉의 노래 가사에서 '저 산'은 그 앞에 선 이에게 '우지 마라', '잊으라', '내려가라'고 한다. 그러면 노래의 화자는 '그러나 한 줄기 바람처럼 살다 가고' 싶다며 강다짐인 듯 저항인 듯 대거리를 한다. 차가운 시내(寒溪), 그 이름부터 서늘하고 쓸쓸한 한계령에서 왜 울어야 하는지, 무엇을 잊어야 하는지, 어찌 내려갈 것인지를 알기 위해서는 일단 '저 산'에 올라 내 마음의 지도를 톺아보아야 한다. 때로 산은 내려올 것을 알면서도 오른다. 어쩌면 내려오기 위해서라도 반드시 올라야 한다. 왜 사는지, 무엇이 삶인지를 알기 위해서는 때로 구차하고 눈물겨울지라도 어떻게든 살아내야 하는 것처럼.

한라산(1,950미터), 지리산(1,915미터)에 이어 남한에서 세 번째로 높은 산(1,708미터)이자 예부터 '신성하고 숭고한 산'으로 알려진 설악산은 연간 방문객수가 330만 명이 넘는 명산이다. 또한 백두대간의 중심부에 자리 잡고 있는 설악 산행은 지리산에서 출발한 남한 구간 종주의 마지막 하이라이트라 할 만하다. 그런데 너도 가고 싶고 나도 가야 할 곳이다 보니 문제는 숙소가 될 대피소에 자리를 잡는 것이다. 설악산에 국립공원 관리공단이 운영하는 대피소는 모두 5개이지만 현재 소청 대피소는 폐쇄되어 실제로 숙박 가능한 대피소는 4개, 그 중에서 대간 종주를 위해 이용할 만한 곳은 120명 수용 규모의 중청과 35명 수용 규모의 희운각 대피소 2개다.

그리하여 또다시 전국의 산악회와 관광객들을 상대로 한 피 튀기는 대피소 예약 경쟁이 시작되었다. 가능한 한 속도가 빠른 PC방이나 사무실에서 사용일 15일 전 오전 10시에 변경되는 예약 화면을 기다리다가…… 빛의 속도로 예약 버튼 클릭! 그러나 얼마 전 유럽원자핵공동연구소에서는 빛보다 빠른 입자인 '뉴트리노(neutrinos)'를 발견했다는 연구 결과를 발표하지 않았던가? 오매불망 설악산에서의 하룻밤을 꿈꾸는 전국의 뉴트리노들이 동시에 몰려드는 통에, 우리 팀은 중청대피소에 겨우겨우 8석을 확보할 수밖에 없었다.

산행 인원 36명에 허락된 잠자리는 고작 8석! 그때부터 소요 시간이 15시간 이상으로 예상되는 설악산 종주를 어찌할 것인가에 대한 고민이 시작되었다. 일단 집행부에서는 대피소 숙박 조와 무박 조를 분리해 신청을 받았다. 당일에 종주를 마치게 되면 편안한 잠자리와 다음 날의 여유로운 시간이 보장된다. 그러나 향기로운 장미에 가시가 있고 화려한 버섯에 독이 있듯 뛰어난 비경을 자랑하는 설악산은 그리 호락호락한 산이 아니다. 특히 희운각 대피소에서 마등령을 잇는 공룡능선은 5킬로미터의 거리에 4~5시간이 소요될 만큼 명성과 동시에 악명이 높은 곳이다. 그럼에도 아이들은 전부 당일치기 무박 산행을 신청했다. 지리산에서 경험한 바대로 대피소에서 씻지도 못하고 칼잠을 자는 일이 불편하기도 하거니와 거기까지 먹을 짐을 이고 지고 올라가는 것도 보통 일이 아니기 때문이다. 어쨌거나 아이들은 이미 다른 구간에서 14시간 이상을 뛰어본 경험을 믿고 무조건 무박 종주에 "콜!"을 외쳤다. 따라서 그들을 돌볼 아빠 대여섯이 자연스럽게 설악동 숙박 조에 포함되었고 나머지 엄마들을 비롯한 몇몇 아빠가 대피소에서 1박을 하게 되었다.

나도 일단 대피소 숙박을 신청했다. 각오를 단단히 하고 결의를 다지고 뛴다면 무박 종주도 불가능하진 않을 테지만 아름다운 설악을 그렇게 번갯불에 콩 구워 먹듯 넘고 싶진 않았다. 그럼에도 새벽 4시의 어둠 속에서 무박 조가 먼저 한계령을 출발할 때, 처음으로 아들아이와 떨어져 산행을 하게 된 나는 안절부절못하고 아이의 주변을 맴돌며 같은 잔소리를 끊임없이 반복했다. 낙석 조심해라, 한눈팔지 마라, 사진은 쉴 때만 찍어라, 밥 잘 챙겨 먹어라…… 근심 걱정이 차고 넘쳐 금방이라도 따라 나설 지경에 아이는 "걱정 마!"라는 한마디를 남기고 뒤도 돌아보지 않은 채 떠나간다. 여전히 아이를 묶은 끈을 놓지 못해 조바심치는 못난 어미에게 '저 산'이 쓸데없는 미련으로 '우지 마라'고, 그를 정말 사랑한다면 그의 자유와 독립을 위해 그가 나이고 내가 그였던 과거 따윈 '잊으라'고 꾸지람한다.

아이들이 떠나고 해가 뜬 뒤, 엄마 5명에 아빠 3명, 그리고 형들을 따라가기엔 아직 힘이 부친 초등학생 주현이가 한계령을 출발했다. 한계령에서 설악으로 들어가는 초입에는 앞으로 펼쳐질 즐거운 고행을 상징하기라도 하는 듯 108개의 계단이 펼쳐져 있다. 오르고, 오르고, 또 오른다. 그리고 마침내 가파른 계단 끝에서 이마에 돋은 땀방울을 닦노라니, 불심 깊은 창선 엄마가 옆에서 바람처럼 가볍고 상쾌한 목소리로 외친다.

"오늘 아침 기도는 이걸로 대신!"

진정한 기도는 때와 장소를 가리지 않는다. 사람이라는 욕망과 집착의 존재로 태어난 죄를 사하는 마음으로 한 발 한 발을 묵묵히 옮긴다. 아직 본격적인 단풍철은 아니지만 설악은 가을을 즐기러 온 등산객들로 북새통이다. 아들아이는 산행기에 "산에서 오히려 속세의 모든 것을 엿볼 수 있다"는 제법 그럴듯한 통찰의 글을 썼다. 그의 말대로 사람들이 너무 많이 몰리다 보니 그 와중에 이기심으로 쓰레기를 몰래 버리고 가는 사람, 새치기를 하는 사람, 비싼 장비와 턱없는 무용담으로 허세를 부리는 사람도 있다. 상혁 엄마와 길섶에서 일행을 기다리며 잠시 쉬는 동안에는 (다분히 낯선 아줌마들을 의식한) 아

저씨들이 50킬로미터에 이르는 지리산을 무박 종주한 경험담이며 누군가 노고단에서 천왕봉을 7시간 만에 주파했다는 이야기를 목청껏 떠드는 소리도 들었다. 보기엔 허술해도 이제 두 번만 더 산행을 하면 백두대간을 완주하는 '대간꾼'인 우리는 그들의 허풍에 그저 말없이 웃었다.

과연 산을 잘 탄다는 게 무얼까? 최소한의 시간에 최대한의 거리를 가는 것? 암벽이며 암릉 같은 위험 구간을 단숨에 척척 오르내리는 것? 앞사람을 휙휙 추월하며 산길을 나는 듯 뛰어가는 것? 그렇다면 삶을 잘 산다는 것도 같은 방식으로 설명할 수 있을까? 남들보다 빨리 성취하고 앞서 성공하는 것? 실수나 실패를 하지 않고 완전무결한 것?

『마음의 작동법』의 저자인 에드워드 데시(Edward L. Deci)는 "장미꽃 향기를 맡고, 퍼즐 조각을 맞추고, 나뭇잎 사이에서 춤추는 햇살을 바라보고, 산 정상에 올라 희열을 느끼는 모든 일들이 완벽하게 가치 있는 경험이 아닌가?" 하고 묻는다. 하지만 '도구적 이성'이라는 덫에 치인 대부분의 현대인들은 현문우답(賢問愚答)을 한다. "활력 있게 사는 것도 좋고, 호기심과 열정을 갖는 것도 좋고, 몰입하는 것도 뭐 다 좋습니다. 그런데…… 그래서 얻는 게 뭐죠?"

무엇을 하든 무언가를 반드시 얻어야 한다는 결과주의와 성취지상주의가 지배하는 세상에서는 어느 누구도 제대로 산을, 삶을 즐기지 못한다. 그러나 빨리 가든 늦게 가든 뛰어가든 기어가든, 우리 모두가 끝끝내 닿을 곳은 다만 아무것도 얻을 것이 없는 그곳뿐이다.

눈부신 가을볕 아래 보랏빛 투구꽃의 사열을 받으며 쉬엄쉬엄 걷다 보니 어느덧 중청대피소에 닿았다. 대피소가 문을 여는 오후 4시까지 대청봉에도 다녀오고 민경 아빠가 허리가 휘어지게 짊어지고 온 돼지불고기에 소주도 한잔했다. 중청대피소의 밤은 지극히 평화롭고 여유로웠지만 마음 한구석은 당일치기로 설악동까지 '달리고 있는' 아이들에 대한 생각으로 묵직할 수밖에 없었다. 해는 뉘엿뉘엿 져가는데 도착하면 연락한다던 아이들은 깜깜무소식이었다. 그러다 지혜 엄마가 선두로 설악동에 도착한 중 2 아이들에게서 1통의 문자를 받았는데…… "공룡능선은 대야산을 3~4개쯤 붙여놓은 것 같다!"는 것이었다.

아, 대야산! 지난해 10월 15차 산행에서 정상에 이르는 50미터의 수직 절벽을 오르다가 그야말로 죽음의 예감과 공포를 생생하게 맛본 마(魔)의 산! 그때부터 나는 다음 날의 산행을 걱정하느라 엎치락 뒤치락 잠을 설쳤다. 아들아이를 비롯한 중 3 아이들은 꼬박 15시간이 걸렸다 하고, 체력이 떨어진 채운 아빠는 무려 17시간 만에 기진맥진한 채 설악동에 닿았다는데…… 대피소 안이 너무 건조해 물티슈를 얼굴에 덮고 누워 누군가의 고단한 코골이 소리를 듣노라니 내 안의 두려움과 불안이 어서 빨리 산에서 '내려가라!'고 아우성치는 것만 같았다. 하지만 어쩌겠는가, 일단 산에 들어오면 도망칠 수가 없다. 오로지 내 발로 내 온몸을 밀어야만 떠나든 벗어나든 할 수가 있다. 그때까지는 이 고립과 한계를 기꺼이 흠뻑 즐기는 수밖에 없다. 그조차 산의 품에 깊이 안긴 이의 운명이자 축복이라 여기며.

그런데 다음 날 각오를 단단히 하고 오른 공룡능선에서 나는 다시 한 번 새롭게 깨달았다. 두려움이란 결국 스스로가 오롯이 지어낸 마음의 감옥임을. 공룡능선은 잠을 설치며 걱정했던 것만큼 위험하지 않았고, 생각했던 것만큼 힘들지 않았고, 각오했던 것만큼 한정 없지도 않았다. 설악은 눈〔雪〕의 산이지만 눈〔目〕의 산이기도 하여, 곳곳에 눈길을 사로잡는 기기묘묘한 바위와 절경에 힘들거나 지루해할 틈이 없었다. 하지만 어제 아이들이 그토록 괴로워했던 이유도 충분히 이해가 갔다. 그들이 공룡능선에 닿은 것은 산행을 시작한 지 8시간이 넘었을 때였으니 기운이 빠진 상태에서 거듭해 불쑥불쑥 나타나는 바위 봉우리가 끝없는 고통으로 느껴졌을 터였다. 아무리 좋은 산이라도 힘에 부치도록 너무 빨리 달리면 그 아름다움을 충분히 즐길 수 없는 것이다.

공룡의 등날(아이들은 스테고사우르스의 등 같다고 한다)처럼 뾰족뾰족한 바위를 몇 구비나 넘어 마등령에 무사히 도착했다. 이때까지는 우리도 쌩쌩하고 팔팔했다. 그런데 마등령에서 비선대까지의 내리막길이 예상치 못했던 또 다른 복병이었다. 3시간을 꼬박 불규칙한 너덜로 내리꽂히다 보니 허벅지에서 무릎을 지나 종아리까지 아프지 않은 데가 없었다(이틀이 지나 산행기를 쓰는 지금까지도 일어나고 앉을 때마다 신음 소리가 절로 난다). 하지만 이 길을 먼저 지난 아이들을 생각하면 기특하고도 안쓰러워 도무지 엄살을 떨 수 없었다. 그런데 집에 돌아와 아들아이에게 그때의 마음을 전하노라니 아이들 역시 그 길을 지나며 엄마들을 걱정했다고 한다. 당장 자기 몸이 고되고 힘든 것보다 앞서 간 누군가와 뒤따라올 누군가를 걱정하며 안타까워하는, 그것이 바로 길의 사랑이다. 우리는 설악에서 바위처럼 크고 단단한 사랑의 길을 걸은 것이다.

한계령을 위한 연가
—문정희

한겨울 못 잊을 사람하고
한계령쯤을 넘다가
뜻밖의 폭설을 만나고 싶다
뉴스는 다투어 수십 년 만의 풍요를 알리고
자동차들은 뒤뚱거리며
제 구멍들을 찾아가느라 법석이지만
한계령의 한계에 못 이긴 척 기꺼이 묶였으면.

오오, 눈부신 고립
사방이 온통 흰 것뿐인 동화의 나라에
발이 아니라 운명이 묶였으면.

이윽고 날이 어두워지면 풍요는
조금씩 공포로 변하고, 현실은
두려움의 색채를 드리우기 시작하지만
헬리콥터가 나타났을 때에도
나는 결코 손을 흔들지는 않으리.
헬리콥터가 눈 속에 갇힌 야생조들과
짐승들을 위해 골고루 먹이를 뿌릴 때에도…….

시퍼렇게 살아 있는 젊은 심장을 향해
까아만 포탄을 뿌려 대던 헬리콥터들이
고라니나 꿩들의 일용할 양식을 위해
자비롭게 골고루 먹이를 뿌릴 때에도
나는 결코 옷자락을 보이지 않으리.

아름다운 한계령에 기꺼이 묶여
난생 처음 짧은 축복에 몸둘 바를 모르리.

한계령에서 마등령까지

위치 강원도 인제군 북면 한계리-강원도 속초시 설악동

코스 한계령(1,004m)-서북능선-중청봉(1,664m)-중청대피소-대청봉(1,708m)-희운각대피소-공룡능선-마등령-비선대-설악동

거리 23km(마루금 15km+접근거리 8km)

시간 15~17시간

날짜 2011년 9월 24~25일(37차 산행)

산은, 삶은 그리 쉽게 익숙해지지 않는다.
다만 우리를 위로하는 것은 여태껏 그러했듯
지금의 괴로운 순간도 곧 지나가리라는 것이다.

남기고 가져갈 것은 추억뿐이다

봄은 낮은 데서 높은 데로 솟구치고, 가을은 높은 데서 낮은 데로 내려온다. 봄꽃이 사람의 마을로부터 산꼭대기로 스멀스멀 손을 뻗친다면, 가을 단풍은 산에서부터 시작해 아랫마을을 시나브로 물들인다. 그러하기에 산은 성큼 다가온 가을의 낙하를 느끼기에 가장 좋은 곳이다. 마루금을 걷는 내내 시야가 누르고 붉다. 맑고 서늘한 소슬바람이 일찌감치 끼어 입은 두툼한 내피 사이를 파고든다. 또 하나의 계절이 이렇게 지나고 있다.

이 또한 지나가리라!
Soon it shall also come to pass!

1~16차 산행기의 제목이 되기도 한 현자 솔로몬의 말에 의지해 불

안과 두려움 속에 시작한 백두대간 종주가 바야흐로 막바지로 치닫고 있다. 진고개와 한계령 사이에 자리한 또 하나의 고개인 구룡령을 넘고 나면, 남측 백두대간 종주에서 갈 수 있고 가야만 할 구간은 마지막 하나만이 남게 된다.

"기분이 어때요?"

한밤중에 버스에 오르며, 꼭두새벽에 버스에서 내리며, 길섶에서 지친 다리를 쉬는 짬짬이 길동무들끼리 서로를 거울 삼아 묻는다. 그러면 돌아오는 대답은 대개 엇비슷하다.

"정말로 이런 날이 오다니! 오고야 말다니!"

믿을 수 없지만 믿을 수밖에 없었던 그 말이, 진짜였다. 세상의 무엇보다 막강한 힘을 지닌 시간에 떠밀려 그 또한 지나갔다. 먼눈으로 보면 까마아득하기만 했던 산이 지척지척 내딛는 한 걸음 한 걸음에 어느덧 발아래 놓였던 신비처럼, 무거운 숙제 같기만 했던 대간 완주가 마침내 코앞에 다가와 있다. 오늘은 마침 세종대왕께서 한글을 창제하신 것을 기념하는 한글날! 아름답고도 신비로운 우리말 중의 하나인 '시원섭섭하다'는 표현이 꼭 지금의 내 마음이다. 한편으로는 답답한 마음이 풀려 흐뭇하고 가뿐하지만 다른 한편으로는 섭섭한 이 야릇하고 알쏭달쏭한 기분…….

그런 아리송한 상태를 대변하듯 오늘의 구간은 별 특색 없는 길고 평탄한 육산이다. 전체적으로 길이 숲에 가려져 있어 능선을 타는 동안 전망을 확보할 수 없다. 짐짓 심심하고 지루해지기 쉬운 구간이다. 나뭇가지마다 달려 휘날리는 리본들을 보니 꽤 많은 사람들이 오가는 길인 듯한데, 군데군데 다리쉼을 할 나무 벤치들은 잘 만들어져

있지만 이정표에 거리 표시가 제대로 되어 있지 않아 여기가 왕승골 삼거리인지 연내골 갈림길인지 황이리 갈림길인지 계속 헷갈린다. 하지만 이제 제법 노련한 대간꾼이 된 우리는 강한 체력과 인내심으로 꿋꿋이 산행을 즐기기만…… 하면 좋겠지만, 여전히 지쳐 힘겨워하고 지겨워 투덜대며 산길을 따라간다. 아무나 도사가 되는 것도 아니고 산은, 삶은 그리 쉽게 익숙해지지 않는다. 다만 우리를 위로하는 것은 여태껏 그러했듯 지금의 괴로운 순간도 곧 지나가리라는 것이다.

씨근덕거리는 숨을 다독인다. 불평이 터져 나오려는 입을 다문다. 언젠가는 이조차 아련한 추억으로 돌이킬 날이 있을 것이다. 그때는 등 뒤로 사라진 모든 시간을 그리워하게 될 것이다. 아둔한 내 눈이 보지 못한 사이에 피고 진 꽃들, 아무리 촘촘한 그물에도 걸리지 않을 자유로운 바람, 산에서 맞았던 모든 계절과 빛깔과 기억을 그리워하게 될 것이다. 그때까지 기어이 침묵하리라.

마지막에서 두 번째라지만 여전히 만만찮은 산행이 끝나고 산채비빔밥을 '흡입'하고 있는 아이들에게 제안을 하나 했다. 다음 주가 시험이라 바쁠 테니 평소 원고지 5매 이상으로 정한 산행기 분량을 자유로 하는 대신, "내게 백두대간이란 무엇무엇이다. 왜냐면……"이라는 주제의 글로 이번 산행 후기를 대체하자는 것이다.

"점 하나만 찍어도 돼요?"

"괜찮아. 점의 의미를 설명할 수 있다면. 내 생각엔 그게 훨씬 어려울 것 같지만 말이야."

"딱 두 문장만 써도 돼요?"

"그럼! 두 문장도 좋고 세 문장도 좋고, 쓰다가 단편소설 한 편을 써도 좋고."

밋밋한 산행에 쓸 거리가 별로 없다고 고민하던 아이들이 옳다구나 "콜!"을 외쳤다. 그러나 옛사람들의 서간에는 종종 '생각이 모자라 글이 길어졌다'며 몸을 낮춰 사죄하는 표현이 등장한다. 꼭 글이 길어야 생각과 마음을 충분히 담을 수 있는 것은 아닐지니, 아이들이 써낸 짧은 글이 제법 진지하고 뭉클하다.

나에게 백두란 내 삶의 터닝 포인트(Turning Point)다. 백두를 하면서 내 삶의 전반적인 것들이 바뀌어가기 시작했기 때문에.

항상 선두그룹에서 달리는지라 산행을 시작할 때와 끝낸 후에나 볼 수 있는 중 2 상필이는 백두대간을 '터닝 포인트'라고 불렀다. 15살짜리의 '삶의 전반적인 것들'이 과연 무엇인지 정확히는 알 수 없지만, 내가 마흔이 넘어서야 겨우 만난 '전환점'을 고작 15살에 알게 되다니, 그 조숙함과 성숙함이 부럽다.

나에게 백두대간은 힘들고 즐거운 추억 상자다.

중 2 지혜는 처음엔 백두대간 종주를 주말을 빼앗아가는 '악당'이라고 생각했다지만, 지금은 백두 덕택에 살이 빠지고 친구들과 친해지고 체력도 좋아졌다고 즐겁게 추억한다.

나에게 백두대간이란 중독이다.

새벽마다 갈까 말까 고민을 하고, 안 가면 집에서 쉬는 내내 '이 시간쯤에는 밥을 먹고 있겠지?' '지금쯤에는 다 내려왔을까?' 하면서 걱정까지 했다는 충연이에게 백두는 어느덧 끊으려야 끊을 수 없는 중독성 강한 존재가 되었다. 그런가 하면 장난꾸러기 찬동이는 간단한 한마디로 백두대간 종주를 명쾌하게 정의 내린다.

백두대간은 나에게 샤워다! 샤워할 땐 추운데 하고 나면 개운한 것처럼, 백두도 할 땐 힘든데 끝나면 너무 좋다.

중 2 솔희에게 백두대간은 '연결고리'라고 했다. 볼 꼴 못 볼 꼴 다 보며 어느새 의지하게 된 친구들과 마주칠 때마다 학생들 예쁘다, 멋있다며 격려해 주는 다른 산악인들과 평생 가볼 일 없을 줄 알았던 깊은 산과 깨끗한 공기와 길벗여행사 버스까지…… 솔희는 그처럼 소중하고 잊지 못할 인연들을 이어준 백두대간이야말로 아름다운 '연결고리'라고 했다.

저간에 짐짓 진부한 말이 되다시피 한 '소외(alienation)'는 일반적으로 자신의 주변이나 노동 및 노동의 산물, 자아로부터 멀어지거나 분리된 듯한 감정 상태를 가리킨다. 사람들 사이에 둘러싸인 채로 외롭고 고독하며, 아무리 열심히 일을 해도 무기력하고 무의미한 느낌에 사로잡히고, 사회의 문화는 물론 자기 스스로에 대해서마저 괴리감을 느끼는 것이다. 19세기와 20세기 초에 많은 사회과학자들에 의

해 제기된 이 개념이 생기를 잃고 폐기되어 가는 것은, 마침내 소외 문제가 해결되어 단란하고 따사로운 사회가 되었기 때문이 아니다. 이제는 더 이상 '소외'라는 말을 들먹거릴 필요가 없을 정도로 사회는 한층 냉혹해지고 인간관계는 분절되고 개개인은 철저히 세상으로부터 따돌림을 당해 멀어진 느낌을 갖고 있다. 우리 모두는 망망대해에 고립된 섬이 되어버린 것이다.

그런데 솔희와 마찬가지로 중 3 채운이는 산에서 무언가 소통과 합일의 기미를 느꼈나 보다. 채운이는 백두대간을 '만나는 곳'이라고 말한다. 직접 찾아가 산을 만나고, 시골 풍경, 시원한 공기, 새벽의 새소리와 꽃들, 비웃는 듯 우는 까마귀와 귀찮은 하루살이, 친구들과 친구들의 부모님들과 선후배들과 버스 기사님까지…… 채운이는 백두대간에서 만난 사람들과 생명들을 분주하게 회상한다. 절경을 만날 때도 있었지만 고통스러운 비바람과 땡볕과 가파른 험산을 만날 때도 있었기에, 채운이는 백두대간을 친한 친구를 만나는 것에 비유한다. 때론 짜증나고 이해가 안 될 때도 있지만 결국 좋아하게 되어버린 친구. 그를 통해 채운이는 끝내 스스로를 만났다고 고백한다. 동행 없이 걸을 때면 말없이 홀로 생각하는 시간이 생겨 좋았지만 그 순간에도 아주 혼자는 아니었다고 믿는다. 왜냐하면 우리는 백두대간과 만나는 중이였으니까.

나에게 백두대간은 끈기를 길러주는 하나의 공동체다.

중 3 용준이는 '공동체'라는 단어를 썼다. 학교에서 배웠는지 모르겠지만 아이들은 어느새 친구 무리를 '공동체'라는 이름으로 부르고 있다. 사전적 의미로는 생활이나 행동 또는 목적 따위를 같이하는 집단을 '공동체'라고는 하지만, 배울수록 어렵고 살수록 더욱 힘든 것이 타인들과 어울려 진정한 의미의 '공동체'를 이루는 일이다. 그런데 아이들은 자연스럽게 자연 속에서 함께 시련을 겪고 고통을 극복하며 세상에서 점점 사라져가는 '공동체'를 배우고 있다.

나에게 백두란 생각의 방이다.

고 2 기영이의 말대로 백두대간은 단순한 산이 아니라 생각을 키우는 방이자 학교였기 때문이리라. 어른들은 마구잡이로 달리고 떠들기만 하는 아이들을 (그야말로 꼰대 같은 시각으로) 걱정하기도 했는데, 그들은 어른들이 보이지 않는 곳에서 스스로 생각하며 성장하고 있었다. 온갖 상상과 망상 속에서 선후배와 소식을 나누고, 풍경을 즐기고, 삶의 교훈을 얻고, 때로 무념무상으로 하염없이 걸으면서…… 우리 아이들은 이렇게 부쩍 자랐다.

나에게 백두대간이란 꿈결이었다.
나에게 백두대간이란 아쉬움이다.

그래서 보이지 않는 사이에 성큼 자란 나무처럼 아이들은 발걸음 아래서 지나간 길과 추억을 아쉬워한다. 중 3 우린이에게 백두대간은 가끔 무섭기도 하고 재미있기도 하고 대부분 힘들지만 깰 때는 정말 아쉬운 그런 꿈결이었기에, 그 여정을 나중에 자신의 아이들과 다시 함께하고 싶다는 맹랑하고 정말 무서운 꿈까지 꾸고 만다.

하지만 인걸이는 종산식 즈음에 다다라 더욱 커지는 아쉬움을 새로운 희망으로 위로한다. 이우학교 백두대간 6기는 공식적으로 끝이지만 아직 못 간 구간도 있고, 북측 구간도 있고, 그보다 더 많은 산들이 있고, 계속 걸어갈 삶이 있다는 것을 되새기며, 그 긴 길을 꿋꿋이 걸어가겠노라고.

중 3 혜준이, 나의 아들아이는 백두대간을 친해질 만하니 헤어져야 하는 '베프(best friend)'라고 부르며 이제야 조금씩 그 속에 담긴 우리 삶이 보이기 시작한 것 같다고, 제법 의젓한 소감을 털어놓는다.

고마우이, 백두대간.
그대 덕분에 나는
몸도 마음도 한층 자란 것 같다우.

그동안 등산화를 3번이나 새로 사 신을 만큼 몸이 훌쩍 자라고, 처음엔 산행을 어디로 가는지도 모르다가 이제는 제일 먼저 지도를 정독할 만큼 마음이 큰 아들아이를 끌어안고 기나긴 마루금의 한 지점에 머물러 서서 조용히 속삭인다.

"혜준아! 훗날 엄마가 더 이상 이 세상에 없을 때, 산을 보며 엄마와 함께했던 시간을 추억하렴. 저 아득한 능선을 엄마와 같이 탔지, 우리 그때 참 힘들지만 즐거웠지……."

나보다 머리통 하나가 더 큰 아이는 아련한 목소리로 부탁이자 당부를 하는 내 어깨를 감싸 안고 믿음직한 표정으로 고개를 주억거린다.

"알았어, 엄마. 꼭 그럴게. 그렇게 산과 함께 엄마를 추억할게."

내 아들아

—최상호

너 처음 세상 향해
눈 열려
분홍 커튼 사이로 하얀 바다 보았을 때

그때처럼 늘 뛰는 가슴 가져야 한다.

까막눈보다 한 권의 책만 읽은 사람이
더 무서운 법
한 눈으로 보지 말고 두 눈 겨누어 살아야 한다.

깊은 산 속 키 큰 나무 곁에
혼자 서 있어도 화안한 자작나무 같이
내 아들아

그늘에서 더욱 빛나는 얼굴이어야 한다.

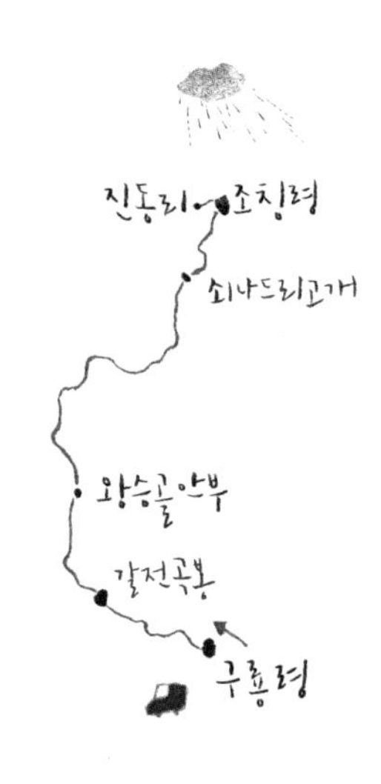

구룡령에서 조침령까지

위치 강원도 인제군 내면-강원도 인제군 기린면

코스 구룡령(1,013m)-갈전곡봉(1,204m)-왕승골 안부-쇠나드리고개-조침령-진동리

거리 22.85km(마루금 21.25km+접근거리 1.6km)

시간 10시간 30분

날짜 2011년 10월 9일(38차 산행)

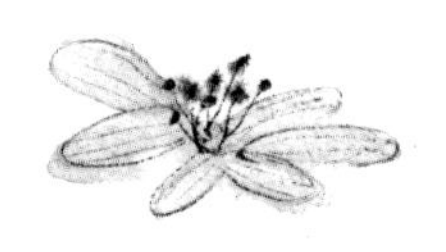

근심과 곤란까지도 기꺼이 받아들인다는 것은
곧 세상의 모든 것을 기적이라고 생각하며 사는 것이다.
그리고 모든 것을 기적이라고 생각하면,
정말로 기적처럼 그 모두에 감사하게 된다.

수수하고도 사소한 기적

'상대성이론'으로 현대 물리학에 혁명을 일으킨 과학자이자, 1950년대 비이성적인 매카시즘을 조롱하며 사진기자들 앞에서 혀를 길게 빼물고 '메롱'을 서슴지 않았던 자유로운 영혼 알버트 아인슈타인(Albert Einstein)은 이렇게 말했다.

> 인생에는 2가지 길이 있다. 하나는 기적이란 없다고 생각하며 사는 것이고, 다른 하나는 모든 것이 기적이라고 생각하며 사는 것이다.

마지막 산행을 준비하며 마지막 배낭을 싸고 마지막 샤워를 했다. 샤워를 마친 후에는 마지막 의식처럼 손톱과 발톱을 짧게 깎고 깨끗하게 빨아둔 옷으로 갈아입었다. 잠시 눈을 붙이려 누웠지만 예상대로 잠은 잘 오지 않았다. 그래도 불안하거나 초조하진 않았다. 잠기운이라곤 없는 초저녁에 오로지 체력을 충전하기 위해 억지로 잠을 청하는 일도 오늘이 마지막이다. 마지막 버스, 마지막 새벽 산행, 백두대간의 마지막 구간을 걷는 순간…… 이 모두가 기적 같다.

기적을 상식으로는 믿기 어려운 기이한 일, 절대적인 힘이나 신(神)에 의해 행해지는 불가사의한 현상이라고 생각한다면, 아마도 나는 지금까지 그래왔듯 기적이란 없다고 생각하며 살 것이다. 실증주의와 실용주의를 신봉하는 리얼리스트가 바다가 갈라지고 불치병이 단번에 낫고 하늘에서 벼락이 모두가 미워하는 누군가의 정수리로 떨어지는 걸 믿기란 쉽지 않은 일이다. 하지만 그처럼 거창한 미스터리와 도저한 신비의 거품을 제거한다면, 기적이란 실로 어디에나 있다. 나는 운이 기막히게 좋으면 평생 한 번 볼까 말까 한 대단한 기적보다는 가까운 곁에서 영그는 낟알같이 자잘하고 야무진 기적을 믿고 싶다. 그리고 그렇게 기적의 숫자가 무수히 늘어난다고 해도, 그것이 정말 기적이라면, 그 놀라움과 감동은 줄어들지 않을 것이다.

"가자!"

내가 그 아이를 향해 손을 내밀었다.

"벌써 2주가 지난 거야? 시간 참 빠르네."

"오늘이 마지막 백두대간 종주야. 이제 정말로 딱 한 번 남았어."

그 말에 끝까지 귀찮다고 투덜거릴 것 같았던 아이가 웬일인지 잠자코 자리를 털고 일어난다. 처음엔 산이 싫다고 도리질하며 자꾸만 도망치려던 아이였다. 산에 가기 전날부터 불안과 두려움에 사로잡혀 안절부절못하던 아이였다. 하지만 이제는 군말 없이 등산화 끈을 단단히 조이고 제법 말간 얼굴로 담담히 가야 할 길을 바라본다.

"그동안 많이 힘들었지?"

"좀 힘들었지. 아니, 때론 많이 힘들기도 했지만…… 우리는 제법 잘 견뎌냈어."

그 아이는 이제 강한 척 센 척하지 않는다. 관심과 인정을 받고픈 간절한 마음을 숨기려 으르렁대며 거칠게 굴지도 않는다. 언제나 쫓기듯 종종걸음을 놓으며 두렵고 외로워 입술을 깨물던 시퉁한 모습도 얼마간 가셨다. 무엇보다 감정을 들키지 않으려고 표정을 숨기며 안간힘 쓰지 않는다. 웃고 싶을 때는 하하하 큰 소리로 웃고, 울고 싶을 때는 가끔 눈물도 흘린다. 이제야 애어른이 아닌 진짜 아이 같다. 산에서 그 아이는 힘들지만 즐거워 보인다. 가끔은 엄살을 피우기도 하지만 자유롭고 홀연해 보인다. 꽃에게는 약한 모습을 숨길 필요가 없기 때문이다. 나무에게는 아픈 마음을 숨길 필요가 없기 때문이다. 부드러운 바람이 살랑 불어와 아이의 뺨을 스치고 머리칼을 흩어놓으면, 아이는 바람을 움켜잡을 듯 허공으로 손을 뻗으며 외친다.

"아, 좋다!"

한때 나는 그 아이를 미워했다. 못난이, 외톨이, 눈치도 없고 주제도 모르는 바보라고 시시때때로 윽박지르고 다그치고 몰아세웠다. 너는 옷장에 갇힌 채 소리 죽여 꺽꺽 울어도 마땅한 아이라고, 더 완벽하게 잘할 수 있는 일을 제 손으로 그르치는 형편없는 아이라고 퉁바리 놓고 면박했다. 그럴수록 그 아이는 주눅 든 채 작은 몸을 더욱 작게 옹송그렸다. 할 수만 있다면 내 눈 앞에서, 세상에서 완전히 사라져버리고 싶어 했다.

하지만 그 아이, 상처받은 그 작은 아이는 다른 어딘가가 아닌 내 마음속에 살고 있었다. 어둡고 습한 내 마음의 한구석에서 숨죽인 채 울고 있었다. 내 심장을 도려내기 전까지는 버릴 수 없는 그 아이, 나는 그 아이와 화해하기 위해 지금껏 꺼리고 피했던 산에 오르기 시작했다. 그리고 오르막과 내리막과 암벽과 너덜경을 지나고 눈비와 바람과 땡볕을 견디며 여기까지 왔다. 고통과 환희, 무거운 절망과 가슴 벅찬 희망까지도 고스란히 그 아이와 함께했다. 그러는 사이 나는 비로소 가련한 그 아이를 사랑하게 되었다. 아니, 언제나 간직했으나 표현할 수 없었던 사랑을 인정하게 되었다. 슬그머니 손을 내밀어 그 아이의 작고 축축한 손을 잡는다.

"어? 그런데 네 키가 언제 이렇게 컸어?!"

어느새 그 아이의 키가 꼭 나만큼 컸다. 우리는 마주 선 채 놀람과 기쁨의 눈빛을 주고받는다. 이 또한, 산을 오르기 전에는 꿈도 꾸어보지 못한, 기적이다.

마지막 산행을 축하하는 의미라고 하기엔 여전히 반갑잖은 비님이 오신다. 우중 산행은 언제나 찜찜하고 번거롭다. 아무리 두꺼운 우비를 덮어쓰고 신발을 비닐봉지로 친친 감아도 비가 아니면 땀으로 몸과 발이 젖어든다. 이제 제법 차가워진 날씨에 젖은 장갑을 낀 손가락이 시리고 아리다. 미시령에서 대간령까지가 출입 통제 구간이라 창암계곡을 통해 대간길에 올라서자니 몇 번이고 계곡 물을 건너야 했다. 그러다 어둠 속에서 발을 헛디뎌 한쪽 등산화에 물이 들어갔다. 총체적으로 불편하고 불쾌한 상황이다. 하지만 예전같이 투덜대며 누구도 아닌 대상을 향해 욕을 날리는 일은 없다. 그간 백두대간 종주라는 결코 쉽지 않은 여정에서 고난을 통해 고통을 인정하는 법을 배웠기 때문이다. 불편해도 힘겨워도 기어이 참는다. 다만 그 자리에 머무른 채 참고 견디는 것이 아니라 한 걸음 한 걸음을 쉼 없이 내딛다 보면 언젠가 그 고통의 자리에서 빠져나갈 수 있음을 믿는다.

중국 원나라 말 명나라 초기의 이름난 선승인 묘협(妙叶)이 지었다는 『보왕삼매론』을 읽노라면 우리가 사는 사바세계의 본뜻이 왜 '참는 땅', '참고 견디는 세상'인가를 깨달을 수 있다. 책의 내용대로라면 모든 고통이 가르침이고 그 고통을 참고 견디는 것 또한 배움이다. 몸에 병이 없어 건강하기만 하면 탐욕이 생기기 쉽고, 공부하기에 장애가 없으면 배움이 넘치게 되고, 일이 쉽게만 술술 풀리면 경솔해지고, 분수에 넘치는 이익을 얻으면 어리석어지기 쉬울지니……. 오늘 내 온몸을 두드리는 빗줄기 또한 '대간꾼'이라는 이름을 내세우며 산에 오만해지지 말라고 일깨우는, 남들보다 고작 조금 더 알고 겪은 것에 대해 우쭐하며 교만해지지 말라고 내리치는 죽비이리라.

> 세상살이에 곤란함이 없기를 바라지 말라.
> 세상살이에 곤란함이 없으면
> 업신여기는 마음과 사치한 마음이 생기나니,
> 그래서 성인이 말씀하시되
> "근심과 곤란으로써 세상을 살아가라!" 하셨느니라.

근심과 곤란까지도 기꺼이 받아들인다는 것은 곧 세상의 모든 것을 기적이라고 생각하며 사는 것이다. 그리고 모든 것을 기적이라고 생각하면, 정말로 기적처럼 그 모두에 감사하게 된다. "뭣하러 산에 올라요? 결국 내려올 것을!"이라고 뻗대던 내가 백두대간을 완주한 기적 같은 일에 즈음해, 이 순간을 있게 한 모든 것에 감사하지 않을 수가 없다. 무엇보다 팀원들 모두가 사고 없이 무사히 산행을 마쳤다는 사실에 감사한다. 지난해 조항산에서 낙석 사고가 있었지만 주먹만 한 혹을 얻었을 뿐 애꾸눈 작가가 되지 않은 데 감사하고, 때로 근육 이완제를 먹어야 할 만큼 아팠던 다리도 끝까지 버텨줘서 감사하다. 혼자라면 절대 하지 못했을 일, 물심양면 지원해 준 선배들과 동행했던 팀원들과 함께 걸어준 아들아이와 너덜너덜해진 몸으로 귀가하면 짐을 풀고 빨래를 하며 뒷바라지해준 동생에게 감사하다. 주말이면 으레 산에 가는 줄 알고 알아서 모임에서 빼준 친구들에게도, 그동안 고마웠지만 이제 종주가 끝나 인간관계 회복 작업에 들어갈 예정이니 내게도 좀 연락해 달라고 전하고 싶다. 그 긴 길을 끈질기게 버텨준 낡은 등산화와 때묻은 지도에게도 감사하다. 그리고 무엇보다 '기적' 따위의 아삼아삼하고 오글오글한 단어를 입에 담기조차 힘들어하던 방자한 냉소주의자인 내게 진정한 삶의 수수하고도 사소한 '기적'을 가르쳐준 산에게 감사하다. 미소처럼 환한 단풍을 두른 채 묵묵히 영원을 견디는 산에게 마지막 작별의 인사를 고한다.

언제나 변함없이 그곳에 있어줘서 정말 감사했습니다! 아마도 때때로 그리울 거예요!

축축한 몸과 촉촉한 맘으로 마지막 산행을 마치고 진부령에서 종산제를 올렸다. 앞서 백두대간 종주를 마친 선배들이 사준 황태구이를 맛있게 먹고 서둘러 종산식이 열리는 학교로 오니, 꼭 작년 이맘때 우리가 5기 선배들에게 했듯이 7기 팀원들이 스틱을 세우고 불꽃을 피워 올리며 환영을 한다. 조금 쑥스럽긴 하지만 기꺼이 부러움 섞인 축하의 말에 "감사합니다!"라고 씩씩하게 답한다.

총 산행 횟수 39회, 1박 2일 산행 7회를 포함 46일 동안 산을 탔다. 총 산행 거리는 632킬로미터의 마루금과 구간 외 진입로와 탈출로 118킬로미터를 포함한 약 750킬로미터로 하루 평균 16.3킬로미터를 걸었다. 이우학교 백두대간 6기 종주팀의 총 인원은 50가족 111명, 그 중 남한 구간을 완주한 사람은 아이들 15명과 부모 9명을 합쳐 24명이다. 그리고 우리끼리 '리얼 오리지널 개근 완주'라고 부르는 39차 완전 출석 완주자는 대장인 우린 아빠와 중 2 지혜와 아들 혜준이와 나, 4명뿐이다.

애초에 강박적인 완벽주의자였던 나는 산행 초기에 여러 번 '개근 완주'에 대한 욕심을 드러냈다. 산행을 나 자신과의 '싸움'이라고 생각했기에 승부욕을 불태우며 웬만한 일이 아니라면 절대 결석하지 않겠노라고 다짐했다. 하지만 다들 부러워하며 찬탄하는 개근 완주를 마침내 이루어낸 지금, 나는 한 번도 산행에 빠지지 않고 모든 일정을 소화해 냈다는 사실 자체에 생각보다 크게 감동하며 감격하지 않는 나 자신에게 놀란다. 물론 개근 완주는 대단한 일이다. 20개월 동안 모든 일정을 백두대간 산행에 맞추고 철저히 절제하며 생활했다는 성실함(그리고 독함)의 증거다. 하지만 아깝게 '개근'을 놓친 팀

원들의 사연을 생각하면 이것이 온전히 내 의지와 노력만으로 된 일이 아니라는 것을 알 수 있다. 20개월 39차에 걸쳐 꼬박꼬박 산을 탈 수 있었다는 것은 그동안 다행히 몸이 아프지 않았고, 집안의 대소사에서 면제되었으며, 큰 사건이나 사고가 없었다는 증거에 다름 아니다. 나 역시 한두 번 감기에 걸리긴 했지만 산행을 못할 정도는 아니었고, 지난봄 할머니가 돌아가셨지만 장례가 때마침 산행이 없는 주말이라 결석하지 않아도 되었다. 의지뿐만 아니라 건강과 운과 조상의 음덕까지 입어야 가능한 일…… 하지만 욕심을 부리며 강박적으로 '개근'에 매달리던 것이 어느 순간 갑자기 무의미해졌다. 어쩌면 준비된 일정에 빠짐없이 참석하는 것보다 더 힘든 것이 빠진 구간을 개인적으로 메워 넣는 '보충'이다. 누군가의 도움 없이 일정과 차편을 준비하고 스스로 지도를 읽어 빠진 구간을 채워낸 이들이 더 대단하고 존경스럽다. 나는 다만 운이 좋았을 뿐이다.

종주 증서와 기념패를 받고 동영상으로 뜬 우리의 족적을 감상한다. 사진 속에서 아름다운 풍광을 배경으로 활짝 웃는 우리는 팔자 좋은 유람객들처럼 보이기도 하지만, 그 길을 겪었던 우리는 안다. 그 걸음걸음에 쏟은 땀과 눈물과 (많지는 않지만) 피를…… 아직은 아무것도 실감나지 않는다. 내가 그 무수한 길을 걸었다는 사실이 기적인 양 꿈결 같다. 그리하여 과연 무엇이 변했을까? 산, 그리고 삶의 고통은 한 번 겪었다고 하여 사라지지 않는다. 다만 경험이 진정한 깨달음이 될 때 삶의 호흡을 조절해 고통을 줄이는 능력이 조금씩 자라날 뿐이다. 숨결은 낮아지고 눈길은 멀어진다. 그때야 한 걸음 한 걸음이 당당하고 굳세어진다.

"가자!"

내가 그 아이를 향해 다시 손을 내민다.

"또 뭐야? 아직도 갈 길이 남아 있어?"

"백두대간 종주는 끝났지만 앞으로도 길은 많이 남아 있어. 너와 나는 그 마지막까지 함께 가야지."

그 아이와 내가 손을 맞잡는다. 끝이면서도 끝이 아닌 이 기분은 바로 앞으로 가야 할 머나먼 길들 때문이리라.

산에서

—박재삼

그 곡절 많은 사랑은
기쁘던가 아프던가.

젊어 한창때
그냥 좋아서 어쩔 줄 모르던 기쁨이거든
여름날 헐떡이는 녹음에 묻혀들고
중년 들어 간장이 저려오는 아픔이거든
가을날 울음빛 단풍에 젖어들거라.

진실로 산이 겪는 사철 속에
아른히 어린 우리 한평생

그가 다스리는 시냇물로

여름엔 시원하고

가을엔 시려오느니

사랑을 기쁘다고만 할 것이냐,

아니면 아프다고만 할 것이냐.

대간령에서 진부령까지

위치 강원도 인제군 북면-강원도 고성군 간성읍

코스 창암-대간령(641m)-병풍바위-마산봉(1,052m)-진부령

거리 14.3km(마루금 9.3km+접근거리 5km)

시간 7시간

날짜 2011년 10월 22일(39차 산행)

고기리에서 통안재까지

위치 전북 남원시 주천면 고기리-전북 남원시 운봉읍 권포리

코스 고기리-주촌리-수정봉(804.7m)-입망치-여원재-고남산(846.5m)-통안재-권포리

거리 16km(마루금 14km+접근거리 2km)

시간 9시간

날짜 2010년 3월 13일(1차 산행)

통안재에서 복성이재까지

위치 전북 남원시 운봉읍-전북 남원시 아영면

코스 권포리-통안재-유치재-사치재-새맥이재-781봉-아막산성-복성이재

거리 총 16km(마루금 14km+접근거리 2km)

시간 7시간

날짜 2010년 3월 28일(2차 산행)

복성이재에서 중재까지

위치 전북 남원시 아영면-전북 장수군 번암면

코스 복성이재-치재-봉화산(919.8m)-광대치-월경산(980.4m)-중재-지지계곡

거리 총 13km(마루금 12km+접근거리 1km)

시간 8시간

날짜 2010년 4월 10일(3차 산행)

중재에서 육십령까지

위치 전북 장수군 번암면-전북 장수군 장계면

코스 지지계곡-중재-백운산(1,278.6m)-영취산(1,075.6m)-민령-깃대봉-육십령

거리 19.8km(마루금 19km+접근거리 0.8km)

시간 10시간

날짜 2010년 4월 24일(4차 산행)

신풍령에서 동엽령까지

위치 전북 무주군 무풍면-전북 무주군 안성면

코스 빼재(신풍령)-갈미봉-지봉-귀봉-백암봉(1,503m)-동엽령-안성탐방센터

거리 총 17km(마루금 12.5km+접근거리 4.5km)

시간 12시간

날짜 2010년 5월 8일(5차 산행)

육십령에서 동엽령까지

위치 전북 장수군 장계면-경남 거창군 북상면

코스 1일차: 육십령-할미봉-서봉-남덕유산(1,507m)-삿갓봉-삿갓재 대피소-황점마을
2일차: 황점마을-삿갓골재 대피소-무룡산(1,492m)-동엽령-안성탐방지원센터

거리 1일차: 16km(마루금 12.8km+접근거리 3.2km)
2일차: 14.5km(마루금 6.3km+접근거리 8.2km)

시간 1일차: 12~14시간/2일차: 8시간

날짜 2010년 5월 21일~22일(6차 산행)

성삼재에서 고기리까지

위치 전남 구례군 산동면-전북 남원시 주천면

코스 성삼재-묘봉치-만복대(1,434m)-정령치-고리봉(1,305m)-고기리

거리 약 12km

시간 7시간

날짜 2010년 6월 6일(7차 산행)

갈령 삼거리에서 화령재까지

위치 경북 상주시 화북면-경북 상주시 화서면

코스 갈령-갈령삼거리-비재-봉황산(740.8m)-화령재

거리 14km(마루금 약 13km+접근거리 1km)

시간 8시간

날짜 2010년 6월 20일(8차 산행)

갈령 삼거리에서 문장대까지

위치 경상북도 상주시 화북면

코스 갈령-갈령삼거리-형제봉-천왕봉(1,058m)-비로봉-신선대-문수봉-문장대(1,033m)-화북탐방지원센터

거리 15.6km(마루금 11.7km+접근거리 3.9km)

시간 10시간

날짜 2010년 7월 10일(9차 산행)

늘재에서 밀재까지

위치 경북 상주시 화북면-경북 문경시 가은읍

코스 늘재-청화산(984m)-조항산(951m)-고모령-밀재-용추계곡

거리 총 15.9km(마루금 11.7km+접근거리 4.2km)

시간 11시간

날짜 2010년 7월 24일(10차 산행)

버리미기재에서 은티재까지/화령재에서 신의터재까지

위치 경북 문경시 가은읍-경북 상주 화동면

코스 1일차: 버리미기재-장성봉(916.3m)-악휘봉(845m)-은티재-은티마을
2일차: 화령재-윤지미산(538m)-신의터재

거리 1일차: 11.5km(마루금 9.5km+접근거리 2km)/2일차: 11.9km

시간 1일차: 9시간 30분/2일차: 3시간 45분

날짜 2010년 8월 14일~15일(11차 산행)

이화령에서 조령삼관문까지

위치 충북 괴산군 연풍면

코스 이화령-조령산(1,026m)-신선암(937m)-조령-고사리마을

거리 11.27km(마루금 8.97km+접근거리 2.3km)

시간 8시간 30분

날짜 2010년 8월 29일(12차 산행)

조령삼관문에서 하늘재까지

위치 충북 괴산군 연풍면-충북 충주시 수안보면

코스 고사리-조령제3관문-마패봉(927m)-동암문-부봉-평천재-탄항산(856m)-하늘재-미륵리

거리 13.4km(마루금 8.8km+접근거리 4.6km)

시간 7시간 40분

날짜 2010년 9월 12일(13차 산행)

이화령에서 지름티재까지

위치 경북 문경시 문경읍-충북 괴산군 연풍면

코스 이화령-조봉-황학산(912.8m)-백화산(1,063.5m)-이만봉-배너미평전-희양산(999m)-은티마을

거리 총 20.3km(마루금 16.8km+접근거리 3.5km)

시간 13시간 20분

날짜 2010년 9월 25일(14차 산행)

버리미기재에서 밀재까지

위치 경북 문경시 가은읍

코스 버리미기재-곰넘이봉-촛대봉-대야산(931m)-밀재-용추계곡

거리 총 10km(마루금 5.8km+접근거리 4.2km)

시간 8시간

날짜 2010년 10월 10일(15차 산행)

우두령에서 삼도봉까지

위치 충북 영동군 상촌면-경북 김천시 부항면

코스 우두령-석교산(1,207m)-삼마골재-삼도봉(1,176m)-해인동

거리 총 14.33km(마루금 11.33km+접근거리 5.3km)

시간 8시간

날짜 2010년 10월 23일(16차 산행)

인용 시 목록

* 이 책에 인용된 시들은 각 작품의 저작권·출판권 소유자들께 정식으로 허락을 받은 것입니다. 허락해 주신 분들께 감사드립니다.

24쪽 _이원규, 「행여 지리산에 오시려거든」, 『옛 애인의 집』, 솔, 2003
36쪽 _도종환, 「흔들리며 피는 꽃」, 『사람의 마을에 꽃이 진다』, 문학동네, 2007(개정판)
47쪽 _안도현, 「겨울 나무들한테 배운다」, 『아무것도 아닌 것에 대하여』, 문학동네, 2005
60쪽 _곽재구, 「바닥에서도 아름답게」, 『사평역에서』, 창작과비평사, 1983
71쪽 _반칠환, 「새해 첫 기적」, 『웃음의 힘』, 시와시학사, 2005
81쪽 _최승호, 「하루로 가는 길」, 《현대문학》, 2002. 5
93쪽 _정현종, 「모든 순간이 꽃봉오리인 것을」, 『사랑할 시간이 많지 않다』, 세계사, 1989
104쪽 _박노해, 「삶의 나이」, 『그러니 그대 사라지지 말아라』, 느린걸음, 2010
115쪽 _고정희, 「더 먼저 더 오래」, 『아름다운 사람 하나』, 푸른숲, 1996
126쪽 _윤제림, 「어린날의 사랑」, 『사랑을 놓치다』, 문학동네, 2001
138쪽 _천양희, 「지나간다」, 《샘터》 제 28권, 1997. 12
150쪽 _신현림, 「꿈꾸는 행복」, 『침대를 타고 달렸어』, 민음사, 2009
163쪽 _정희성, 「태백산행」, 『돌아다보면 문득』, 창작과비평사, 2008
176쪽 _이성선, 「문답법을 버리다」, 『산시』, 시와시학사, 1999
188쪽 _이성복, 「나는 저 아이들이 좋다」, 『달의 이마에는 물결무늬 자국』, 열림원, 2003
199쪽 _이성부, 「좋은 일이야」, 『야간 산행』, 창비, 1996
210쪽 _나희덕, 「고통에게 2」, 『그곳이 멀지 않다』, 문학동네, 2004
220쪽 _함민복, 「몸이 많이 아픈 밤」, 『모든 경계에는 꽃이 핀다』, 창작과비평사, 1996
232쪽 _유하, 「그리움을 견디는 힘으로」, 『세운상가 키드의 사랑』, 문학과지성사, 1995
242쪽 _장석주, 「동행」, 『햇빛사냥』, 북인, 2007
253쪽 _문정희, 「한계령을 위한 연가」, 『남자를 위하여』, 민음사, 1996
265쪽 _최상호, 「내 아들아」, 『김춘수의 '꽃'을 가르치며』, 시와시학사, 1997
278쪽 _박재삼, 「산에서」, 『박재삼시선집』, 민음사, 1998

괜찮다, 우리는 꽃필 수 있다

초판 1쇄 2012년 5월 30일
초판 3쇄 2012년 9월 15일

지은이 | 김별아
펴낸이 | 송영석

편집장 | 이진숙 · 이혜진
기획편집 | 박신애 · 한지혜 · 박은영 · 신량 · 오규원
디자인 | 박윤정 · 박새로미
마케팅 | 이종우 · 한명회 · 김유종
관리 | 송우석 · 황규성 · 전지연 · 황지현

펴낸곳 | (株) 해냄출판사
등록번호 | 제10-229호
등록일자 | 1988년 5월 11일(설립연도 | 1983년 6월 24일)

120-210 서울시 마포구 서교동 368-4 해냄빌딩 5 · 6층
대표전화 | 326-1600 **팩스** | 326-1624
홈페이지 | www.hainaim.com

ISBN 978-89-6574-342-2